BENJAMIN V. STUCKRAD-BARRE

Remix

Buch

Alltag, Rausch, Fernsehen, Pop, Liebe & das Gegenteil, Produkte und Personen, Welt: das sind die Themen, derer sich der Autor in den hier versammelten Reportagen, Porträts, Kurzgeschichten, Pamphleten, Glossen, Kleinanzeigen und Lexikoneintragsvorschlägen annimmt – mal streng unsachlich, mal nüchtern, hier liebevoll, dort vorlaut. Zum Teil waren diese Texte schon in Magazinen und Zeitungen zu lesen. Doch Remix heißt natürlich: Texte nicht bloß zweitverwertet, sondern überarbeitet, nachgebessert und für die Ewigkeit fein gemacht. Gestraffte Single-edits und angereicherte Maxi-Versionen machen Remix zu einer kompakten Best-of-Sammlung, die jedoch allenfalls eine Zwischenbilanz darstellt.

Autor

Benjamin v. Stuckrad-Barre wurde am 27. Januar 1975 in Bremen geboren, lebt in Berlin, schreibt Bücher und arbeitet journalistisch für verschiedene Zeitungen und Zeitschriften, darunter die FAZ, Die Woche, Allegra, Stern und Welt am Sonntag.

Von Benjamin v. Stuckrad-Barre außerdem als Goldmann Taschenbuch erschienen:

Blackbox (45166)
Soloalbum (45203)
Livealbum (45204)
Soloalbum. Das Buch zum Film (45590)

Benjamin
v. Stuckrad-Barre

REMIX

Texte 1996 - 1999

GOLDMANN

Umwelthinweis:
Alle bedruckten Materialien dieses Taschenbuches
sind chlorfrei und umweltschonend.

Der Goldmann Verlag ist ein Unternehmen
der Verlagsgruppe Random House GmbH

Genehmigte Taschenbuchausgabe Januar 2002

Umschlaggestaltung: Walter Schönauer
Satz: DTP im Verlag
Druck: Elsnerdruck, Berlin
Verlagsnummer: 45167
JE · Herstellung: Sebastian Strohmaier
Made in Germany
ISBN 3-442-45167-1
www.goldmann-verlag.de

3 5 7 9 10 8 6 4

„An der Straßenecke zu stehen und auf keinen zu warten, das ist Power."

Gregory Corso

Inhalt

1999 **Silvester** 11 · **Frühstücksbüffets** 38 · **Frühstücksbüffets – Westbam's Darkside-Mix** 41 · **Dr. Katja Kessler** 44 · **30. Geburtstag** 52 · **Gagschreiber** 57 · **Salman Rushdie** 67 · **Dicke Prominente** 75 · **Marianne Rosenberg** 79 · **Ironie** 82 · **Sommernächte** 91 · **Premierenfeier** 93 · **Saisonarbeiter** 99

1998 **Alexa Hennig v. Lange** 121 · **Paul Sahner** 127 · **ZDF-Express** 131 · **Herbert Grönemeyer** 134 · **WM-Vorbereitungen** 139 · **Lauterbach/Elvers/D.** 142 · **Manufactum** 145 · **Spice Girls** 152 · **Rolling Stones** 158 · **Tigerenten** 160 · **Birgit Schrowange** 163 · **H&M** 168 · **Dreharbeiten** 175 · **Sibylle Berg** 179

1997 **Antiquariatskunde** 189 · **Ilona Christen** 193 · **Jörg Fauser** 197 · **Focus vs. Spiegel** 202 · **DIE deutsche Band** 205 · **St. Georg** 213 · **Götz Alsmann** 217 · **Deutschrock-Anna** 221 · **Gottschalks Moderationszettel** 223 · **Ballermann** 228 · **Barschelexegese** 232 · **CD-Werbung** 234 · **Fachpressenvokabular** 239 · **D. T. Heck zum 60. Geburtstag** 240 · **Literaturkanon** 243 · **Mädchen im Bad** 248 · **Heino** 253 · **Fahrradladennamen** 256 · **Die Toten Hosen = Hans Meiser** 257 · **Die Keyboardzeitschrift** 261 ·

5000000ste Musical-Besucherin 264 · **Radio-Soap** 267 · **WM 2006** 270 · **Sampler** 273 · **Robbie Williams** 276

1996 **Kassettenmädchen** 283 · **Westernhagen** 290 · **St. Pauli – Karlsruhe: 1:1** 297 · **Metallica** 300 · **Kalender** 303 · **Mein Nachbar** 307 · **Frau Engler** 311 · **Jackentaschen** 315 · **Waschsalon** 318 · **Talk im Hbf** 322 · **Udo Lindenberg** 325 · **Beifahrer** 330

99

Silvester

Bis vor drei Sekunden war ich extrem glücklich. Es war nicht bloß ein schönes Fest gestern abend, gestern nacht, ja sogar heute morgen noch, nein, es war viel mehr: endlich mal ein würdiger Silvesterabend mit netten Menschen, nicht zu fonduesaturiert, aber auch nicht allzu unübersichtlich. Die Hoffnung auf ein angenehmes Silvester hatte ich bislang immer als in etwa so aussichtsreich erlebt wie VIVA zu gucken und auf ein Lieblingslied zu warten. Das Warten selbst ist die Hölle, und wenn es dann kommt, das Lied, das Fest, ist man gerade auf dem Klo oder schon so blöd gelaunt, daß es eh nichts mehr nützt. Oder es wird von Werbung zerfetzt, das Lied – bzw. von frühmorgendlichen Beziehungsrochaden überschattet, das Silvesterfest.

Wir haben hier in dieser Badewannenfabrik gefeiert, und obwohl im Vorfeld jeder von uns diese gutklingende Aussicht mit Vorfreude und Illusionsballast zugeschaufelt hatte, war es keineswegs eine Enttäuschung. Zunächst sowieso erst mal die Freude darüber, daß ÜBERHAUPT etwas griffbereit war, und das so früh schon. Die letzten Jahre waren diesbezüglich gen Ende immer gleich verlaufen:

– Was machst'n du dieses Jahr an Silvester (an Silvester, wie das auch immer schon klingt, so wie „in Mode machen", womit ja keineswegs, kleiner Scherz, und Achtung: Inkontinenz gemeint ist. Alle lachen, vielen Dank, danke)?

– Ach ja, Silvester, keine Ahnung. Wißt ihr was?

– Also dieses Jahr ist mir echt alles egal, muß nichts Großes sein, Hauptsache, wir müssen nicht wieder mittags am 31.12. wild durch die Gegend telefonieren, uns überall dazuladen und von den meisten den Satz „Wir haben auch noch nichts" anhören.

– Das kommt wirklich nicht in Frage diesmal. Horror. Dann von einer Feier zur nächsten, nirgends richtig sein, weil es ja noch irgendwo besser sein könnte, und um Punkt zwölf sitzt man ganz bestimmt gerade im Taxi, von einem schlechten Fest zu einem noch schlechteren nächsten.

– Jaja. Und dann die große Depression.

– Eigentlich bedeutet mir Silvester gar nichts.

– Mir doch auch nicht, aber wenn überall geböllert und gefeiert wird, dann muß man entweder mitmachen oder halt weit wegfahren, ganz weit weg.

So ging es jedes Jahr. Und dann – nach leicht variablem Mittelteil – der unvermeidliche Schlußakkord:

– Ein Haus mieten!

– JAAAA, ein Haus, in Dänemark, mit Freunden, nicht so viele, mal was Entspanntes.

– Ja, Dänemark, oder eine Berghütte. Eine Berghütte wäre super.

– Und alle würden ihre Uhren verstecken, und man würde einfach so eine nette Zeit haben und endlich anerkennen, daß es ja vollkommen egal ist, ob man sich jetzt um 0.00 Uhr küßt oder um 1:37 Uhr, oder ob man schon um halb elf müde ins Bett fällt.

Da sind sich alle immer einig gewesen, daß es das wäre. Im Grunde. Optimal wäre eigentlich: eine Berghütte IN Dänemark. Gemacht hat es aber noch nie jemand, den ich kenne. Ich hätte sonst auch den Kontakt abgebrochen, denke ich, denn das stelle ich mir ehrlich gesagt doch ziemlich schaurig vor. Am meisten Angst hätte ich vor dem

Wort „besinnlich“. Und nicht nur vor dem Wort, viel mehr noch vor dem Zustand. Das Tolle an einem lauten Großstadtgebänge an Silvester ist ja, daß der dramaturgische Verlauf vollkommen festgezurrt ist – bis halb zwölf MUSS man einfach durch sein mit dem ganzen Schrott:

– Bleigießen (mit einem Superdeutungskatalog: etwa „Biene=schlaues Handeln führt zum Erfolg“. Erstens: Den möchte ich mal sehen, der eine Biene bleigießt, und zweitens, wo hat man so was schon gehört, daß schlaues Handeln zum Erfolg führt, bislang war man ja fest davon ausgegangen, daß zum Erfolg dummes Handeln dringend erforderlich ist.)

– „Dinner for one“ gucken; wenn der Haushalt des Gastgebers verkabelt ist, dann gerne auch mehrmals, alle sprechen mit, kreischen & rufen ACHTUNG, bevor der Mann stolpert, vor allem, wenn er zum Schluß dann NICHT stolpert, und erzählen von früher. Beliebt sind auch Versuche, alle am Dinner Beteiligten aufzuführen. Kreisch, kreisch: Miss Sophie, James, Sir Toby, Admiral von Schneider, Mr. Pommeroy, Mr. Winterbottom.

Puh. Dann immer

– Fondue oder Raclette

Mindestens, sonst die Höchststrafe: Hawaii Toast

– Unerläßlich auch das zügellose Mampfen sogenannter Berliner Krapfen. Da essen normale Menschen an einem Silvesterabend gerne mal 6 Stück und keuchen dann immer noch gierig: „Ich hatte noch gar keinen mit Aprikose!“ Mir wird immer schon beim ersten schlecht, meist noch ehe ich mir die Füllung auf die Hose gekleckert habe.

– Dieses Spiel, dessen Namen ich jetzt vergessen habe, der differiert auch regional sehr stark, ich glaube, in Nordrhein-Westfalen heißt es KIEKS oder so. Da gibt es ein Tablett mit lauter Schrottgeschenken drauf, die sich während eines Jahres angesammelt haben oder die man morgens noch schnell gekauft hat in der Wühlkiste des Warenhauses, in dem man Sekt und DOCH NOCH KNALLER gekauft hat.

Zu Knallern – auch hier fächert die Föderation sich auf in eine babylonische Begriffsvielfalt –, zu Knallern kann man ohne weiteres auch sagen:

– Böller

– Knallkörper

– Feuerwerkskörper (Fachterminus, wird sowohl von der herstellenden Industrie als auch vom BKA verwandt, wenn es mal zu laut gekracht hat.)

– Chinakracher und so

Und natürlich die Hitsingle aus deutschen Pädagogenhaushalten:

– Nein, bei uns immer nur Wunderkerzen.

Dieses Spiel also, ich habe es viele Jahre geduldig mitgespielt, weil mir erstens nichts Besseres einfiel, zweitens Leute blöd sind, die sich auf ein Fest einlassen und dann da rumsitzen und so tun, als sei dieser Feiermodus ihrer nicht würdig, dabei ist es ihre letzte Zuflucht, sonst wären sie ja woanders. Und drittens habe ich mitgespielt, weil es mir auch immer einleuchtend erschien, diese Zeit vor 0.00 Uhr, die zunächst zähflüssig bis gar nicht verstreicht und dann plötzlich zack bum geschafft ist auf den letzten Metern, wenn man schon gar nicht mehr damit rechnete (genau wie bei einer Sanduhr in der Sauna), diese Zeit also zumindest in Zitaten familiär zu gestalten. Und da ist ein Spiel doch eine gute Sache. Obwohl ich speziell dieses nie begriffen habe. Man braucht dazu Spielkarten, irgendwer muß dann rausgehen, und am Schluß hat jeder irgendeinen Quatsch in der Hand, so Taschenkalender von der Deutschen Bank mit 1 Quadratzentimeter Notizraum pro Tag oder Schlüsselanhänger oder Geduldsspiele oder ein sogenanntes Schreibset mit Anspitzer, Radiergummi und allem, obwohl ich seit 40 Jahren niemanden mehr mit Bleistift habe schreiben sehen. Mich zuletzt in der Schule, 40 Jahre sind also leicht übertrieben, aber damals hießen Radiergummis auch noch „Ratzefummel", was eines meiner All-time-Lieblingswörter ist in der Rückschau. Trotzdem betone ich: Früher war beileibe nicht alles besser.

Denn früher (also bis gestern) waren sie meistens eine große Enttäuschung, die Jahresendfeiern. Jawohl: „Jahresendfeiern", so hieß das in der DDR, glaube ich, und wenn es kommunikativ eng wird, erzählen sich Leute das zwischen „Dinner for one" und Bleigießen gerne, also beim Raclette. Ein anderer käut dann ziemlich sicher noch einen anderen Klassiker wieder:

Weintrauben, Spanien, Silvester, pro Glockenschlag eine Traube, wer nicht mag, kriegt Rosinen, und dann runter damit, wenn man es schafft = Glück, sonst = blöder Start ins neue Jahr, aber auch nicht so schlimm, nicht so schlimm jedenfalls wie zu sterben, was auch schon vorkam, einer hat sich mal daran verschluckt, und bums lag er da, das war, behaupten manche Interpreten dieser Geschichte, sogar ein Fernsehansager, live auf Sendung, der plötzlich zwischen zwei Trauben rumhustete und würgte, und dann war das Bild weg, und eine Minute später saß da ein anderer und moderierte weiter, weil nämlich der erste gestorben war, erstickt an dem Traubenkompott in der Mundhöhle. Live.

– Echt?

– Ja, kraß, ne?

– Oberkraß.

– Stell dir das mal vor!

– Ist ja echt der Hammer, sterben im Fernsehen an Silvester.

– Eigentlich ganz glamourös!

– Wie bist du denn drauf?

Mit Hilfe dieses jeopardyähnlichen Exkurses hat man schon wieder wertvolle Minuten rumgekriegt bis zum Countdown, zu dem man übrigens spätestens um viertel vor Knall Fernseher und Radio einschaltet.

Aus diesem Grund gibt es nur einer Person Stimme, die an sämtlichen Jahresendfeiern (→ DDR, s. o. → vielleicht trägt im Anschluß an die Belächelung dieses Begriffs noch jemand bei, daß Särge dort einst „Erdmöbel" hießen → lovely Zonies), an die ich mich erinnere, gegenwärtig war. Und zwar die von (erschütternd, jedoch die Wahrheit):

Incredible

good

old

– anschnallen, Herrschaften –

R-O-B-E-R-T-O - - B-L-A-N-C-O.

An dieser Stelle möchte ich die wunderbaren Manic Street Preachers zitieren:

„This is my truth – tell me yours."

Aber wahrscheinlich werden alle Menschen dieses Landes nickend Herrn Blanco anführen. Denn:

Es ist,

wie es ist.

Ja. Gestern war alles anders.

Back on plastic.

Bzw. Emaille. Silvester in der Badewannenfabrik. Klingt gut, war besser.

Ende November schon hatte uns Fabian eingeladen, auf die End-Dezember-Ziellosigkeit, dieses seit Jahren beständige Ja-was-denn-nun einmal zu verzichten. U. A. w. g. n. e. g. – um Antwort wurde gar nicht erst gebeten, denn da gab's ja nichts zu überlegen. Fabians Onkel ist sehr reich, das wußten alle; warum er so reich war, wußten einige; daß man allein mit Badewannen so unfaßbar reich werden kann, bezweifelten wir alle. Bis gestern. Lang lebe die Badewannenfabrikation! Etwas erstaunlich (aber absolut sinnvoll!), daß der Onkel selbst gar nicht da war. Geschäftsreise.

3.14 Uhr:

– Sag mal, Fabian, eines interessiert mich jetzt wirklich mal. Weiß dein Onkel von dieser Feier?

– Pfffffff. Hm.

– Also nicht?

– Indirekt schon.

– Also nicht.

An dieser Stelle wurde die Sachlage nicht vertieft. Aber das Fest. Es rauschte: Das Fest, die Zapfhähne, die Stimmen, die Wasserhähne der Vorführwannen. All das in einer Art Wintergarten mit den Ausmaßen eines Zweitligastadions, der sich an die Betonplatten der Fertigungshallen kuschelt. Der Vorführraum: Hunderte verschiedener Wannen und Armaturen, Milliarden Spiegel und ein paar grotesk verschachtelte Handtuchtrocknergestänge. Duschvorhänge, Duschtüren, alle Farben, alle Materialien. Um Punkt zwölf – also null – standen ungefähr 70 Menschen unter je einer Dusche. Selbstverständlich nicht nackt, wo sind wir denn. Danach dann alle lenormenschartig umwikkelt mit weichsten weißen Flausch-Handtüchern, die so neu noch waren, daß sie gar kein Wasser aufsaugen konnten. Aber um einer Erkältung vorzubeugen, reichte es allemal, und so sahen wir in den ersten Stunden des neuen Jahres aus wie eine fundamentalistische Splittergruppe einer dubiosen Sekte.

Apropos Sekte → Champagner! Mag man reiche Leute bloß nicht, weil man selbst nicht reich ist? Klar. Aber beim Reichsein kurz mal behilflich sein und dann wieder weg, heim, normalarm, das ist mir am sympathischsten. Ich habe keine Kopfschmerzen. Super. Ich habe keine Kopfschmerzen. //:Keine Kopfschmerzen!://

Haben reiche Menschen NIE Kopfschmerzen?

Ich möchte jetzt aber nach Hause. Ich bin nämlich der Rest vom Fest.

Den morgendlichen Konvoi habe ich verpaßt, bloß weil ich, als ich heute früh in einer runden, leeren Badewanne erwachte, kurz mal dachte, nun wollen wir das Rad zurückdrehen und mal wieder runterkommen und gesund werden, da sprang ich also aus der Wanne, stelzte zwischen all den Liegenden hindurch, griff irgend jemandes Moonboots und einen obszön angenehmen Pelzmantel, denn immer noch war ich ja bloß in Handtücher gewickelt. Hatte sogar einen Turban auf dem Kopf, erzählte mir ein großer Spiegel. Nun sah ich aus wie ein Kind, das Fasching spielt ohne elterliche Aufsicht, und irgendwie ist nichts Schlüssiges dabei herausgekommen, unter anderem deshalb, weil die Göre die Verkleidungskiste mit dem Altkleidersack verwechselt hat.

Derart gewandet spazierte ich aus der Vorführhalle heraus, zurück in die Welt. Die ist aber kalt, dachten meine Knie, weil sie weder von den Boots noch vom Mantel umhüllt waren.

Das Runterkommen war nicht so schwer wie befürchtet, schließlich – das hatte ich im nächtlichen Überschwang natürlich gar nicht registriert – steht diese Fabrik genau dort, wo eine solche Fabrik sinnvollerweise zu stehen hat, nämlich unter ihresgleichen, man nennt eine solche platte Bausiedlung auch INDUSTRIEGEBIET.

Alle deutschen Industriegebiete wurden entworfen von einem Mann, der nur Schallplatten der Gruppe Kraftwerk besaß. Seit seinem Tod vor drei Jahren gibt es keinen Nachfolger. Neue Industriegebiete gibt es trotzdem, sie werden einfach bereits bestehenden nachempfunden, dem größten Kraftwerk-Fan aller Zeiten zum Gedenken.

„Schnörkel waren NICHT sein Leben", steht auf seinem Grabstein in der Nähe von Düsseldorf, und zwar in der Schrift „Courier", die in jedem Computer bereitgehalten wird, von der aber mit Ausnahme einiger Grabsteinbeschrifter und Schülerzeitungslayouter selten jemand Gebrauch macht. In seinem Testament hatte er eigentlich auf einer Art Taschenrechnerschrift bestanden, die es jedoch leider nicht mehr gibt in der Grabinschrifts-Software der späten 90er.

Ich spazierte durchs Industriegebiet und fror. Ich versuchte, mich zu konzentrieren.

Wieso eigentlich war ich gerade so glücklich? Der erste Neujahrstag in meiner Vereinsgeschichte, an dem ich recht zufrieden war mit der vergangenen Nacht, mit dem Start ins neue Jahr.

Weiter durch die konsequente Architektur des Kraft-

werk-Fanatikers. Mehrere Getränkegroßmärkte, Baumärkte, Renault-Vertragswerkstätten und Einrichtungshäuser, eine SB-Autowaschanlage und eine ganz besonders klotzige, gelb-grüne Giga-Supermarkt-Filiale von dieser Kette, die die Lindenstraße präsentiert, wo es diese schönen braunen Papiertüten gibt, zu denen – sobald eine Flasche drin ist – der Satz von Kassiererin oder Mutter gehört:
– Achtung, schön drunterfassen!

Und dann endlich: Weite! Ein frostig versiegelter Acker, daneben noch einer, im Sommer blühen hier Raps und Mais, so ist es immer am Saum von Industriegebieten. Irgendwann gibt noch ein Landwirt auf, und dann wird aus dem nächsten angrenzenden Feld ein weiterer Supermarkt oder Parkplatz. Den Bürgerinitiativen ist das Dagegenbettlakenbemalen zu blöd geworden. Ich ging schneller, die Knie spürte ich nicht mehr, die klare Luft räumte auf im Kopf, schön war das. Warum also war ich gutgelaunt, was war passiert gestern abend?

Erstens war es wohl das erste Silvester ohne Roberto Blanco. Herrlich.

Nichts gegen Roberto Blanco, aber – doch. Eine Menge gegen Roberto Blanco. Egal, langweilig, weiter. Zweitens waren es viele nette Menschen, von denen ich einige kannte, aber nicht zuviele. Ein paar lernte ich neu kennen, und andere wiederum lachte ich nur ein paarmal an, und sie lachten zurück, alles sehr nett. Drittens, man kann es nicht oft genug sagen: keinerlei Kopfschmerzen. Und auch noch gar keine Neujahrsdepression.

Viertens habe ich was zum Erzählen für später, endlich mal auch ein erzählwürdiges Silvester: Badewannenfabrik. Nur dies Wort, und alle werden sich die Augen reiben.

Fünftens bis zehntens: immer so weiter. Lauter Mini-Aspekte, kein herausragendes Wunder, keine neue Liebe oder so. Aber eben auch kein Großschatten – keine peinsamen Wiedertreffen, keine schlechten Drogen, keine Scheißmusik, keine dramatischen Szenen, kein Generve.

KEIN ANDERES BIER.

So. Nun aber mal zurück zu den anderen, dachte ich und lief etwas übermütig durchs Maisfeld und da dann mitten rein in eine nur dünnvereiste Pfütze, krachplansch, da halfen auch die Moonboots nicht, nasse Füße, alles kalt, frisch erkältet ins neue Jahr, in Ordnung, aber vielleicht nicht gerade noch eine Lungenentzündung.

Ich könnte ja ein heißes Bad nehmen, dachte ich. Schnell zum Haus, zum Gebäude vielmehr, dem Gebäudekomplex, der Firma, dem Konzern.

Ich könnte, genaugenommen, ziemlich viele heiße Bäder nehmen. Dachte ich.

Ein viel zu ausgeschlafen dreinblickender Mann mit ganz neuer Rasierwunde im rosigen Gesicht räumte Getränkekisten in einen VW-Bus.

– Gehören Sie dazu? fragte er.

– Klar, sagte ich.

Es war sehr still im Foyer, die anderen schlafen sicherlich alle noch, dachte der Mann in den Moonboots, der ja ich war. Wäre dies eine große Wohnung, hätte ich nun den Part des Schwartau-Weck-Yuppies übernehmen, Kaffee kochen und damit von Bett zu Bett hüpfen müssen. Also, „Bett" ist gut – von Isomatte zu Badewanne.

Die Isomatten aber waren weg und die Badewannen leer. Kleiner Trick, lustiges Versteckspielchen zum 1. Januar?

Na gut, gleich kommen sie hinter den Stellwänden hergesprungen und lachen mich aus. Ist doch ok.

D.A.C.H.T.E. I.C.H.!

– Haha, rief ich, damit ich nicht ganz so blöd dastand. Doch sie ließen mich noch ein bißchen zappeln. Noch mal etwas lauter:

– HAHA! Bitte rauskommen, sehr schöner Scherz, nun wollen wir aber alle frühstücken!

Superlaut dann, ich möchte fast sagen PANISCH:

– HALLO, HEEEEE!

Darauf, sehr leise:

– Verdammte Scheiße.

Hektische Gänge auf und ab, zur Seite, die ganze Halle durchmessend, Türen rüttelnd. Wie schon nachts durch die Kantine in die sogenannte Fertigungshalle. Völlig ausgeschlossen, daß sie dort sind. Vielleicht gehen sie auch gerade spazieren?

Aha, und dazu nehmen sie also mal alle schön ordentlich ihre Sachen mit, ja, ihre Taschen, ihre Schlafsäcke und so weiter, klar, für einen Neujahrsspaziergang sollte man das alles unterm Arm haben, genau. Also weg.

Hallo, Fertigungshalle. Stimmt, hier habe ich heute früh gelernt, Gabelstapler zu fahren. Irgendeinem ist eine Wanne vom Gabelstapler gefallen, eine Wanne kann zersplittern in richtig viele Teile, da reichen schon ein bis zwei Meter Fallhöhe. Bumsschepper. Auch das ist jetzt also bewiesen. Fabians Onkel wird es uns danken. Genauer gesagt: IHM, Fabian. An ihm bleibt es hängen, altes Feierlichkeitsgesetz.

– Ich bin dann weg! ruft jemand. Wer war das jetzt noch gleich? Aaaaah, der Getränkemann, hinterher, aber schnell, der muß mich doch mit in die Stadt nehmen. Ich verheddere mich in einem voluminösen Luftschlangenknäuel, haste durch Kantine und Vorführraum, BÄNG, gegen eine Stellwand.

Von hinten sehen VW-Busse nicht so schön aus.

Der umsichtige Mann hat mal besser zugeschlossen, denn ich gehöre ja dazu, hat er sich gedacht (habe ich ihm gesagt!), da habe ich dann ja auch einen Schlüssel.

Hat er gedacht.

Komm, Welt

Laß dich umarmen

Welch ein Tag

Ist ja nicht so schlimm. Ist es nicht? Fabian wird in zwei, höchstens drei Stunden antanzen und den Gesamtschaden kalkulieren wollen. Oder auch nicht, vielleicht erst morgen. Heute ist Feiertag. Morgen auch, nämlich Sonntag. Selten war ich so analytisch und klar. Ich könnte jetzt Verträge aushandeln, Einkommensteuerklärungen vornehmen für die ganze Schlagerbranche. Ich setze mich in die Badewanne „Ocean Dream" und überlege, wie es jetzt wohl weitergeht. Gehen könnte, denn in meiner Hand liegt es nicht.

1) Gleich kommt, s. o., Fabian.

2) Fabian kommt gleich nicht, statt dessen kommt irgendwann ein Angestellter eines Wachdienstes, dessen Hund mich totbeißt.

3) Ich finde irgendeine offene Tür, ein Fenster, das nicht bloß zu kippen geht, und dann schnell zur Bundesstraße und per Anhalter nach Hause.

Taxi? Telefon? Mal ganz kurz: Wo ist überhaupt mein Portemonnaie, mein Zeug, meine ganzen Sachen, meine

Platten? Ich sitze in einer Badewanne namens „Ocean Dream“, direkt neben der Badewanne „Family Feeling“, in der wir gestern ungefähr zu siebt saßen. Asche im Seifenfach. Ich trage heute, am 1. Januar, einen Pelzmantel und Moonboots, darunter ein klammes Gewickel aus Handtüchern. Ich hätte da mal eine Frage:

Was trägt denn dann die Person, deren Moonboots ich trage?

Und darüber hinaus eine Zusatzfrage noch: Ist diese Person identisch mit der, deren Pelzmantel ich hier, in der Badewanne „Ocean Dream“, trage? Das sind doch mal Fragen.

4) Ich werde festgenommen und eingesperrt für mehrere Jahre. Der Gesamtschaden, den die gutaufgelegte, aber gerade in der Retrospektive etwas unübersichtliche Gesellschaft verursachte, geht, so wird Dagmar Berghoff übermorgen sachlich der Nation mitteilen, „in die Millionenhöhe“. Fabian wird bei einer Gegenüberstellung behaupten:

– Nein, ich kenne diesen Mann nicht, nie gesehen, tut mir leid.

Und da ich den Schaden selbstverständlich nicht begleichen kann, geht es ins Gefängnis. Für 1,37 Mark pro Stunde werde ich dort einer wenig erfüllenden Tätigkeit nachgehen. Um die Schulden zu bezahlen, werde ich dann mehrere hundert Jahre lang Tag und Nacht arbeiten müssen, für 1,37 Mark. Nach 175 Jahren werde ich zum Facharbeiter befördert, kriege eine eigene Abteilung unterstellt und fortan 2,56 Mark die Stunde. Erleichtert werde ich in mein Tagebuch schreiben:

Na also, mehr Licht wäre fast schon übertrieben.

5) Ja, fünftens. Und sechstens und fünfzehntens. Werden wir sehen. Werde ich sehen.

Erst mal raus aus dem Ozeantraum. Raus auch aus den Moonboots, die sind ja naß, und es ist überhaupt wahnsinnig kalt alles. Das heiße Bad, richtig. So viel Wanne war nie. Ene, mene, miste. Ja, rosafarben, dreieckig, sehr schön. Und direkt am Fenster, ausgestattet mit Sprudelvorrichtung, außerdem postiert in der Nähe dessen, was mal Büfett genannt wurde, letztes Jahr. Die rosa Dreieckswanne heißt tatsächlich „Flamingo Tune". Guter Name. Nachdem ich ungefähr 19 Knöpfe gedrückt, gedreht und beklopft habe, um den Edelmetallstöpsel zu senken, macht es plötzlich „fump", und tatsächlich: Wasser an – und es bleibt drin, die Wanne füllt sich und ich mich jetzt auch, das dauert hier noch ein bißchen, also mal zum Büfett. „Schlachtfeld" würden Omas sagen. Ich sage das auch:

– Schlachtfeld!

Hups: Meine Stimme, die sich gerade für das Wort „Schlachtfeld" erhob, scholl klein und heiser durch den Vorführraum. Angst. Hilfe. Gefängnis, Wachhunde, Milliardenschaden, Gabelstaplerunfall.

Ruhig jetzt. Mal was essen, nicht nervös werden, gleich geht es in die Badewanne, in der sitzen zu dürfen, das ist doch was. Ein bißchen Kuchen und Ananas, sieht noch gut erhalten aus, oh, nee, in die Ananas haben mehrere Menschen Zigaretten gesteckt. In den Kuchen aber offenbar nicht. Ich bräuchte Shampoo und vor allem ein neues Handtuch und am dringendsten neue Kleidung, denn ich sollte nicht unbedingt in nichts als einem Pelzmantel auf die Polizei warten. Äh, Quatsch, jetzt mal nicht so defätistisch, also auf Fabian warten, genau, der kommt ja gleich, genau, genau. Trotzdem würde ich ungern aus der Flamingowanne direkt wieder in diesen Pelzmantel steigen. Zum Glück haben die anderen gestern schon die Vitrine mit Badeutensilien aufgebrochen, sonst hätte ich das jetzt tun müssen. Also, bitte schön: Da haben wir einen schönen weißen Frotteebademantel, diverse Shampoosorten, ich gieße gleich eine ganze Flasche ins Wasser, es schäumt irrsinnig, und das macht schon mal wieder gute Laune. In der Vitrine fand ich sogar Badeschlappen. Keine Badelatschen, sondern Badeschlappen. Riesenunterschied.

Inzwischen kriecht aus dem rosafarbenen Dreieck ein bemerkenswerter Schaumberg. Bevor das Wasser hinterdreingeplätschert kommt, ich also strafverschärfend noch des Marktführers Gebäude FLUTE, stelle ich mal ganz schnell den Hahn aus und verbrühe mir daraufhin auch noch einen Fuß, den ich zum Temperaturtesten tollkühn durch den Schaum gen Wasser stieß. Aha. Noch mal den blauen Knopf, mit der Zusatzbrause, aus der ebenfalls Wasser kommt, ein bißchen rühren, so ist's angenehm, schöne Temperatur, rein. Nasser Kuchen schmeckt nicht ganz so gut. Ich werfe ihn in ein Doppelwaschbecken und schreie, damit es nicht so still ist:

– Strike!

Das habe ich mal auf einem Basketballpatz gehört, nach erfolgreichem Korbwurf schrien die jungen Herren STRIKE und klatschten sich ab bzw. gaben sich fünf, so heißt das dann wiederum.

Wenn es nach mir ginge, könnte Fabian jetzt kommen. Ich gäbe ihm fünf, gerne auch zehn. Das Schönste am Baden ist leider der Moment des Eintauchens, danach wird es schnell langweilig, doch da ich sonst kaum etwas zu tun habe, hier im Vorführraum dieser Badewannenfabrik, heute am 1. Januar, bleibe ich so lange im Wasser, bis mir erstens dermaßen langweilig ist, daß ich gerne eine Zigarette hätte, obwohl ich beinahe nie rauche, und zweitens meine Haut so schrumpelig gewellt ist wie die Oberfläche eines Twix-Riegels.

Sehr langsam trockne ich mich ab, spiele auf Zeit. Irgendwas muß jetzt passieren, denn gebadet habe ich jetzt, und damit sind die Möglichkeiten, die ein Badewannenfabrikvorführareal so bietet, annähernd ausgereizt. Ganz langsam. Schön auch zwischen den Zehen abtrocknen, das bringt noch mal anderthalb Minuten und im Gegenzug keinen Fußpilz. Fairer Deal. Ein Frotteebademantel ist etwas sehr Angenehmes. Ebenfalls schön: Die Musikanlage ist noch da! Aber alle CDs sind weg,

POWER

OPEN/CLOSE

Aha, noch eine drin. Und zwar:

Bravo Hits Vol. 16 – CD 2.

Nun denn, bitte, liebe Backstreet Boys, singt euer Lied.

Eine Badewannenfabrik ist auch nur eine Badewannenfabrik, das ist mal klar.

Beschäftigungsprogramm! Herr Schröder! Ich will was zu tun!

Rumgehen, den schon in Gänze erkundeten Raum erneut durchforsten. An der Wand erzählen Tafeln die Firmengeschichte. Für das Silvestergefeier waren diese Tafeln mit weißen Tüchern verhängt worden, wohl weil das ziemlich unsexy Layout sie nicht gerade als Kulisse für ein schillerndes Fest prädestinierte – Bleiwüste mit wenigen Bildern, aber ich habe jetzt ja Zeit, oh ja, und lese mir das mal durch, runter mit den Tüchern. Familienunternehmen/Im Krieg vollkommen zerstört/Dann aber Trümmerfrauenpower/Exportweltmeister/Keine Entlassungen seit Jahrzehnten trotz Großbrand in den 70ern und weltweitem Badewannenabsatzrückgang/Weihnachtsgeld/Marktführer/Anbauten immer wieder, bald wird Fertigungshalle 6D eröffnet/Foto von der letzten Halleneröffnung, der Wirtschaftsminister durchtrennt ein rotes Band mit einer großen Schere, Menschen klatschen/Dann die letzte Tafel: UNSERE FIRMENPHILOSOPHIE. Und ausgerechnet da haben Menschen Torte gegengeworfen, nachts, die ganze Firmenphilosophie ist beschmiert.

Sie sind verhaftet. – Nein, noch nicht.

Sie sind allein. – Das stimmt.

Langsam verzweifeln Sie. – Korrekt auch das.

Gerne hätte ich Hunger, dann könnte ich das Rest-Büfett leer essen, aber Hunger habe ich nicht, nur Depressionen, ganz langsam breiten die sich aus, durchmischen sich mit Angst vor dem Wachhund, Fabian und seinem Onkel, der ganzen Welt eigentlich. Ist da nicht auch irgendwo ein bißchen lustiger Fatalismus? Hey, lustig sein jetzt! Nein, geht nicht. Schönes Fest hin und her, wenn es wirklich so nett gewesen wäre, hätten die doch bemerkt, daß ich fehle heute morgen! Also wie üblich, die obligatorische (ein Grund fand sich wirklich immer, mindestens einer!) Neujahrsdepression, dazu eingesperrt inmitten lauter Badevorrichtungen. Die Bravo Hits 16 helfen natürlich auch nicht. Blödes Gelärme. Ich möchte jetzt – alles eigentlich, nur nicht baden. Tja, sagt da der Vorführraum, das ist aber dumm.

Nun ist die CD durchgelaufen, draußen dämmert es schon wieder, richtig hell ist es heute auch gar nicht erst geworden. Man hört vereinzelte Krawumms, und plötzlich blitzen sogar ein paar Leuchtraketen auf, das sind die Restknallkörper aus dem Wohngebiet einige Kilometer entfernt, eine sogenannte Arbeitersiedlung, da wird immer besonders viel geknallt in sogenannten Arbeitersiedlungen. Kann sich jeder separat überlegen, warum das wohl so ist. Immerhin, da lebt noch jemand, draußen, zwischenzeitlich hatte ich hier drinnen das Gefühl, aus Versehen als einziger Mensch einen Atomkrieg überlebt zu haben. Heute wird also offenbar niemand mehr in die Fabrik kommen. Und morgen ist Sonntag.

Damit es nicht so still ist, drehe ich alle Wasserhähne auf. Eigentlich könnte ich jetzt mal in den Spiegel gucken. Habe ich nicht mehr gemacht, seit ich heute nacht mit irgend jemandem grausam erschrak, als wir gemeinsam in einen Vergrößerungsspiegel guckten, der mittels einer Teleskopvorrichtung wie ein Telefon in alten Kriminalfilmen aus einer Wand gezogen werden kann. Da sah das Gesicht aus wie eine karstige Mondlandschaft = sehr, sehr unschön. Nun aber ein normaler Spiegel. Ja, gut, für einen 1. Januar geht es.

Die Wasserhähne drehe ich jetzt wieder zu, das ist ja eine ganz schlimme Verschwendung. Aber nein, einen muß ich doch wieder anstellen, diese Stille ist zu beängstigend. In Extremsituationen hilft nur Selbstbetrug, also spiele ich ein Spiel, ein Rollenspiel, ganz allein. Ich darf mir ein Badezimmer zusammenstellen, weil ich in einem Preisausschreiben gewonnen habe. Also:

Die runde Badewanne hätte ich gerne, jene dort, die ganz runde. Gibt es die auch in weiß? Dann noch eine Dusche, eine schön große Dusche. Mit Glastür und einer abwegigen Anzahl Wasserdüsen, Wasser kommt von oben und auch von der Seite, wenn man will, von allen Seiten eigentlich. Intervallschaltung oder simpler Strahl.

Ungefähr eine Stunde lang bin ich mit diesem Spiel beschäftigt, na immerhin.

Dann kommt die Angst wieder, nein, sie, die Angst von vorhin, kommt nicht wieder, das vorhin waren kleine, weit überbewertete Sorgen im Vergleich. Jetzt liege ich auf einem blauen Wannenvorleger und zittere. Kalt ist mir nicht, das ist sicher, nein, eingehüllt in den Bademantel (Modellname „Admiral", sagt die elegante kleine Informationskarte, die ich in der traurig zerborstenen Vitrine unter Scherben zurückließ), an den Füßen die anschmiegsamsten Badeschlappen Westeuropas, deren Modellnamen ich allerdings nicht mehr eruieren konnte. Hier wird auch am Wochenende geheizt, merke ich, vielleicht dürfen Badewannen nicht frieren. Das Zittern bleibt. Dann, sehe ich ein, ist es also tatsächlich schlichte Angst, auch mal interessant.

– Lebensangst
– Todesangst
– Neujahrsangst
– Angst, daß jemand kommt
– Angst, daß niemand kommt
– Angst vor Geräuschen
– (klar, auch vor der Stille)
– Badewannenfabriksvorführraumangst

Eines der Wörter beschreibt einen Zustand, den ich bislang nicht kannte. Die Badewannenfabriksvorführraumangst ist etwas Neues, ein einmaliges Amalgam aus den anderen Ängsten.

Fühlt sich scheiße an.

Es ist ganz dunkel jetzt draußen. Lockt es Einbrecher oder schreckt es sie ab, wenn ich hier die Festtagsbeleuchtung (alter Hausmeisterterminus für im Grunde nichts anderes als: Stromverschwendung) abfackele, auch tagsüber brannte hier heute jede kleine Vorführneonröhre. Das letzte Bad ist relativ lange her. Darf ich dann jetzt schon wieder? Was sagt denn die Haut? Die Haut ist wieder entschrumpelt, zwar auch nicht gerade ein Feuchtbiotop, das dringend dehydriert werden will, aber ein kurzes Bad müßte ok sein. Welche Wanne denn diesmal? Manchmal bestellen sich Leute im Restaurant extra keine simplen Sachen wie Spaghetti Napoli, weil sie finden, „daß man sich das auch zu Hause machen kann". Der Gedanke, der meiner Wannenauswahl nun zugrunde liegt, ist derselbe:

Es muß eine sein, die der daheim maximal überlegen ist. Andere Farbe, andere Form, viele super Zusatzfunktionen.

Interessant wäre mal eine Forsa-Umfrage, ob verheiratete Männer, die in den Puff gehen, sich dort eine Frau aussuchen, die ihrer eigenen ähnelt, mit der sie nur ganz anders umspringen können und wollen, oder ob sie sich das genaue Gegenteil, also die positive Verkehrung, suchen.

Dort ist ein Spiegelkabinett, in dessen Mitte ebenerdig eine Wanne in den Marmorboden eingelassen wurde. Man muß eine kleine Treppe hinabsteigen! Die Wanne ist quadratisch angelegt, mit leicht abgerundeten Ecken, damit sich die Millionärsgattin nicht in einem unachtsamen Moment böse dran verletzt. Es ist beinahe ein Swimmingpool, auch richtig tief, bestimmt einen Meter fünfzig. Wird es

Stunden dauern, bis da genügend Wasser drin ist? Nein, nein, denn einmal aufgedreht, strömt ein furioser Wasserstrahl los, und als dieses Monsterbecken zur Hälfte gefüllt ist – nach schon etwa zwei Minuten –, fängt es in der Mitte plötzlich zu sprudeln an, und es erhebt sich aus den Fluten eine kleine Fontäne. Wahrscheinlich, damit der Millionärsgattin nicht so langweilig wird, weil ja der Mann immerzu unterwegs ist, wegen der Millionen.

Tolle Wanne. Ich laufe zum Büfett, habe jetzt endlich wieder Hunger, und ich häufe eine exotische Vielfalt auf einen riesigen Teller. Damit hurtig zur Wanne, sonst läuft die über! Aber plötzlich steht der Feuerwehrschlauch still, ein paar Tropfen kommen noch raus, und auf einem Display leuchtet auf:

Maximale Füllhöhe erreicht.

Das ist ja wundervoll, eine mitdenkende Badewanne. Ob die auch in einer halben Stunde höflich mahnt:

Ihre Haut ist schon ziemlich schrumpelig, raus jetzt.

Fragezeichen. Nun aber mal rein. Der Teller bleibt am Rand, und ich paddel dann und wann dorthin und esse ein bißchen was, nicht ohne immer auch mal ein paar Brocken ins Wasser fliegen zu lassen, aus Versehen, schön sieht das nicht aus. Ein kleines Kuchenstück wird jetzt, Physik ist das!, angesogen von der Unterströmung der Fontäne. Oder so ähnlich, trudelt jedenfalls gen Mitte und wird dann zerhäckselt vom Gestrudel.

Das Display vermeldet bloß alle zwei Minuten ungefragt die aktuelle Raum-, Wasser- und sogar Außentemperatur. Wahrscheinlich ist es ein leichtes, auch Börsenkurse darüber zu empfangen. Den Hautschrumpelwarnhinweis jedoch erwarte ich vergeblich, und deshalb müssen die körpereigenen Sensoren ausreichen. Nun also raus, jedoch bloß nichts überstürzen. Noch mindestens eine Nacht. In der Arbeitersiedlung sind inzwischen sämtliche Restbestände an Knallkörpern verpulvert, Ruhe draußen, Ruhe hier drinnen.

Ich schlurfe schicksalsergeben in eine Sitzecke im Foyer und lege mich auf eine Ledercouch. Als Decke dient einfach ein zweiter Bademantel „Admiral" aus der Vitrine, oh Vorsicht, da sind Glasscherben in der Tasche. Plötzlich bin ich wahnsinnig müde. Ich fühle mich hier schon beinahe zu Hause, lösche einige der vielen vielen Flutlichter, und dann aber. Augen zu und – durch. Durchschlafen.

Poch poch. Ein Auge auf. Wo, ach ja, 2. Januar, Badewannenfabrik, Vorführraum, Besuchersofa, Sonntag, noch ein Tag alleine, noch einen Tag warten, dann kommen die …

WER POCHT DA?

Anderes Auge auf, ganz vorsichtig. Kinder und ein Hund stehen am Fenster, die Nasen sind bizarr ans Glas gequetscht, sie lachen sich kaputt, ziehen Grimassen, der Hund leckt an der Scheibe, die daraufhin beschlägt. Hoffentlich friert der Köter fest dort. Ich liege in einer Art Schaufenster.

Wenn ich so ein Kind wäre, ich würde auch lachen und gucken – gucken und lachen.

Ich springe auf, und da laufen sie ganz schnell weg, wahrscheinlich zurück in die sogenannte Arbeitersiedlung. Der Hund ist natürlich nicht festgefroren.

2. Januar. Also, lieber Fabian, jetzt komm doch mal zum Aufräumen, ich helfe auch mit. EHRLICH!

Wenn die Badewannenfabrik nun Betriebsferien hat, was dann? Skiurlaub für alle? Quatsch.

Alle Wannen, die mich interessieren, habe ich eigentlich durch. Zuckerbäcker, habe ich mal in einer Reportage auf Vox gesehen, essen auch überhaupt nicht gerne Torten.

Das gewöhne man sich sehr schnell ab, sagen sie. Genau wie mich nun angesichts dieses Überangebots die Aussicht auf ein sogenanntes heißes Bad überhaupt nicht zu begeistern vermag. Was dann?

Vielleicht mal wieder Menschen.

Eine andere Platte als Bravo Hits Vol. 16 – CD 2 (DJ Bobo war auch mal Zuckerbäcker, fällt mir da ein, vielleicht tut er uns irgendwann einen Gefallen und kehrt zurück zu diesen seinen Wurzeln).

Die Gewißheit, nicht ins Gefängnis zu müssen.

Einfach wieder das normale Leben, mit all dem Ärger, gerne doch, Hauptsache, das Jahr geht endlich los, ist dann einfach wieder eines von vielen, ein weiteres, und diese Zeitlupenouvertüre wird abgelöst von Bewegung und vor allem Abwechslung, die sich nicht in der Wahl der Badewanne erschöpft.

Ein Geräusch. Vor dem Einschlafen habe ich mehrere Tische vor die Tür zur Fertigungshalle gewuchtet, damit da nicht nachts plötzlich jemand hindurchkommt, ein Gabelstaplergespenst oder so. Woher jetzt dieses Geräusch, ein metallisches Klappern, was war das? Stille jetzt wieder. Da, ein Radfahrer. Ein Zeitungsbote. Ah! Er hat die Sonntagszeitung durch den Schlitz geworfen. Hat mich nicht gesehen. Wäre auch alles zu kompliziert geworden. Neben dem Briefschlitz steht eine Plastikwanne mit lauter Post drin. Ich öffne ein paar Briefe, sind aber bloß langweilige

Bestellformulare, Rechnungen und Hunderte Weihnachts- und Neujahrsgrußkarten. In einem Umschlag finde ich einen kleinen Tannenzweig, den zünde ich an, das riecht immer so schön. Da geht es mir gleich besser. Die Sonntagszeitung, die sie hier in der Badewannenfabrik abonniert haben, ist leider die langweiligste Sonntagszeitung am Markt: *Die Welt am Sonntag*. Nein, SO langweilig ist mir dann doch nicht, daß ich die nun lese. Na ja, mal kurz reingucken: „Manche Eskimos benutzen Kühlschränke, um darin ihre Lebensmittel vor dem Erfrieren zu schützen." Ah, ja. Nazis raus. Altpapier.

Ich setze mich wieder. Halt, da kommen sofort die Depressionen, schon wieder die, schnell bloß irgendwas machen. Ich nehme Einwegduschhauben aus einem Regal und fange an, Salatschüsseln und Puddingschüsseln damit zuzudecken.

Eine der schönsten Omagesten, die es gibt nach Partys. Meine Mutter hat mir mal erklärt, daß einige Frauen große Freude daran haben, weil sie so in aller Ruhe herausfinden können, wem welche Schüssel gehört. Und wessen mitgebrachter Salat oder Pudding nicht weitestgehend leer ist oder sogar noch beinahe unberührt, hat verloren! Derjenige, dem (allermeistens: diejenige, der) man die Schüssel dann mit Plastik abgedeckt (damit es nicht ganz verdirbt) in die Hand drückt, guckt dann ganz traurig, sagt aber tapfer: „Ach, schön, guck mal, dann muß ich morgen nicht kochen." Aber in Wahrheit ist sie existentiell niedergeschlagen, und die anderen Hausfrauen waren viel besser, eins zu null für die.

Dann ist alles abgedeckt, und leider kann ich niemandem was in die Hand drücken. Ich selbst hatte nur Wein mitgebracht, meinen Lieblingswein, und der ist leer, kein Wunder, habe ihn ja selbst getrunken, was mancher unhöflich finden mag, aber wenn die Macher schlechter Salate ihre Salate selbst aufäßen, wäre das ja super. Einmal mehr Spaziergang zwischen den Wannen.

Vielleicht könnte man mal eine Boygroup am Markt etablieren, deren Entstehungslegende einfach so geht:

Sie waren mal gemeinsam in einer Badewannenfabrik eingeschlossen, ein paar Tage, und da haben sie dann mit Badewannenfabrikwerbekulis Songs geschrieben, auf einem verstimmten Klavier im Badewannenfabrikkeller herumprobiert, und plötzlich waren sie eine Boygroup.

The Marmor Boys.

Keine schlechte Idee. Die Moonboots sind jetzt wieder trocken. Ich schlüpfe rein. Sie sind etwas zu klein, aber es geht. Heute ist der 2. Januar, ich bin immer noch eingeschlossen, die Moonboots sind nicht meine, aber wieder trocken; ein bißchen zu klein, aber es geht.

Das ist die Lage.

Gleich kommt ein Raumschiff und holt mich hier raus. Nette grüne Männchen sagen:

– Genug gelitten jetzt.

Grüne Männchen. GRÜNE MÄNNCHEN.

WO

IST

EIGENTLICH

DER

NOTAUSGANG?

Muß es doch geben. Ja, schlauer Junge. Wahnsinnige Transferleistung, dieser Gedanke nach eineinhalb Tagen. Überall an der Decke hängen ja diese Leuchtrechtecke mit dem weißen Laufmännchen auf grün. Da entlang, den Pfeilen nach. Pelzmantel über den Admiralsmantel, Zehen anziehen, damit sie nicht so schmerzhaft gegen die Moonbootspitzen stoßen, und den Pfeilen nach. Schneller. Da: eine Stahltür.

Nur im Notfall öffnen. Ist ja Notfall. Sie geht auf, ganz einfach.

Ich spaziere durch den frühabendlich saukalten 2. Januar, durchs Industriegebiet.

Es fängt an zu schneien, dort drüben ist schon die Bundesstraße. Per Anhalter in die Stadt. Ich persönlich würde diesen Kerl in Moonboots, Bademantel und Pelz darüber NICHT mitnehmen. Aber: Sauber ist er, falls das eine Rolle spielen sollte. So sauber wie nie zuvor. Ich glaube, ich habe den Wasserhahn angelassen. Die Wasserhähne.

Ah, der Passat hält.

– In die Stadt? Du siehst ja durch aus! Ich heiße übrigens Tobias.

Und ich, unfähig, normal zu konversieren, sage einfach so, tatsächlich:

– Und ich bin der Roberto Blanco.

Tobias lacht. Ich dann auch.

Frühstücksbüffets

Man fällt ja immer wieder drauf rein. Ob allein auf Reisen oder im Kollektiv die Woche krönen wollend mit dem Frönen eines Spießbürgerbrauchs to end all Spießbürgerbräuche – „schön im Hotel frühstücken, großes Büffet!". Speziell der Sonntag wird zum großen Kampffrühstück genutzt – endlich mal in Ruhe den Tag begrüßen, sich verwöhnen lassen, diese ganze Scheiße. Formel-1-Rennen gucken ist nicht sinnloser.

Das Frühstücksbüffet erscheint unglaublich attraktiv: alles da, von jedem etwas, wir breakfasten nicht, wir lunchen nicht, sondern, genau – wir brunchen. Brunchen meint: Jeder belädt seinen Teller, als wäre er schwanger. Kaltes neben Heißem, süß neben salzig und dazu diverse Ei-Variationen, Säfte und hier ein Toast und da ein Obst, gerade so, als gelte es, Vorräte für den Luftschutzbunker zu hamstern. Psychologisch ist es vorteilhafter, einen großen Teller zu behäufen statt mehrerer kleiner, was nämlich immer so aussieht, wie es ist – schlicht gierig. Das Büffet ist eine gastronomische Pauschalreise, all inclusive, auch der Ärger.

Die Aussicht, ein bißchen Ei, dazu aber auch Obstsalat und trotzdem noch ein Brötchen und ein Nutella-Croissant essen zu können, erscheint gerade Insassen nachlässig geführter Single-Haushalte paradiesisch. Sonntagsfrühstücke daheim sind sinnvoll limitiert – mehr gibt es nicht, weil es mehr nicht gibt; Marmelade ist zwar noch da, aber der Toastvorrat erschöpft sich in Krumen am Tütenboden. Das macht zufrieden. Nach einem auswärtigen

Frühstücksbüffet dagegen ist der Selbsthaß beträchtlich. Unsinnige Mischung und maßloses Hungerüberschätzen bewirken ein Calzonegefühl in der mehr denn je als Bauch empfundenen Magengegend.

Die dargebotene Fülle ist imposant, die Qualität der Einzelposten jedoch zumeist unterdurchschnittlich. Ein Käselappen, der von 10 bis 16 Uhr neben einem Dekorsalatblatt dahinoxidiert, kann ja gar nicht schmecken! Auch ist der Zugriff aller mit denselben sogenannten Auftulöffeln hygienisch bedenklich. Um es mit Günter Wallraff zu sagen: Irgendwas bleibt immer hängen. Manche Büffetteilnehmer greifen auch zwanglos freihändig in den Brötchenkorb und scheuen sich nicht, Einzelteile zurückzulegen, wenn der Teller wegen Fehlkalkulation überläuft.

Ästhetisch sind Büffets ohnedies eine Anfechtung. Das Rührei wird von Lampen warmgestrahlt, die Butter schwimmt in Eiswürfeln, der Verzierung zugedachte Gurken und Tomaten bleichen wässrig den Hartkäse. Und der Lachs, ja der Lachs! Der ja billiger ist als guter Käse, aber trotzdem noch das Image des Champagner unter den Aufschnittsorten innehat. Vom Rand her trocknet er bedächtig der Ungenießbarkeit entgegen, und auch die säumenden Zitronen waren schon besserer Zeiten ansichtig.

Der Büffetesser ist so kleinlich auf Preisleistungsschnäppchen bedacht wie eine Horde Vorstädter im Sommerschlußverkauf. Auch wenn man KEIN T-Shirt braucht, kauft man ja gerne mal drei, wenn sie auch ganz bestimmt so wenig kosten wie sonst zwei. Und am Büffet ißt man nicht, bis man satt ist, sondern deutlich länger, zumindest bis sich die Investition amortisiert hat. Vollgegessen fragt man sich dann gegenseitig ungläubig und verschworen, „wie sich das für die bloß rechnet". Die Büffetfüller schweigen und füllen die Tröge nach. Natürlich rechnet es sich! Gespart wird Personal und Zubereitungsmühe. Obst und Gemüse sind frisch vom Markt – also vom Weltmarkt. Der Gast sitzt eine halbe Stunde da vor einem Stapel geschändeter Konfitürekleinstnäpfe und läßt sacken. Dabei treibt ihn nur eine Frage um: noch Kuchen? Außerdem zittert er bedenklich, weil die Servicekraft mit dem Kaffee natürlich fortwährend kopfnickend zum Dienst an der Tasse ermuntert wird. Nachdem alle Reste ästhetisch fragwürdig tellermittig ineinandergelaufen sind, ertönt der Schlachtruf: „Ich glaub', ich geh noch mal!"

Es ist schrecklich. Man sollte Büffets abschaffen, diese unzeitgemäßen Wirtschaftswunderkarikaturen. Das Credo nichtverwöhnender Mütter, daß gegessen wird, was auf den Tisch kommt, gerät absurd, wenn der Tisch ohne Unterlaß nachproviantiert wird.

Ein Sonntag hat weniger Lebensstunden als ein Montag. Und von diesen paar Stunden offizieller Geistesgegenwart nimmt das Frühstück trotzdem viermal mehr Zeit ein als sonst. Da stimmt was nicht. Aber man fällt immer wieder drauf rein.

Frühstücksbüffets – Westbam's Darkside-Mix

Man fällt ja immer wieder drauf rein. Ob allein auf Reisen oder im Kollektiv die Woche krönen wollend mit dem Frönen eines Spießbürgerbrauchs to end all Spießbürgerbräuche – „schön im Hotel frühstücken, großes Büffet!". Speziell der Sonntag wird zum großen Kampffrühstück genutzt – endlich mal in Ruhe frühstücken, sich verwöhnen lassen, diese ganze Scheiße. Formel-1-Rennen gucken ist nicht sinnloser.

Das ist die eine Art, wie man in einen Brunch gerät. Ich könnte den Text einfach exzerpieren, ein paar Worte dazuschreiben, ein paar wegstreichen, alle so-called Buckel-S in SS korrigieren. Meine all-time Wurst-Top-Ten einweben, die ich seit Jahren in der Schublade habe. Kann ich die auch endlich verbraten. Ich drapiere sie einfach auf der Brunchaufschnittplatte. Würd schön passen. Wurst-all-time-Number-One: Leberwurst, gefolgt von Blutwurst, Bockwurst, Weißwurst, Dauerwurst, Teewurst, Schweinswurst usw., usw. Könnte vielleicht noch eine „Scheinwurst" dazuerfinden. Über die sich ein paar Bruncher gerade gierig hermachen. Leute, eßt meine ostwestfälische, grobe Scheinwurst. So käme remixtechnisch noch etwas mehr Fleisch an die Geschichte.

Die Geschichte des Brunchs könnte man noch mal anders aufmischen, nicht als Eigentor der Munteren, son-

---

Westbam appears courtesy of low spirit rec.

dern als Mutprobe der anderen. Die nicht frisch geduscht, sondern verklebt und geräuchert aus den Discos und after-hours herbeigekrochen kommen. Auf ein Hühnerfrikasse.

A Tale from the Darkside: Die Speisung der Übriggebliebenen. Die, die zum Brunch kommen aus einem masochistischen Trieb, wie Leprakranke, die partout als Fotomodell arbeiten wollen, oder dicke Mädchen, die sich in Talk-Shows setzen, angeblich weil sie sich total wohl fühlen, so fett wie sie sind. So treibt es die Wachgebliebenen zu den Mischbrotkörben (Weißbrot, Schwarzbrot, Graubrot, ostwestfälisches Landbrot usw., usw.) der Ausgeschlafenen und der Schon-wieder-Aufgestandenen. Beim Brunch denke ich immer an Ete nach der Bookersnight, wie er – nur von seinen zahlreichen Tattoos bedeckt –, verloren vor einer opulenten Cerealienauslage steht und sich fragt, warum alle so komisch kucken, weil er nicht drauf kommt, daß er barfuß und ohne Oberteil, und komplett verpeilt und tätowiert, nicht gerade die Vibes des Umfeldes zurückreflektiert, morgens um zehn im Astron Hotel in Dortmund zwischen lauter frischgewaschenen Bayer-Kunstdüngervertretern und ausgeschlafenen bulgarischen Kunstturnerabordnungen in lila Trainingsanzügen und verfressenen Kleinfamilien in Kunsthaaroberteilen aus dem Nachbardorf, die sich kollektiv mit einer Überdosis hartgekochter Mayonnaiseeier den Rest geben, während sie Ete schamlos anglotzen. Jetzt geht er zum Brotkorb und nimmt sich ein Brötchen. Hinter ihm wartet eine ältere Dame, die gesehen hat, daß er das Brötchen mit der Hand genommen hat. Sie flüstert ihm ins Ohr:

„Na dann halten Sie doch gleich Ihren Penis da herein."

Worauf sich Ete fragt, ob er sich das eingebildet hat. Da sagt die ältere Dame, diesmal etwas lauter:

„Na dann halten Sie doch gleich Ihren Penis da herein."

Der glotzenden Kleinfamilie kommen daraufhin fast die Mayonnaiseeier wieder hoch, andere Gäste halten das für Erlebnisgastronomie.

„Aber da war doch keine Brötchenzange", jammert Ete halbnackt. Da kommt Gott sei Dank der Geschäftsführer mit einem Topf Currygeschnetzeltem durch die Schwingtür aus der Küche.

„Aber der junge Mann hat doch gar nichts gemacht!"

„Seinen Penis hat er da reingehalten, ich habe es genau gesehen!"

Während sich Ete fragt, warum sich Großmutter ausgerechnet auf ihm schräg ausruhen muß, wird die ältere Dame vom Geschäftsführer, dem Bell Boy und dem herbeigeeilten Concierge in die Lobby abgedrängt.

„Moment, ich habe meine Sonnenbrille vergessen. Bin gleich wieder da", bereitet Ete seinen Abgang vor.

Schnell weg.

Er ist auf die Harte vom Brunch geheilt.

Dr. Katja Kessler

Lutsch, lutsch, flutsch. Katja (29) ist gelernte Zahnärztin, aber anders als den meisten Männern reicht ihr Löcher-Stopfen allein nicht aus. Jetzt sitzt sie ohne (Schreib-) Hemmungen ganz allein in ihrer Schreibstube, mit einem großen Stift im Mund, ihre Hose hat sie im Archiv liegenlassen. Sei's drum: Gleich kommt der Ressortleiter und gibt Nachhilfestellungen. Er ist so geübt, ein echter Profi, daß er dabei mit seinem Zeigestock ganz bestimmt nicht zuviel Deckweiß verschüttet.

So ungefähr würde sie über sich selbst schreiben, um auf der Titel- oder letzten Seite der BILD-Zeitung zwischen Flugzeugabsturz, Bahnerpressung und Steuererhöhung für wenigstens ein bißchen Freude zu sorgen. Die Zahnärztin Dr. Katja Kessler ist die Frau hinter dem Text unter den Frauen. Sie schreibt diesen täglichen Irrsinn, der für viele Menschen das einzige Stückchen Poesie pro Tag darstellt.

Betextet werden muß die tägliche Nackte, weil eine Tageszeitung ja nicht einfach eine Pornoecke zum Ausschneiden haben möchte. Deshalb die Phantasienamen, die Altersangaben. Aber auch, um Greifbarkeit vorzutäuschen: Es gibt sie wirklich, sie, in Klammern 24, das Model, die Biggi, die Kathi, das Mausi. Warum sind die eigentlich nackt? Weil, ein Klischee!, der Bauarbeiter damit in der Frühstückspause aufs Dixie-Klo geht und seine hundert Kilogramm Ehefrau kurz mal vergißt? Ach wo, vielmehr, weil die Wäsche im Kochwaschgang eingelaufen ist oder weil die Dame, puh, ganz schön verschwitzt, gerade vom Fitneßtraining kommt und jetzt duschen will. Oder ein Schlawiner ihr die Kleider gestohlen hat. Und, der Voyeur wird an die Hand genommen (wenn er noch eine frei hat), „gleich kommt der Fitneßtrainer und schaut nach dem Rechten".

Das ist so der Kessler-Standard: kurze, möglichst abseitige Erklärung der Nacktheit. Nein! Sie ist eben nicht nackt fürs Foto, sondern weil „sie einfach nicht weiß, was sie anziehen soll". Und dann die Schlußfolgerung: Gleich geht's rund. Gerne auch zweideutig. Uiuiui, denkt Frau Doktor und mit ihr die Leser, „wer wäscht Michele bloß nachher noch das Salzwasser von der Haut"? Ja, wer?

Vor Kesslers Amtsantritt waren diese Texte Abhandlungen technischer Art, die sogenannten Maße, kaum mehr. Reihum schrieb das jeder mal bei *Bild*, meistens – so haben wir uns das auch vorgestellt – Männer. Natürlich Männer! Einen besseren Vorwand kann es ja gar nicht geben: Man darf stapelweise Nacktfotos „sichten", dann bedichten, und nie muß man verschämt etwas Unverfängliches drüberhasten, wenn jemand zur Tür hereinkommt. Ist ja Arbeit! Muß ja gemacht werden.

Doch dann kam Katja Kessler, in Klammern 29. Und mischte die Rubrik auf. Gleich an ihrem zweiten Arbeitstag bei *Bild* wurde ihr eine der intern „Mieze" genannten Nackttanten auf den Tisch gelegt. Wie das denn gehe, fragte sie, was denn da stehen müsse? „12 Zeilen, wie Sie lustig sind", hieß es vage. Und Frau Dr. Kessler war ziemlich lustig: Eine Nackte saß auf jenem Bild, natürlich, eine der tausend Biggis weltweit. Doch die nun auch noch vom ewigen Fitneßtraining kommen zu lassen, war Kessler zu blöd. Also schmiedete sie eine kurze und, nun ja, knackige Legende: Ärztin sei die Dame und das Wartezimmer, oha,

„gerammelt voll“, und gleich käme wohl der Kollege. Genügte es in der Prä-Kessler-Ära, Männer bloß „gleich kommen“ zu lassen, hoho, sah sie das Kommen plastisch: „Mit der großen Spritze“.

Ziemlich lässiger Einstand, zumal von einer echten Ärztin. Große Freude in der Chefredaktion über diese Groteske; die neue Mitarbeiterin möge doch bitte bis auf Widerruf das Fehlen von Kleidern begründen. Kein Problem: sucht vergeblich nach ihrem BH, kommt gerade aus dem Dampfbad, bereitet sich auf den Sonnenurlaub vor (natürlich „last minute – kommt in letzter Minute“), Yoga in der Sonne, das Oberteil hat das Model gestern abend im Eifer des Gefechts im großen Bett verloren.

Den Männern, denen die Bildchen eventuell als Nunja-Vorlage nützen, und Frau Kessler selbst muß konstatiert werden: Darauf muß man erst mal kommen. Das ist doch Sexismus! Genau, und zwar richtig. Die Frauen heißen nicht mehr bloß Tina oder Beate, Frau Doktor Kessler steigert die Biographiennegation ins Bizarre: die aufgeschlossene Babsi, die kurvige Carmen, die knusprige Steffi, Fitneßbiene Caprice. Abstrus sind die Details. Jahrzehntelang wurden die namenlosen Nackedeis spezifiziert mit Berufsangaben, die die durch unterwürfigen Blick und widerspruchslose Kleiderlosigkeit suggerierte Dauerverfügbarkeit noch unterstrichen. Sie gingen durch als ewige Sekretärinnen oder Arzthelferinnen, deren Chef dann unheilvoll „Überstunden“ ankündigte, Anführungsstriche, Punkt, Punkt, Punkt. Reichte es bestenfalls mal verquer zur „Klavierlehrerin“, so beförderte Kessler als erste Amtshandlung die Damen pauschal, ließ eine als „Oberzoologin mit eifrigen Jungforschern“ durch den Urwald turnen.

Kessler kombiniert die offenen Blusen stilistisch raffiniert mit Berufen, die sonst eher an knielange Röcke denken lassen: Referendarin in der Schule, Fremdsprachenkorrespondentin, Azubi aus dem Fichtelgebirge. Oder sie qualifiziert eine „knackige Melinda" tolldreist zur „Proktologin". Das wurde zwar rausgestrichen, doch niemand im ganzen Haus beherrscht das Genre besser. Solch schwerelose, auf mehreren Ebenen funktionierende Sinnleere hatte es noch nicht gegeben, und obendrein ist es gänzlich unverfänglich. Babsi ist nicht nur nackt, schön und großlippig, sie ist, laut Kessler – es steht da wirklich! –, „Biologiefan". Ich auch, ich auch, denkt der Leser und blättert verschämt um.

Waren die Texte vorher bloß ödes Beiwerk mit Alibi-Funktion, so ist es gar nicht allzusehr gelogen, wenn man heute folgende Lesegewohnheit unterstellt: erst den Text und dann die Brüste, die aber gar nicht unbedingt, lieber noch mal den Text. Doch!

Katja Kessler ist *Emma* ohne Zornesfurchen. Täglich karikiert sie subversiv die notorischen Männer-Phantasien. „Die Darstellung der Mädchen ist ja so offenkundig reduziert, völlig plemplem. Warum sitzen die da nackt?" fragt sie. Nun ja, also, das ist so, also, na ja, Männer gucken sich das gerne an. Hüstel. Klar, denkt Frau Kessler und schreibt: „Wo sind bloß meine Wintersocken?" Sie übertreibt es einfach, veralbert die Gaga-Porno-Namen, hängt ihnen immer noch ein -i, ein -chen an, verniedlicht, bis der Wahnsinn unverhohlen über die nackte Schulter lächelt.

Vielleicht gelang ihr die Eroberung der Rubrik, weil Kessler von weit her kommt. Nach zwei Tagen im zahnärztlichen Dienst bemerkte sie, daß es dies keinesfalls sein könne, packte „dieses ganze Besteck für viele tausend Mark in eine große Mülltüte", ab damit in den Keller. Und raus aus der Praxis. Schreiben wollte sie, und wie Mick Jaggers „Sex-Luder" mit *Bild* eine „Sex-Spur durch Deutschland" zog, so sind Kesslers Stationen eine Miezen-Spur hin zur Endform, die heute täglich von Millionen zur Kenntnis genommen wird, die dazu den Kopf oder andere Körperteile schütteln. Gleich ihr erster Text für einen Katalog mit Naturprodukten gelang der Nichtmehrzahnärztin prophetisch: „Kerzen – darauf stehen nicht nur Honigbienen". Und so ging es weiter. Während eines zweiwöchigen Praktikums beim *stern* wurde sie nur einmal eingesetzt: Für eine Geschichte über reduzierte Zeugungsfähigkeit hatte sie die Herstellung eines Videoprints zu überwachen – die Abbildung eines Spermiums. So geschult, landete sie beim *Journal für die Frau*. Ihr erstes Thema dort war der Klassiker „Neue Kennlernmethoden". Der Chefredakteur Stefan Lewerenz erinnert sich gerne an „unsere Katja", die er alsbald ein paar Flure zur *Bild* weiterreichen mußte. Zu aktiv, zu schreibwütig war sie. „Die Katja", sagt Lewerenz, „die ist ein richtig aktiver Zeitungsmann."

Dem es oft gefällt, die zwölf Zeilen Kopulationslyrik einzuleiten wie eine Comicsprechblase: schwuppdiwupp, schubidu und trallala, vallerie und vallehopsasa! Oder vollkommen entgrenzt: „Labamba, gibt's hier auch Kokosnüsse?"

Wer hat dich so zerzaust, Danny, beziehungsweise wer hat dich so versaut, Katja?

Beim Lesen der Texte dachte man sich stets einen verschwitzten Koloß als Urheber, 56 Jahre alt, den bis auf den Alkohol schon lange keiner mehr zerzaust hat. Einen Sabbernden mit triefendem Blick, verklebten Locken auf der

Stirn und zuckenden Pausbacken, der es im Auftrag der Leserschaft nötig hat. Jedoch: Es ist Katja Kessler. Eine – die staturbeschreibenden Adjektive sind in diesem Zusammenhang behutsam zu wählen – zierliche Dame, die sich selbst als „einigermaßen tough" beschreibt.

Vor dem Miezen-Schreiben holt sie sich rituell einen Kaffee – „wenn das Sekretariat einen gekocht hat", selbst kocht sie nie, soviel Hierarchie muß sein, obwohl sie jung ist und Frau und so weiter. Kann man getrost vergessen, da trinkt sie doch lieber eine Cola, wenn der Kaffee leer ist.

Die Mieze ist bloß Etüde am Nachmittag. Davor blättert Katja Kessler auf der Suche nach Geschichten in ihrem „Willi-Wichtig-Buch", in dem die Telefon-Nummern von D. Bohlen bis D. Buster, von Meiser bis Lauterbach aufgelistet sind, das Kapital in ihrem, dem Unterhaltungsressort. Heute ruft sie eine Freundin der Frau von Harry Wijnvoord an, denn die kann irgendwas sagen zur gescheiterten „TV-Ehe". Will sie dann aber noch nicht, und um 16:30 läßt Kessler die Freundin von Frau Wijnvoord eine halbe Stunde lang die Freundin von Frau Wijnvoord sein und beginnt zu dichten. Mal erwartbar, ein geseufztes „Ach, Britta", dann aber in dada-Höhen sich aufschwingend urplötzlich: „Mi, Ma, Mausesack". Potz Blitz. Beziehungsweise „Schubidu & Tralala" oder „Mein lieber Scholli, da muß der Techniker ran".

Kesslers Bruder hatte immer schon gesagt, sie habe einen vollkommen männlichen Humor. Und tatsächlich habe sie in der Schule am liebsten MAD-Hefte gelesen, unter der Bank natürlich, stilisiert sie korrekt zu Ende und lächelt. Da ist man jetzt schon wieder reingefallen. Oder?

Egal. So männlich wie Katja Kessler jedenfalls schrieb keiner zuvor.

Und so muß Ressortleiter Manfred Meier sie eher bändigen, also streichen, redigieren, wenn es zu bunt wird. „Manchmal ist es einfach zu sehr Tschakatschaka. Wir sind ja hier nicht in Absurdistan!" sagt er, wenn zum Beispiel eine Frau auf einem Bidet sitzt und Frau Kessler „den Bekkenbauer zum Rohrverlegen" erwartet. Oder eine Nackte, die nichts weiter ist als requisitenlos nackt, mit frappanter Logik „ihre köstlichen Äpfel zu feinem Apfelsaft verarbeiten" läßt, nicht ohne den Hinweis auf eine „attraktive Verpackung und ordentlich viel Fruchtfleisch".

Das ist die Rache des nacktfotografierten Geschlechts: Jeder noch so niedere Gedanke wird von Kessler mühelos unterkellert. Zwanzig Zeilen Antiporno machen aus der Schmuddelecke eine Glanzrubrik; Katja Kessler jubelt der fleischverarbeitenden Industrie etwas unter, was deren Wesen widerspricht: Selbstironie, offene Karten. Stellt sie sich den typischen Leser vor beim Schreiben? Den der Fotochef schief lächelnd hilflos als „Kuddel vom Hafen" bezeichnet? Nö. Aha. „Aber lustig ist es schon, wenn man sich überlegt, daß Männer dabei feuchtwarme Gedanken kriegen." Und noch lustiger, ihnen die auszutreiben mit solchen Texten. „Das kapiert jeder, daß das ironisch ist."

Die Fotoauswahl, die Kesslers Dichtkunst voransteht, ist natürlich keinem Zufall überlassen, sondern einer Männer-Riege. Endlich, die Männer, wurde aber auch Zeit.

Um 12 Uhr treffen sie sich zur großen Fotokonferenz, und da liegen rundherum auf einem langen Tisch die Bilder und Textsprengsel, die am nächsten Tag dir deine Meinung bilden. So richtige Zeitungsmacherstimmung, wie im Fernsehen: Kaffee, Zigaretten, hochgekrempelte Ärmel, Agenturmeldungen, mehr Telefone als Fenster und das bei nicht eben wenig Fenstern. Ziemlich am Anfang des Reigens der täglich neue Miezen-Stapel. Die Männer machen ihre Runde, ihre Bemerkungen und Notizen und bei den Miezen so ihre Männerwitze. Frau Kessler wird das alles gutgelaunt rächen; einerseits – und bedienen andererseits, das ist der Trick. Die aktuelle Nachrichtenlage kann die tägliche Mieze verhindern: Entweder ist der Aufmacher so erschütternd, daß es einfach nicht paßt, oder er handelt selbst von Sex.

Wo aber bleiben eigentlich die nackten Männer? Wäre das nicht eine Mission für die Frau, die im Nacktbildressort so vorbildlich geputscht hat? Immer wieder fordern Zusammenrottungen von Kantinenweibchen „knackige Kerle zum Ausgleich". Aber die wird es niemals geben. „Da frag' ich jetzt Sie, fänden Sie das ästhetisch?" versucht der Fotochef eine rhetorische Frage. Homophob seien die meisten deutschen Männer, und nackte Frauen seien doch „irgendwie gottgegeben, das ist so".

Frau Dr. Kessler hat noch viel zu tun. Da muß die Technikerin ran.

30. Geburtstag

Frauen werden 30. Macht das was? Aber sicher. Andererseits: Auch viele Männer werden 30. Frauen jedoch werden 30 und denken schon eine ganze Weile vorher, so ab Erreichen des 24. Lebensjahres: Meine Güte, 30! Soll ich jetzt, oder soll ich jetzt nicht? Mich sorgen, weinen, Augencreme für viele hundert Mark kaufen, Zukunftskrämpfe zulassen oder Mami anrufen? Eher unprima Frauen, die das religiöse Tuwort „sündigen" im Zusammenhang mit Schokoladeessen benutzen, planen, fortan vernünftig zu werden, um aber noch mal einen Abend, eine Woche, eine Zeitlang *völlig verrückte* Sachen zu machen, wie trinken bis zum Umfallen, bis morgens tanzen und bis mittags fremdgehen. Dieser auf einen einzigen Tag zugespitzte Übergang vom randständigen Studentendasein hin zur Frau mitten im, so nennen sie das, *Leben*, mit oder – ganz hart – zunächst sogar ohne Mann, war viele Jahre zugleich Initialzündung, Handlung, Motto und Showdown der deutschen Durchschnittskomödie. Dies scheint gottlob vorüber. 30 werden die Leute trotzdem munter. Fast jeder darf mal!

Frauen rotten sich zu diesem Fest gerne zusammen. Klingt nach Selbsthilfegruppe, ist auch so ähnlich, wird aber getarnt als gemeinsame Einladung. Das geht so: Die Damen trinken Kaffee (keinen Likör, Frau Lind!) in der Wohnküche einer 29jährigen. Und so endezwanzig fühlten sie sich lange nicht, denn nun werfen sie alles zusammen für das große Fest, das laut werden soll und legendär, denn

– nie war das so wahr – so jung kommt man eben wirklich nicht mehr zusammen.

Erstens: Wen laden wir überhaupt ein? Puh, viel zu schwierig, erst mal was anderes: wie viele ungefähr. Rein mengenmäßig – ganz viele. Alle müssen kommen. Mit 30 kennt man ja so viele Leute wie niemals zuvor im Leben und auch wie nie mehr danach, denn das sortiert sich dann in die Ausschüsse.

So viele? Passen die dann denn, oder sollten wir nicht? Man wird nur einmal 30, genau, das ist der Satz, also einen Raum mieten. Oder ein Haus? Mit erforderlicher Zweidrittelmehrheit wird schließlich ein Gemeindezentrum durchgewinkt. Ein Bürgerhaus. Kann man angeblich mieten, hat Sandra auch gemacht oder wollte sie mal, für die Hochzeit, genau. Mal Sandra anrufen: Aha, hast du noch die Nummer, ja, warte mal, wo hast du denn Stifte hier, Andrea, ja, da, so, ja, sag noch mal. Wie heißt der? Wie man's spricht? Klasse. Und schon ist die Liste um zwei Namen länger, denn natürlich muß Sandra jetzt auch eingeladen werden, Sandra+Mann. Ist aber nicht schlimm: In ein Bürgerzentrum passen mehrere hundert Menschen, und wenn die nicht kommen, sieht es ärmlich aus, nach Beerdigung. Dann kommen böse Gedanken. Aber es soll ein frohes Fest werden. Nun werden alle eingeladen, die man kennt. Alle, die es gibt, je gab. Alte Adreßbücher werden recycelt. Seit Jahren nichts gehört voneinander, aber dann: Herzlich eingeladen. Zum 30. Gerne auch in Begleitung. Wer den wohl inzwischen (oder sagt man: noch) begleitet?

Hoffentlich schenkt niemand eine Abwandlung des unsäglichen Stadtfest-T-Shirts „Lieber vierzig und würzig als zwanzig und ranzig".

Wenn so viele kommen, wird es natürlich auch sehr teuer, denn ordentlich betrunken sein sollten schon alle so gegen 12, spätestens. Satt aber auch. Plus DJ, bloß nicht jederdarfmal, ein Professioneller muß ran, der sich nicht betrinkt und alle Platten mitbringt. Und eine Anlage! Und jetzt Deutschlands Hausmeistersatz Nummer 2: Der Raum kostet ja auch. Richtig. So falsch das Wort „Unkosten", so richtig ist es, zu kalkulieren. Grob und großzügig. Eintritt nehmen? Also, bitte. Vielleicht die Einladung beschließen mit dem unglaublichen Satz, der die Gäste auffordert, das Büffet mitzugestalten? Wenn man diesen Zusatz vage formuliert, ist die Angst vor Nudelsalaten die eine Sache. Die andere die berechtigte Sorge, das Wissen vielmehr um die Bequemlichkeit der Eingeladenen; häufig mündet so was in 1500 Stangenweißbroten und mehreren Waggonladungen serbischen Rotweins, den man nach 20:00 nur noch am Kiosk kriegt, den zwar niemand trinken will, mit dem zu winken (und dann schnell weg damit) jedoch bei Parties oft genügt, um eingelassen zu werden. Man müßte also, manche Menschen tun das, auf jede Einladung dezidiert eine Büffetbeigabe notieren. Du, Kerstin, trage doch bitte etwas zur Aufschnittplatte bei. Und du, Karsten, du könntest Obstsalat mitbringen, aber Rosinen bitte separat, stehen nun mal nicht alle drauf.

So wollte man nie sein, auch mit 30 nicht. Also alles selbst kaufen. Genau, man wird nur einmal 30. 30!

„Der 30jährigenkrieg". JAA!, das ist es doch, das Motto, das kommt auf die Einladung. Wenn wir die von Martin am Computer richtig schön entwerfen lassen, muß Martin auch eingeladen werden, aber bei der Menge verläuft sich das. Steht er da halt, ist doch dann auch egal.

Die Musik. Bloß keine ambitionierte Elektroaufwartung. Die Hits der letzten 15 Jahre. Die Lieder, die wirklich gehört wurden in den 80ern, und kein hinterherzusammengelogener Coolquatsch.

An der Musik kann alles scheitern. Die meisten Gäste haben zwar inzwischen andere Lebensmittelpunkte und beschweren sich nicht, Hauptsache Abba, bißchen NDW, Prince, Level 42 und The Police und halt auch mindestens eins von Udo Jürgens. Denn hier feiern Frauen. Ein Udo-Jürgens-Medley wird gegen 23 Uhr die drei Gastgeberinnen über die Tanzfläche hüpfen lassen, „irgend jemand muß ja anfangen", denken sie, rufen sie; sie werden laut kreischend Ausgelassenheit simulieren, bis die eintritt, weil alle mitleidsvoll herbeigeeilt kommen, um die Pein einzudämmen. Dann läuft's. Und bei „The Wall" schreien alle.

Einige haben doch Salate mitgebracht, man kann sich beim Tanzen einmal ganz um die eigene Achse drehen, nicht zuletzt auch, weil man auf den umherfliegenden Nudeln so schön ausglitscht. Alles gut. Zerrissene Papiertischdecken, Kerzen, Bierpfützen, riesige Jackenhaufen statt Garderoben, mutmachende Geschenke, glückliche Gesichter. Alles wie immer, hat ja gar nicht weh getan. Morgen dann alles zusammenfegen, Udo Jürgens im Ohr, Luftschlangen im Haar und Tirami su unter der Schuhsohle. Ein Schlager ließ nachts verlauten, man könne gar nicht immer 17 sein. Das, denken die Damen und feudeln mit halboffenen Augen die matschige Tanzfläche, das wollen wir erst mal sehen. Unterm Tisch ein Mann im Schlafsack. Ein Prosit der Gemütlichkeit.

Zum Glück wurde es nicht sentimental. Sicher, es gab eine Menge Jugendfotos, in allen Darreichungsformen, auf

Bechern, T-Shirts, Kalendern. Aber dann waren ja alle betrunken, und das Fest wurde ein normales Fest, noch so ein Fest eben. Jetzt also 30, das Wort Wechseljahre hat niemand in den Mund genommen, dafür aber die Quiche Lorraine, die kam super an.

Gagschreiber

Wenn wir gen Nachmittag horrende Trinkgelder in führenden Frühstückscafés haben liegenlassen, um uns spät aber doch im Studio 449 im Villenviertel Kölns einzufinden, ist es immer superlustig. Weil wir alle superlustig sind. Dann lesen wir *Bild*, trinken Kaffee und rauchen. Dann kommt der Harald und ist auch gleich superlustig. Wir sitzen so rum mit ihm und sind gemeinsam superlustig, das potenziert sich natürlich, und somit ist es supersuperlustig. Daß es Arbeit ist, erkennt man nur daran, daß wir am Monatsende die Konten geflutet kriegen, sonst kämen wir im Leben nicht drauf, es Arbeit zu nennen. Andererseits: Wovon sollten wir all die Drogen bezahlen, die wir für unsere täglich kaum zählbaren Genieblitze schon brauchen, wovon, wenn man uns nicht so unfaßbar gut bezahlte? Nach der Show geht es jeden Abend mit dem Taxi – jeder in einem – ins Amüsierviertel, der Inspiration halber. Wir nennen es Recherche und lassen uns Quittungen geben. SAT 1 zahlt.

Und nun will ich erzählen, wie es wirklich ist.

Eltern, Omas, Vermieter, Steuerberater gucken ratlos bis besorgt, wenn man als Brotberuf „Gagschreiber" angibt. Aber den Job gibt es wirklich.

– Ach, interessant, und was macht man da so?

– Ja, man sitzt an einem Schreibtisch und schreibt so Gags.

Anhängig dann immer die Nachfrage

– Und davon kann man leben?

Man kann. Es geht. Muß ja.

Enttäuscht wird nachgefragt: Dann liest der das also alles ab? Ja! Und: Nein! Gut lesbar werden ausformulierte Hochleistungsgags mit dickstem Edding auf Papptafeln gequietscht, und neben der Kamera steht eine Frau mit einem unglaublichen Schnellhirn und wechselt die Pappen in Schmidts Sprechtempo. Wir dürfen auch mal krank sein, Schmidt aber nicht und die Pappenwechslerin eigentlich auch nicht, so eingespielt sind die beiden. Sie ist viel hübscher als ein Teleprompter und auch verläßlicher. Harald Schmidt fördert den Wirtschaftsstandort: 79 Festangestellte, mit Lohnsteuerkarte und allem. Am Stand-up, dem ersten Teil der Show, schreiben fünf feste und etwa fünfzehn freie Autoren, die pro Gag bezahlt werden. 175 Mark gibt es pro Gag, pro gesendetem Gag wohlgemerkt. Hat ein freier Autor über Wochen keinen Scherz unterbringen können, kommt er meistens nahezu von selbst auf die Idee, es woanders zu probieren, und so wird ein Platz frei. Auf diese Weise ist die Chance, Autor für Harald Schmidt zu werden, jedem gegeben. Es sei denn, man ist nicht komisch. Aber versuchen kann es jeder, und alle, die dort arbeiten, haben so begonnen: Man schickt Arbeitsproben, Protowitze – und wenn die nicht vollkommen neben dem Humorverständnis der Show liegen, wird der Autor Dienstags bis Freitags täglich telefonisch mit sechs Themen versorgt, über die er dann drei Stunden meditieren kann. Die Ergebnisse steckt er ins Fax, und abends wartet er dann. Und wartet. Schwer erträglich sind Pointen-Diskussionen am nächsten Morgen: Meiner war aber besser, da hätten mehr gelacht, ich schwör's! Mag sein, ist aber Wurscht, ist nicht interessant. Ein Witz ist bloß ein Witz, ein Kracher der Feind des Lachers und die Sendung vom Vortag schon längst vergessen – neue Themen, neuer Versuch. Fester Autor wird man, wenn man immer wieder Treffer landet und sonst gerade nichts zu tun hat. Vergleicht man die Biographien von uns fünfen, so scheinen – mehr als einschlägige TV-Erfahrung – unverzichtbare Qualifikationen ein abgebrochenes Studium und verweigerter Wehrdienst zu sein. Lange Haare hat aber keiner von uns. Machen das nur Männer? Ja. Aha. Genau. Es gibt aber auch einige wenige sehr gute freie Autorinnen, die jedoch keine Lust haben, jeden Tag ins Studio zu kommen. Dabei gibt es dort umsonst Kaffee.

Anders als die Außenautoren werden wir pauschal und nicht pro Gag bezahlt, mit der Festanstellung unterstellt Schmidt uns also eine Grundwitzigkeit. Fleißkärtchen und Rabattmarken gibt es nicht – wenn man mal keinen Witz in der Show hatte und am nächsten Tag auch nicht, wird man trotzdem noch gegrüßt. Denn natürlich ist Witzigsein ein extrem formabhängiges Tagewerk, und Arbeitgeberdruck würde die Pointenquote sicherlich nicht erhöhen.

Die Witze werden Schmidt also geschrieben, aha, und dann lernt er sie noch nicht mal auswendig. Hm. Jedoch: Unser Schreiben besteht ja im Plagiat, man denkt Schmidt, DEN Schmidt, beim Schreiben natürlich mit, weiß, was er alles kann, was folglich der Gag alles nicht können muß. Erst Schmidt macht unsere Beiträge fernsehreif, wir fertigen lediglich die Rohmasse. Und er sucht sie sich natürlich auch höchstpersönlich aus: Am Nachmittag bekommt er eine Vorauswahl, die aus grob bereinigten sechs bis sieben Seiten voll mit Späßen besteht. Denn natürlich kommen viele Dinge aus Fax oder Drucker, die ihm gar nicht erst vorgelegt werden müssen, die man aber schreiben muß, denn setzte die Selbstzensur bei den Autoren zu früh ein, blieben auch manche schöne Witze ungeschrieben. Und aus naheliegenden Doubletten wählt man dann eben die am pointiertesten formulierte aus. Erst mal muß ALLES rausdürfen. Was dann reindarf, bestimmt Herr Schmidt, ist ja schließlich seine Show. Hoffnungslosen Fällen wie Kerner, die es auch probieren, sich aber zum Lustigsein Mützen und Perücken aufsetzen müssen, könnten wir kaum helfen, selbst wenn wir wollten. Er würde die Pointe ganz sicher verderben.

Ausstrahlung und Aufnahme der *Harald-Schmidt-Show* geschehen nicht zeitgleich. Trotzdem ist es live, beinahe, der Fachterminus heißt „Live on tape". Da wird nichts wiederholt, ganz selten nur geschnitten, und wenn ein Witz nicht funktioniert, dann funktioniert er eben nicht, da ist das Studiopublikum um eigene Meinung gebeten, obschon es vorher angewiesen wird, in der Tendenz eher fröhlich dreinzuschauen. Doch am lustigsten ist Schmidt ja ohnehin, wenn er in ein Pointenloch fällt und in die Stille hineinimprovisieren muß, um das Publikum zurückzugewinnen. Das ist die große Kunst, die auch keine Autoren benötigt. Um 18 Uhr wird die Show aufgezeichnet, was mehrere Vorteile hat. Einer sei herausgehoben: Dem Studiopublikum bleiben die Werbeunterbrechungen erspart. Das ist doch nett.

Dem vorgezogenen Aufzeichnungstermin ist es auch geschuldet, daß wir sehr früh aufstehen müssen. Sehr, sehr früh, wenn man zum Beispiel Duschen, Frühstücken und Zähneputzen nicht grundsätzlich ablehnt. Um 9 Uhr schon geht es los. Das sogenannte wilde Leben unter der sogenannten Woche erschöpft sich darob in Andeutungen.

Sonst wird das alles nix. Um neun also. Die Standardfloskel zur Kommentierung dieser Startzeit lautet: „Man gewöhnt sich schnell daran."

Martin Walser erzählte unlängst im *Spiegel*, sein Fernseher flamme nur zweimal täglich auf – für die *Tagesschau* und die *Harald-Schmidt-Schau*, äh -*Show*.

Genau so sehen wir das auch. Das Fernsehen. Und die Show. Abends der letzte Kommentar, das vollgültige Destillat des Tages. Wir finden alles toll, alles super. Unser großartiger Bundeskanzler Gerhard oder, wie wir, seine engen Freunde, ihn nennen, Gerd Gerda Schröder. Geeeert. Und die knallharte, absolut kompetente, von Spitzenkräften geführte Wahnsinnsopposition. Die einem ja Steilvorlagen in Gestalt einer Dagmar Schipanski vollkommen freiwillig liefert. Man muß doch Meinung nicht mehr bilden, das wäre ja Unsinn. Oder *Monitor*. Unsinn eben. Wir sagen nicht, wie es wirklich ist, sondern wie es uns scheint.

– Das ist doch oberflächlich! ruft da jemand im Pepita-Jackett, und ich danke für dieses Zuspiel; exakt so ist es – oberflächlich, rein äußerlich präsentiert sich die Gegenwart, und wir schauen dahinter, indem wir nicht verschwörerisch mutmaßen und kombinieren, sondern den Dingen ihre Oberfläche, ihr Image lassen. Alles ernst nehmen. Und damit nichts. Es geht um Wirklichkeit, nicht um Wahrheit. Ein Machowitz zum Beispiel. Hoho, lacht der Vorstädter und erzählt ihn weiter. Haha, lacht Martin Walser, wie lustig dort der Macho vor-, genauer: AUFgeführt wird.

Die Schmidt-Show muß alles erledigen. So ist sie z. B. der einzige Ort im deutschen Fernsehen, an dem dezidierte Sprachkritik eine Heimstatt hat. Wo nichts sicher ist und die Goethe-Berichterstattung ihren festesten Platz hat. Warum? Nun, weil Goethe-Jahr ist. Und weil es SAT 1 ist. Hä? Ja, eben.

Eine oft bemühte Standardwendung in Diskussionen über die Show ist auch: Ja, die Witze, ok, der erste Teil, der ist schon gut, aber die Interviews sind echt so was von belanglos, die schaue ich mir nie an. Ganz richtig! Und: ganz falsch! Es liegt am Gast. Am Ende ist es böser – und zugleich aufklärerischer –, jemanden einfach reden zu lassen, statt ihm penetrant mit seiner Stasi-Akte vor der Nase rumzuwedeln. Denn da hätte der Fernsehzuschauer nur Mitleid mit dem schwitzenden Befragten, und die intendierte Wirkung verkehrte sich ins Gegenteil. An Schmidts Schreibtisch dürfen quotemachende Dummchen mit großen Augen berichten von ihrer unheimlich aufregenden, dabei natürlich auch, klar, „superanstrengenden“ Arbeit; daß sie sich „in keine Schublade pressen“ lassen wollen und daß es „also auch echt auf die Drehbücher ankommt“ und daß sie unheimlich gerne auch Sport machen, aber leider im Moment total keine Zeit dazu haben. Dazu klopfen sie sich kokett auf ihre magersüchtigen Stahlbäuche, und Schmidt nickt und lacht, macht Komplimente, heuchelt Interesse und läßt durch stringente Gleichbehandlung aller doch der Wahrheit Entfaltungsmöglichkeit:

– Toll, daß du da bist/Phantastisch siehst du aus/Wirklich supererfolgreich im Moment/Mir gefällt das sehr sehr gut/Die Zeit ist wie immer viel zu knapp/Komm uns ganz bald wieder besuchen.

Es finden, mit wenigen Ausnahmen, dort eigentlich gar keine Gespräche statt, sondern vielmehr Talkshow-Parodie-Miniaturen. Mit heiligem Ernst halten er und seine Gäste die Gründe für das Zusammentreffen in die Kamera: der Gast das hübsche oder wenigstens sehr bekannte Gesicht, Frauen ihren hübschen Ausschnitt – und Schmidt im fairen Gegenzug CD, Buch, neuen Film oder andere zum Verkauf stehende Nichtigkeiten. So penetrant spielt Schmidt diese Talkshow-Grundregel mit, daß die Gäste manchmal gar um Gnade winseln und ihn bitten, über etwas anderes sprechen zu dürfen. Das ist doch revolutionär. Zumal es ja sonst NICHTS zu besprechen gibt.

Sie könnten auch sagen „Gerhard Schröder ist ein Medienkanzler" oder $a^2 + b^2 = c^2$ oder „Man soll den Tag nicht vor dem Abend loben". Oder gleich: „Bailando, Bailando!" Andere Moderatoren versuchen stets, ihren Gästen etwas Persönliches, etwas wohl gar Neues, etwas, ächz, *allzu Menschliches* zu entlocken. Bei Mr. President, bei Til Schweiger, bei Andreas Türk, bei Rudolf Mooshammer, bei Tina Ruland! Als sei dort IRGEND etwas, und dann auch noch verborgen womöglich. Oh je. Die solches erwarten, haben noch einen ziemlich süßen Anspruch ans Fernsehen; verdammen es und nehmen es zugleich doch in die Pflicht: lehrreich soll es sein, und alles muß stimmen, und Manipulation muß aufgedeckt werden. Dabei IST Fernsehen doch Manipulation. Diese Menschen echauffieren sich dann auch, wenn die Saalwette bei Thomas Gottschalk abgesprochen war.

Die Witze, die wir schreiben, sind Einwegwitze. Über den Abend hinaus sind sie nicht von Wert. Am nächsten Morgen werden die Karten neu gemischt, nachmittags die Pappkarten neu beschriftet. Es gibt running gags, aber jeder Tag aufs neue stellt zunächst vornan die Zeitungs-Lektüre. Wer hat was gesagt? Was ist heute für ein Tag? Gibt es ein Jubiläum? Ein neues Medikament, ein neues

Gen, geht jemand an die Börse, ist was mit Schumi oder L. Matthäus, gibt es eine Umfrage, eine Wahl, einen abseitigen Kongreß, eine Messe, ein neues schockierendes Testergebnis? Gibt es eine Firmenfusion bekannter Markennamen? Ein Ossithema? Irgendeine Meldung eben, die dann als Vorwand dient, möglichst umwegfrei und scheinheilig Klischees aufeinanderzuhetzen? Wir glauben alles, was wir lesen. Alles ist gleich wichtig. Die Schmidt-Show ist Schopenhauer für die Generation Golfkrieg: Das, was wir in der Welt wahrnehmen, erzählt von der „Eitelkeit aller Dinge und der Hohlheit aller Herrlichkeiten der Welt". Ausdenken müssen wir uns nichts. Alles muß ein anderer zuerst behauptet haben. Nie wird jemand initial-denunziert. Aber sobald etwas – als Gerücht, Schlagzeile, Nebensatz – in irgendeiner Form aufgebracht ist, greift die alte Kinderstreit-/Spielplatzregel: Der hat angefangen! Und dann dürfen wir, dann – diese kathartische Funktion hat die Show inzwischen für die Zuschauer – MUSS Schmidt: Haben Sie das gelesen? Heute soooo groß in der Zeitung. Und ich muß sagen, ich war schockiert, als ich das gelesen habe. Lacher, Kracher, Brüller, nächster. Gibt es dann Gegendarstellungen, Zurückweisungen, Nachfolgegeständnisse vom Schlage „Ich bin gar nicht schwul", „Natürlich habe ich meine Steuern bezahlt", „Vaterschaftstest hin oder her, ich liebe meine Frau, also die jetzige", sind diese natürlich das beste, was passieren kann, bieten sie doch recherchefreie Möglichkeit (und Legitimation!), „dranzubleiben", man muß nur mitschrei(b)en. Nichts ist für unsere Arbeit so angenehm wie Fortsetzungsgeschichten. Viagra, Clinton, Nationalmannschaft, Wiedervereinigung – durch stetige Wiederaufnahmen kann das Publikum beinahe mitsprechen! Das erst ermöglicht wirklich interessantes Gagschreiben, dessen Herausforderung darin besteht, Bekanntes zu verfeinern, minimal die Schraube anzuziehen, gerade dann, wenn ein Thema so richtig „durch" ist. Viagra-Witze sind erst jetzt eine Meisterleistung, da scheinbar alle gemacht sind. Wenn Berti Vogts im Tatort mitspielt und dort den Satz „Ich rieche Gas" spricht, ist das ein Glücksfall, aber leider die Ausnahme. Deshalb auch müssen wir nahezu alle erhältlichen Druckerzeugnisse sichten, gerade Spezialzeitschriften und Regionalzeitungen sind unentbehrliche Themen-Fundgruben. Denn selten passiert ja wirklich etwas. An normalen Tagen „feiern wir ein großartiges Jubiläum – 25 Jahre Strichcode". Oder 30 Jahre Sixpack, 97 Jahre Hörgerät. Und unsere befreundete Zeitschrift *Ökotest* hat herausgefunden: Duschgels sind schädlich (Tiefkühlpizzen und Schnuller selbstverständlich auch). Und Polizisten tragen jetzt Jeans, Fönen aber, halten Sie sich fest, Fönen verursacht Gedächtnisverlust. Na ja. Und dann hat man auch mal wieder Glück, und bizarre Figuren wie Susan Stahnke lehnen sich weit aus dem Kellerfenster. Es ist so absurd und angenehm, solchen Themen für einige Stunden des Tages absolute Priorität einzuräumen, die Welt wird so deutlich erträglicher.

Kommt ein neuer Autor hinzu, fragt er bei der morgendlichen Themendurchgabe einige wenige Tage lang nach: „Ja, äh, es gibt jetzt auch in China IKEA, gut, aber habt ihr da noch genauere Infos drüber?" NEIN! Der Zuschauer hat die ja auch nicht. Wir sind ja das Gegenteil von Journalisten. Da ist also ein (1!) Grundgedanke in einem Thema, ganz simpel, und der Rest muß dann ausgedacht, gesponnen, zugespitzt werden. Auf Basis von Klischees.

Um 18 bzw. 23 Uhr 15 öffnet sich die Showtür mittig, und zur pompösen, zerlettschen Fanfare besteigt Schmidt die Arena. Genau wie Moses das Meer zerteilt hat, so spaziert Schmidt durch diese Tür. Die vollkommen egalen, aber stets als „sensationell“ angekündigten Gäste kommen von der Seite, durch die Mitte kommt immer nur Schmidt. Und das Meer des Tages teilt sich vor ihm wie die Tür. Und er geht nicht unter. Denn er weiß, wo die Steine liegen. Und mit denen wirft er dann.

Wir haben sie lediglich hingelegt.

Salman Rushdie

Jedes Wort in diesem Buch stimmt. Das zumindest hat Bono Vox, der gräßliche Sänger der gräßlichen Band U2 seinem Freund Salman Rushdie bestätigt, und der war so töricht, dies nicht als Alarmsignal zu begreifen, und gab den Papierstapel in den Druck.

Als Kind hat Rushdie Luftgitarre in Bombay gespielt, er liebt schnelle Autos, und wahrscheinlich steht er in Rockkonzerten am Tresen, trägt ein „Hard Rock Café Bombay"-T-Shirt, schnauft und schreit, bis ihm die Brille beschlägt. Dann geht er nach Hause und schreibt ein paar hundert Seiten, und die schickt er dann an Bono, und der schickt ein Lied zurück. Das Ergebnis sind ein „Dinosaurier-Rockmusik-Roman" (Rushdie) und ein „sicherlich außerordentlich schlechtes Lied" (Stuckrad-Barre) von Bono, dem einige Zeilen aus dem Dinosaurier-Dingens als Vorlage dienten zu spartanischen Versen, die bald schon auf CD vorliegen. Bis dahin dürften die meisten Kritiker das Buch von Rushdie nicht gelesen, aber natürlich besprochen haben. Mit Schnitzeljagdeifer waren jede Menge ausgewählte Berichterstatter höchstgeheimen Anweisungen gefolgt, durften Rushdie treffen, anfassen und sprechen, und so sind nun die meisten Geschichten über das Buch zuallererst Nacherzählungen dieser Abenteuerfahrten. Da hat das Buch noch mal Glück gehabt.

„Der Boden unter ihren Füßen" handelt wie seine Vorgänger vom Verlust. Von Emigration, monströser Liebe, Identitätssuche und -aufgabe. Neu ist die Rockmusik.

Nein, alt, sehr alt ist sie, wie sie uns hier begegnet, aber neu in Rushdies Werk. Als Koordinaten nennt der Erzähler „Musik, Liebe, Tod, irgendwie ein Dreieck". Und damit dreht sich Rushdie irgendwie im Kreis, und das 742 Seiten lang.

Vina (Gesang und Sex) und Ormus (Gitarre und der ganze Rest) sind ein Paar. Zunächst nicht, dann aber doch, darauf irgendwie nicht so richtig, schließlich nicht mehr und dann vielleicht aber doch auch wieder. Rushdie erzählt die Geschichte der Rockmusik. Und die Geschichte der Erde; natürlich auch die des Menschen. Und alle Geschichten, die es gibt. In einem Buch – 742 Seiten, wie gesagt.

Und nun vergessen Sie bitte die großen Paare der Musikgeschichte, ob Sonny & Cher, die Eurythmics, John & Yoko, Kermit & Miss Piggy, Modern Talking oder Cindy & Bert. Rushdies Pop-Paar ist größer als alle zusammen, und deshalb verwurstet Bonos Freund im folgenden jeden Mythos der Popgeschichte und obendrein jeden Mythos der Weltgeschichte, und manchmal hat es was miteinander zu tun, aber nicht oft. Die begeisterungsbereite, kritiklose Art, in der Rushdie über Rock schreibt, ist die, mit der Susan Stahnke über Hollywood spricht: Alles total toll und die Leute auch super interessant! Und ebenso schlecht beraten wie Stahnke vom Ehemann ist Rushdie vom Lektor Bono.

Die epochale Leistung Rushdies ist es, Rockhistorie *noch* langweiliger als Greil Marcus zu erzählen. Im Zuge dessen werden „Finger auf die Wunde gelegt", „billiger dunkler Rum" getrunken (der wie „Whisky die Zunge löst"), ein „ansteckendes Grinsen" erfreut uns sehr im Gegensatz zu einem „bodenlosen Abgrund", während die Technologie, na, wooo steckt? Richtig, „noch in den Kinderschuhen".

Natürlich muß Rushdies Vorhaben scheitern, und das wußte er auch vorher: „Kaum ein Sujet bietet so reichhaltige Chancen, sich zum kompletten Idioten zu machen." Doch so entwaffnend er auch der Kritik vorgreifen möchte – es ist komplett idiotisch geraten, was und vor allem wie er über Musik schreibt. Es gemahnt an die grotesken Fernsehspots für die in ihrem Streben nach Kompaktheit bei gleichzeitiger Vollständigkeit lächerlichen 25-CD-Boxen, die versprechen „ein magisches Jahrzehnt" oder am besten gleich „Die besten Rocksongs aller Zeiten" zu versammeln. Historisch eine Greueltat, kommerziell und ästhetisch in einem Regal mit Eduscho-Pyjamas. Den Unterschied merkt man spätestens nach der zweiten Wäsche.

Rock und Indien, eigentlich zwei Antipoden. Doch Rushdie schwört, auch bei ihm habe es, leicht verzögert, mit Elvis begonnen, und der Rest ist Geschichte, beziehungsweise jetzt auch dieser Roman, und von Indien aus erobern Vina und Ormus die Welt. Daß Rushdie verklärt über Musik und deren Attitüde denkt, die der Soundtrack seiner Adoleszenz war, ist logisch; doch statt die dieser Musik zuhauf anhaftenden Klischees einer neuen Idee zu unterstellen, fällt Rushdie komplett darauf herein. Es ist nur eine Frage der Zeit, bis VW und Gerhard Schröder den „Passat Rushdie" vom Band winken – nicht nur, weil der Wirbel um sein Buch an das tosende Konfettibewerfen des Nichts anläßlich der Veröffentlichung einer neuen Pink-Floyd-Platte erinnert. Auch das Buch ähnelt einem Bombast-Rockstück, es ist ein mehrstündiges Queen-Lied, gesungen allerdings von Peter Hahne.

Die Band von Vina und Ormus heißt VTO. Ein mündiger Leser würde nun gerne weiterlesen, und sich selbst überlegen, ob das was und was das bedeuten könnte. Doch Rushdie traut weder dem Leser noch dem Stilmittel der Andeutung – und liefert einen Katalog von Deutungsmöglichkeiten gleich mit, und wieder ist eine halbe Seite voll. Aha. So, so. Und so geht es den ganzen langen Roman lang. Das Buch stirbt im Expliziten. Rushdie erzählt, kommentiert und erklärt zugleich und gerät dabei vom Weg ab: Jeder Name ist in bester Kinderbuchtradition ein Hinweis auf Charakter und Funktion seines Trägers, jedes genannte Datum verweist auf etwas; das Buch wird zum Zettelkasten, und man liest den Roman wie einst das Cover der Platte „Abbey Road", bei dem auch das Nummernschild eines parkenden Autos interpretiert wurde, aber alles in allem bloß vier Männer, einer davon barfuß, über die Straße gingen.

Und so bietet der Autor Interpretationshilfe selbst für die funktionale Bedeutung der großzügig auf den gesamten Roman verteilten Erdbeben, obschon diese gerade auch im Kontext mit dem Buchtitel, der Grundthematik des Buches und Rushdies Erzählprinzip wirklich nicht weiter erläutert gehörten: „Geologie als Metapher". Ach so! Erwartbarer noch als Wickert sagt der Erzähler das Wetter an, und wenn Wolken aufziehen, ist Gefahr im Verzug, soviel ist sicher.

Dazwischen wird geliebt, gestorben, betrogen, gerockt. In allen Variationen, auf allen Ebenen, in manchem Jahrzehnt, in allerlei Ländern – und weiß Gott in nicht wenigen Worten. Rushdies Erkenntnisse über Liebe, Tod, Drama und Größenwahn sind dabei von solch ausnahmsloser Banalität, daß selbst Mariah Carey sie ihrem Produzenten um die Ohren hauen würde, wenn er denn welche hätte. Der Plot ist long and winding, die Zufälle und Wendungen sind derart konstruiert, daß man eigentlich nur noch die versteckte Kamera sucht. Irgendwann stirbt Vina, und dann wird sie dem Erzähler zu Lady Di. Der Sänger ist eigentlich Orpheus und steht mit dem Rücken zum Publikum. Seine Frau stirbt, und er dreht sich um. Seitenlange Abschweifungen münden in einem müden Bildungsdünkel-Kalauer, wie man ihn in Lehrerzimmern humanistischer Gymnasien vermutet.

Über die Geschichte der Rockmusik weiß Rushdie, der sich physiognomisch Jerry Garcia immer mehr annähert, einiges. Es nützt ihm aber nichts, denn sein rockistisches Vokabular gereichte einem Jon Bon Jovi zur Ehre, und so lesen wir von „Monster-Riffs", „wahnsinnigen Schlagzeugern" und „konkurrierenden Gitarren", Stimmen sind „Tequila-geölt", die Sängerin trägt „Lederhose und goldbesticktes Oberteil", sie ist – man ahnt es – eine „Sexmaschine". Champagner, Limousinen und Kokain sind in jeweils großer Menge vorhanden. Ja. Und? Nichts und. Im selbstverständlich „tobenden" Publikum gibt es „jede Menge Geschnuppere und Gesabbere und schweinisches Gegrunze", und so schreibt also einer, der Mark Knopfler von den Dire Straits ebenso zum Freund hat wie Peter Gabriel, David Byrne und eben Bono. Fehlt eigentlich nur Sting und vielleicht noch Klaus Meine mit seinen Scorpions, die ja heute noch glauben, mit ihrem Besuch bei Gorbatschow und ihrer erbärmlichen Schnulze „Wind Of Change" Entscheidendes zur Annäherung von Ost und West beigetragen zu haben, dabei kann man froh sein, daß Gorbatschow es sich damals dessen ansichtig nicht noch einmal anders überlegt hat. Doch an die revolutionäre Kraft von Rock glaubt auch Rushdie immer noch, gibt jedoch kleinlaut zu Protokoll, mit neuer Musik bei allerbestem Willen nichts anfangen zu können, zwar habe er versucht, etwa die Smashing Pumpkins zu mögen, jedoch vergeblich. (Dazu sei angemerkt, daß die Smashing Pumpkins eine hervorragende, aber doch ausnehmend reaktionäre Band sind.) Er, so Rushdie, er und die Rockmusik seien eben gemeinsam alt geworden – was romantisch klingt, aber Unsinn ist: Bloß der Rock, den er kennt, der ist alt geworden, manch anderer Rock handelt von Erneuerung und Zerstörung, eigentlich wäre das ein Thema für Rushdie. Aber als zum Beispiel Punk passierte, schrieb er gerade an „Mitternachtskinder", das muß man auch verstehen. Fast scheint es zynisch, wenn Rushdie sogar seine gerne „Detailwut" genannten Auslaufrillen noch mit Nebensätzen erläutert, „äußerste Präzision" ankündigt und nicht bloß droht, „bis ins letzte Detail" vorzudringen, sondern selbiges auch tut! Da ist eine Dame dann „merkwürdig asexuell, geschlechtslos", und der Leser sieht ein: Jetzt 50 Seiten weiterblättern und dort fortfahren, dürfte nicht weiter auffallen.

Der Erzähler nennt seine Vorgehensweise „den dahinsausenden Bus der Erzählung", doch hat dieser Bus überhaupt kein Ziel und nimmt jede sich bietende Seitenstraße, um auch dort im Stau zu stehen. Das farbenfrohe und irritierende Chaos seiner Geburtsstadt Bombay hat Rushdie immer als wesentliche Inspiration angegeben. Als (notgedrungener) Wahl-Londoner sollte er vielleicht für den nächsten Roman einmal den dortigen U-Bahn-Streckenplan zum Vorbild nehmen. Denn der Erzähler und mit ihm der Leser verliert beim vorliegenden Dinosaurier-Rockmusik-Roman allzuoft den Boden unter den Füßen. Vielleicht sogar ein Ziel Rushdies? Immerhin geht es neben Antike, Woodstock und Atomtests auch um Orientierungsverlust – mantragleich wiederholt er es, „Desorientierung. Verlust des Ostens“. Und so ist der Aufbruch des indischen Rockduos in die (be-)trügerische westliche Welt, der die wirkliche Rückkehr ausschließt, natürlich auch die eigene Geschichte. Zwar darf er offiziell wieder nach Indien reisen, aber sicher ist er dort nicht, und die haßerfüllten Reaktionen dort auf sein neues Buch gelten natürlich weniger diesem wirklich schlechten Buch als dem Autor selbst, der sich weiterhin vor freilaufenden Irren verstecken muß.

Der Wohnort von Freund Bono (der vor Jahren als Mephisto auf die Bühne stieg!) heißt nicht Dublin, sondern in Musikbesprechersprech „Rockolymp“. Und die Einladung dieser Wortkombination nimmt Rushdie begeistert auf, und alles wird eins, und das Buch ein wuchernder Misthaufen. Magischer Realismus mag es sein, aber all die Synthesen und stark bemühten Konfrontationen von alt und neu, Pop und Prometheus, Phantasie und Dokumentation lassen die verschiedenen Sujets dieses Romans exakt so enden wie in den „Erdbebensongs“ der Dinosaurier-Rockgruppe beschrieben: „Zwei Universen, die eins werden wollen und sich dabei gegenseitig vernichten.“

Übrig bleiben eitle Versteck- und Bäumchen-wechsel-dich-Spiele aus dem Maggi-Kochstudio (mit Maggi fix was Tolles zaubern), die nirgends hinführen als in die Irre oder auch Niemandsbucht und nichts erklären, bis auf eben mal die Welt – und natürlich den Umfang dieses Buches. Oder wußten Sie, liebe Leser, schon, daß die Religion

„unser uraltes Opiat" ist? Nun wissen Sie es, vielen Dank, Salman Rushdie.

Auch Madonna erhielt das Buch vorab, und anders als Bono habe sie es, berichtete Rushdie, nicht gelobt, sondern in den Schredder geworfen. Denn selbst wenn jedes Wort stimmt – was nach 742 Seiten bleibt, davon kann sie ja ein Lied singen, das klarer ist, schöner und kürzer und auch ganz ohne Monster-Riff: „Nothing really matters – love is all we need."

Dicke Prominente

Als der Prominente zum dritten Mal beim Verlassen seiner Privatwohnung mit seinem Kind, einer (vielleicht gar nicht seiner) Frau, einer Zigarette oder einer Turnhose unscharf fotografiert worden war, machte es bumm, und er wurde verrückt.

Seither informiert er bestimmte Blätter vorauseilend gehorsam, wenn seine Ehe gerade nicht so läuft, seine Karriere dafür aber super, wenn er sich den Fuß verstaucht hat oder sein kleiner Sohn plötzlich Papi sagen kann. Um den Start seiner Tournee bekannt zu machen, lanciert der Verrücktgewordene die Meldung, sein Gepäck sei ihm abhanden gekommen, und zwei Tage später lesen wir erleichtert: Puh, Koffer wieder da, gerade noch rechtzeitig zum umjubelten Tourstart!

Eine Mischung aus Würstchenreklame und Medienmechanismus: Truman-Show, Baby! Um niemals in der „Was macht eigentlich"-Rubrik zu landen, werden selbst aus dem Urlaub Befindlichkeits-Polaroids von frappierender Nichtigkeit verschickt: „In Qualle getreten!", „Beinahe ertrunken!" oder „Lebensmittelvergiftung nach lauschigem Romantikdinner!". Pünktlich bei Rückkehr dann natürlich: „Schlimm! Einbrecher!".

Ein Sujet, das alle noch mehr interessiert als Urlaub und das deshalb zu jeder Zeit und in jedem Zustand eine Meldung hergibt, ist das Gewicht. Dünne Prominente fungieren als Vorbild, dicke Prominente als Identifikations-, jaha: -figur.

Weil seine Agentin dem verrücktgewordenen Prominenten riet, stets im sogenannten Gespräch zu bleiben, spricht er mit Infotainment-Mikrophonhaltern nicht mehr (obgleich das der formale Anlaß ist) über seinen neuen Film, die neue Show, Platte, Buch, sondern über seine neue Frau; und weil die ja auch mal länger als einen Film hält, beim nächsten Mal und fortan nur noch über sich. Nicht über die Arbeit, nein, über den, hoho, *Menschen*. Also dessen Gewicht. Ja, sagt er, ich habe abgenommen – der Streß. Oder wahlweise: Ja, richtig, ich habe zugelegt – der Streß! Für meine Rolle, wegen meiner Ehe, weil ich mit dem Rauchen aufgehört habe, weil ich schwanger war, weil ich so alleine war (oder endlich glücklich zu zweit, allerdings undiszipliniert, zugegeben, Entschuldigung!), aus IRGENDEINEM Grund also habe ich zuviel gegessen. Oder auch: gar nichts mehr! Dann wieder zuviel. Das war hart. Aha. Und jetzt bin ich weich. Soso. Aber: Von nun an Trennkost. Na bitte.

Es gibt von Uschi Glas in Frisör-Zeitschriften weniger Szenenfotos an der Seite anderer Serienangestellter als solche, die sie mit Ananas, Rettich und Spargel auf dem Wochenmarkt, in der Küche, am Eßtisch zeigen. Zur Sache zurück, Schätzchen, möchte man mahnen, da erklingt auch Ottfried Fischers plötzlicher Schwur auf Trennkost, und seine Vorher-Nachher-Bilder sind zwar beliebig austauschbar, aber immerhin in der Zeitung.

Wir wollen das eigentlich alles nicht wissen. Jedoch ist es verständlich, daß die oralen Schließmuskeln all dieser Menschen versagen, wenn sie einmal zu oft gefragt wurden, ob sie neuerdings mit der Bums, seit wann sie eigentlich in München, was sie am freien Wochenende, wohin im

Sommer, wofür bei der Wahl, was mit der Mutter und ob was dran ist, daß. Bestimmte Bereiche auszublenden, ist dann vielmehr etwas für den Beleuchter des nächsten Kamerateams, weiter geht es, und statt keines Kommentars gibt es Rechtfertigungen: Ich stehe dazu!

Knallchargen wie Dirk Bach, Hella von Sinnen und Ottfried Fischer haben, sagen einige Dünne, *viel für das Selbstwertgefühl* der Dicken getan. Aber was? Nun, es sei nicht so wichtig, wie dick Herr Bach ist, dieses sei seine Errungenschaft; er dürfe trotzdem ins Fernsehen. Genau wie Hella von Sinnen, die uns zu keinem Zeitpunkt ihrer Karriere vorenthielt, wie sie sich mit Pizza, Bier und einer auch nicht schlanken Freundin im Bett dick hält. Aber darf man diese Menschen trotzdem, obwohl sie „dazu stehen", unhübsch und ihre Kühlschrankgeschichten uninteressant finden? Ist Ottfried Fischers „Selbstironie" genanntes Sechsfachkinnschnaufen okay, weil er dazu steht? Ist das nervige und saudumme Tun von Dirk Bach und v. Sinnen akzeptabel, einfach WEIL sie so selbstverständlich dick sind? Ach was. Ist nicht eigentlich auch Bachs fürchterliches Geschwuchtel eher schwulenfeindlich, weil er die ärgsten Klischees sogar noch überzeichnet, ohne sie je zu brechen?

Womit wir beim Thema Bulimie wären. Zweifellos war Elton Johns Komplett-Beichte vor einigen Jahren interessanter als sein musikalisches Gesamtwerk, doch Frieden ist auch schöner als Krieg, und Johns pompöse Schlager waren ohnehin immer zum Erbrechen süß – wie Häagen-Dazs-Eis eben. Na also.

Leonardo di Caprio hat zugenommen. Jan Ullrich auch, aber Joschka Fischer hat abgenommen, und wie! Und wie? Steht in einem Buch, das er gerade darüber schreibt.

Und Auskünfte eines Außenministers interessieren vor allem dann jedermann, wenn es statt um Krisenregionen um Problemzonen geht.

Zwischen Ottfried und Joschka Fischer gibt es gesund essende Menschen mit sogenanntem Normalgewicht. Und weil das Land von Emotionsküblern wie Jürgen Fliege regiert wird, die Wettervorhersage die „gefühlte“ Temperatur durchgibt, es Sampler mit „Gute-Laune-Musik“ genauso gibt wie das Verwöhnaroma, Kuschelklassik, Funsport und Sonntagskinder, deshalb ist die Rede vom „Wohlfühlgewicht“. Und sogar von zwei Sorten Wohlfühlhosen! Erstens der Jogginghose, die sehr flexibel in der Paßform ist, also dem Benutzer auf keinen Fall ursächlich schlechte Laune macht. Und zweitens der Euphoriehose, die etwas zu eng ist, aber wenn die mal paßt, dann paßt auch der Tag. Andererseits: Es steckt viel Spaß in Toffifee. Und danach gilt für die Euphoriehose – da steckt man nicht drin. Also fühlt man sich unwohl und bleibt zu Hause, guckt Fernsehen, und dort läuft unlustige Werbung. Schuld daran sind Bach, von Sinnen, Fischer: Ein fettleibiger Herzinfarktanwärter tut etwas für das Selbstwertgefühl aller Dicken, indem er einen Klumpen synthetische Sahne in der Mundhöhle wendet und mit vollem Mund, Bauch und Ernst spricht, daß das und er, haha, jedenfalls Dickmann. Umschalten: Ein Talkmaster schüttelt die Hand seines, im Vergleich zum letzten Auftritt um einiges schlankeren, Talkgasts („Heilfasten, kann ich nur empfehlen!“) und verabschiedet das unterschiedlich dicke Publikum im Saal und daheim: „Bleiben Sie uns gewogen!“

Marianne Rosenberg

Bevor alles Kult war, gab es sie schon. Nun ist sie ein Kult von vielen, und wenn Marianne Rosenberg eine Bühne betritt, grölen die Menschen mit ihr gerne selbstvergessen zwei, drei Liedchen, freilich immer nur die guten alten und niemals die egalen neuen.

Noch nicht lange ist es her, aber gottlob schon wieder vorbei, da wurde Deutschland heimgesucht von einer Medieninstallation namens „Schlagerrevival". Viele Untote spülte es wieder ins Trockeneis, von Marianne Rosenberg hörten wir in diesem Kontext nichts. Nun ist sie einmal mehr wieder da und redet so unerschüttert über ihre neue Platte, als würde vielleicht doch irgendwer zuhören.

War denn die alte Zeit wenigstens eine gute? Oh nein, „ich mußte in Interviews auswendig meinen Weg zur Musik als Märchen vom Aschenputtel erzählen, mußte abspecken und lernen, mit einem Buch auf dem Kopf zu gehen, weil alle sagten, ich gehe wie ein Junge". Als Marianne Rosenberg den Grundstein zu dem, Tod diesem Wort!, *Kult* legte, der heute rentnerschwer auf ihr lastet und dessen Übermächtigkeit sie nichts Neues entgegenzusetzen mehr imstande ist, da war sie nach eigenem Bekunden „nur die Sängerin, ich wurde fotografiert und bin dann wieder gegangen". Natürlich sei heute alles viel besser, sie sei nunmehr „völlig selbstbestimmt". Der Erfolg kehrt nicht zurück, nur jährlich als Boomerang – wenn die Abrechnung kommt, die Tantiemen für die nie sterbenden Gassenhauer „Er gehört zu mir" oder „Marleen", die sie zur Ikone jeder rosafarbenen Engtanzparty werden ließen. Und nach ein paar Schnäpsen in einer heruntergekommenen Bar hat auch manch Heterosexueller zwar bestimmt mal „Marleen“ in der Jukebox gesucht, falls er „Marmor Stein und Eisen bricht“ nicht gefunden hat, aber das war es auch schon. Das Spätwerk ist bedeutungslos, ein nicht zu gewinnender Kampf gegen Mythos und Markt.

Wenn Rosenbergs Plattenfirma zur neuen Platte nun schreibt „Anderswo hätte sie einen Status wie Janet Jackson oder Madonna“, klingt das eher verbittert als marktschreierisch. Trotzdem ist der Konzern selbstredend jenseitig euphorisch. Von der Musik reden sie nicht soviel, aber: „Wir haben sen-sa-tio-nel-le Fotos. Ganz, ganz irre, wirklich. Und die Platte ist auch irgendwie so – so ganz anders.“

Mit mehr Restwürde ausgestattet als die zahnersatzbewehrt dauerlächelnde Kollegenschar, der gegen Gage kein Witz zu alt, kein Lied zu verstaubt, keine Bühne zu niedrig ist, blieb sie eisern und versucht es immer wieder aufs neue mit Neuem. Sie wirkt dabei etwas zerzaust, redet stockend und in sich gekehrt, scheint abwesend und entzieht sich dem Gespräch – gegen Rosenberg ist Nina Hagen im Interview ein Ulrich Deppendorf. Schlachtrössern bereist sie mit dem neuen Werk nun die sogenannten Medienstädte und tut alles, wenn man sie läßt: Lippen bewegen, Platte hochhalten, Hände schütteln, Tickets verlosen – man nennt es Promotion. Rosenberg wird geschminkt für ihren Kurzauftritt im Comedy-Irrsinn. Kurzer Auftritt, lange Vorbereitung. Das Diktiergerät muß im Gewühl der Fläschchen, Pinsel und Puderdosen drapiert werden, das Gesicht der Rosenberg wird zu einem kitschigen Altar hergerichtet. Warum, warum, warum?

„Ich singe hier meine neue Single ‚Lover', die ist aber nicht repräsentativ für mein Album." Aha. Macht sie ihren Job gerne? „Ich verstehe die Frage nicht. Das ist mein Leben."

Vom Schaugeschäft kriegt man Krankheiten. Die heißen Einsamkeit, Weltvergessenheit, Irrsinn oder Alkoholismus. Leiden Sie unter dem Wahnsinn dieser Branche, Frau Rosenberg?

Der Maskenbildner legt die Finger auf die Lippen. Denn jetzt ist der Mund dran. Millimeterarbeit.

Stillhalten, bitte.

Ironie

Andere werden langsam wahnsinnig, ich schnell. Meine Nachbarin bereitete mit ihren Freunden eine Demonstration vor, das hatten sie schon lange nicht mehr gemacht. Ich setzte mich dazu und tat das, was man vor vielen 100 Jahren „sich einbringen“ nannte, jetzt aber nicht mehr so nennen durfte, weil diese Redewendung durch die Drüberlustigmachmühle gegangen war, aber die eigentlich interessante Frage war ja nicht, ob man es weiterhin so NANNTE, sondern, ob man es trotzdem noch MACHTE. Ich wußte darauf keine Antwort – und brachte mich also ein. Sie wollten gegen die Ironie demonstrieren, und das war nur allzu gut verständlich, die Ironie würde uns noch umbringen. Inzwischen war ja jedermann ironisch, man bekam, ob beim Bäcker, in Zeitungen, im Fernsehen, in der Werbung, auf Anrufbeantwortern, in Einladungen, Regierungserklärungen, Postkarten oder in den Charts, überhaupt nur noch ironische Auskünfte. Wäre das Leben eine Bruchzahl, dann würde man all die Ironie unterm und überm Strich einfach wegkürzen können, um danach etwas klarer zu sehen. Sie saßen auf dem Wohnzimmerboden und bemalten Transparente. Ich ging mir ein altes T-Shirt anziehen, um mitmalen zu können.

Ganz unten im Schrank liegt die Ironiekleidung. Alte T-Shirts und Hosen, die man aus nostalgischen Gründen oder in historisch logischer Revival-Vorausahnung noch nicht weggeworfen hat, die man aber – momentan zumindest – auch nicht mehr tragen mag, normalerweise; höchstens zum Anstreichen, Rasenmähen, Schlafen – oder zum Ironischsein. Bei diesen Kleidungsstücken ist in der Regel alles zu spät, oder eben zu früh (Revival!): die Paßform, Farbe, Beschriftung (noch mal zu unterscheiden, ob aktuell falsch ist, WAS draufsteht oder DASS überhaupt was draufsteht), der Stoff, bei Jacken oft todbedeutend: der Schließmechanismus. Ob man der Mode (die es ja nicht mal mehr gibt, weil sie ja den Heldentod stirbt, sobald wir sie konkret benennen und kaufen können) voraus- oder hinterhereilt (oder -lahmt), ob man etappenweise Schritt halten kann, wie auch immer, jegliches Verhalten zu ihr generiert Berge untragbarer Dinge. So schnell kann kein Mensch wegschmeißen. Es gibt ja T-Shirts, die man nicht nur getragen hat, an die hat man GEGLAUBT – sie getragen, wann immer es wichtig wurde. Nun liegen sie dort unten. Eine Zeitlang trugen viele meiner Freunde T-Shirts mit Firmenlogos drauf. Das schon sollte ironisch sein. Noch mal doppelt ironisch waren dann die Witz-T-Shirt-verkäufer, die aus Jägermeister „Ravermeister" machten, aus Aral „Anal", aus Lego „Ego". Etwa zeitgleich mit der H&M-isierung dieser Shirts wurde eine Weile lang sogar Energie darauf verwandt, selbst die Ablehnung gegenüber diesen fürchterlichen Witzshirts noch zu differenzieren: Es wurde weitaus schlimmer gefunden, ANAL auf der Brust stehen zu haben, als NIVEAU statt Nivea. Andere verbrachten viele Nächte mit Auskünften und Überlegungen darüber, BIS WANN genau Original-Firmen-Logo-Shirts in Ordnung waren und ab wann genau warum nicht mehr. Es gab eine hervorragende Band, die auf der Bühne diese Shirts trug, und für die einen bedeutete dies das Ende der Tragbarkeit bei gleichzeitiger Coolnesswahrung, für viele andere war das erst der Schlüsselreiz, sie auch zu tragen. Wer nun altklug entgegnet, man könne solche Debatten ja ohne weiteres ignorieren, der möge doch so freundlich sein und einen Tanzschuppen oder eine Bierschänke aufsuchen und sich dort wohl fühlen, davor und dabei und danach aber KEINE SEKUNDE darüber nachzudenken, was er anhat. Einer der coolsten Männer der Weltgeschichte hat ja einst auch nicht irgendein zerschnittenes T-Shirt getragen, sondern genau das, das die anderen unzerschnitten trugen. Was man auch tut, es gerät zum Statement. Im Fall eines T-Shirts bis zu neunmal ironisch gebrochen.

Zum Protestschildmalen wäre ein T-Shirt anzuziehen sinnvoll gewesen, aber ich war unfähig, eins auszuwählen, und behielt mein Hemd an, man konnte ja aufpassen, die Ärmel hochkrempeln usw. Sie meinten es ernst mit der Demonstration und trotzdem auch ironisch, unterstellte ich. Schließlich zitierten sie formal Demonstrationen aus Zeiten, in denen, na ja, also, das waren doch andere Themen gewesen. War es Kapitulation oder Klarsicht, die ihrem Transparentmalen zugrunde lag? Konnte man diese Form des Protests denn genauso sampeln wie alles andere, und war das nicht auch wieder ironisch? Wir waren uns ja alle einig, daß unsere jährliche Fahrt zur Love Parade nicht mehr und nicht weniger politisch war als unsere Fahrten ein paar Jahre davor nach Bonn mit einem KEIN BLUT FÜR ÖL-Transparent im Kofferraum. Es stand gar niemandem zu, einer Generation ihr Protestverhalten vorzuwerfen. Sobald man es analysierte und an eigenen Kampfzeiten maß, hatte man doch ohnehin verloren, nämlich erstens den eigenen Kampf aufgegeben und als wilde Zeit abgeheftet, was es erlaubte, sie je nach Bedarf als nostalgische Plakette hervorzukramen oder distanziert als romatischen Irrtum abzutun; und zweitens zugegeben, daß man es nicht mehr begriff und traurig war, daß die Simulation von Aktion jetzt ohne einen lief. Die Ironie richtete schlimmeren Schaden an als der Lauschangriff, das war gewiß, aber wer würde sie verteidigen und hernach ein ordentliches Feindbild abgeben? Und unsere Demonstration wäre ja auch nur eine Selbstanzeige, gewissermaßen. Wir zerstritten uns ordentlich. Das immerhin ging noch, dafür taugten Revolutionskommandos zu jeder Zeit. Sich streiten und dabei den eigenen Argumenten zuhören, sie messen, überdenken, Lager bilden, Zustände analysieren.

Ich kochte Kaffee, weil ich Tee trinken wollte wie alle anderen auch, aber Tee war das Demonstrantengetränk schlechthin, und dies zu kopieren wäre unmöglich gewesen, nämlich wieder ironisch. Vielleicht. Oder einfach nur lecker. Du, ich mach' uns mal erst mal 'n Tee, das war doch Standardhalbsatz im allerbilligsten Spaßmacherrepertoire, und die Leute lachten gerne darüber, weil sie glaubten, selbstironisch zu sein.

Zwickmühlen an jeder Ecke; dicke Turnschuhe zum eleganten Anzug. Da haben wir den Salat – mit *Cross-Dressing*. Der Liebhaber meiner Nachbarin berichtete, das Lied „Freiheit“ von Marius Müller-Westernhagen habe ihn bei den Montagsdemonstrationen 1989 in Leipzig so euphorisch werden lassen, ganz ehrlich, und mittlerweile wüßte er einiges mehr über Musik, das zumindest sei sein Eindruck, und vielleicht auch über die sogenannte Freiheit, und eine ihm unlösbare Frage sei: Wer ist schlimmer, Westernhagen oder ich damals, daß ich ihm auf den Leim gegangen bin, oder sogar ich heute, weil mir überhaupt kein Leim einfällt, von dem ich nicht nach spätestens einer Woche wieder abgleite.

Wie schön doch mal ein langklebender Leim wäre!

Ich wünschte mir jemanden herein, der mit neuester Frisur, neuester Musik und ohne irgendwas gesehen und begriffen zu haben von der sogenannten Welt (nur dann ist das ja möglich) rumpunkte und uns Hippies schimpfte oder gerne auch Yuppies oder, noch besser, ein Wort, das uns unter anderem deshalb so verletzt, weil wir es nicht KENNEN. Würden. Haha. Aber wir hörten eine Weißpressung modernster Tanzmusik, Import, neuer ging es nicht, ich hatte kein Ironie-Shirt an, sondern ein fabelhaft geschnittenes Hemd, absolut zeitlos, konnte man nichts dagegen sagen, auch die anderen waren durchweg gekleidet wie teilnahmslos von Gott beschenkte Modevormacher aus einer englischen Zeitschrift, die es nur am Bahnhof gab für eine Menge Geld, neue Schimpfwörter dachten wir uns auf Grundlage der entsprechenden Filme immer noch selbst aus, und unsere Frisuren standen ebenfalls in keinerlei Verdacht, überholbar zu sein. Und niemand kam rein. Und wir gingen nicht mal mehr raus, die Demonstration war beendet, und sie hatte noch gar nicht begonnen. Schöne Scheiße. Es war je nach Stimmung entweder der vorlaute Schlachtruf oder die desorientierte Klage:

– Uns macht keiner was vor!

Nicht mal die Bestätigung der Richtigkeit des eigenen Tuns durch Elternvorwürfe gab es noch, die Eltern fanden das ALLES in Ordnung. Im Geschichtsunterricht hatte man uns ungläubig Staunenden von Eltern erzählt, die ihren Kindern früher die zerpunkten Jeans angeblich wieder zugenäht hätten. Unsere Eltern aber kamen immer schneller hinterher, und es war keine Musik mehr denkbar, die ÜBERHAUPT NICHT werbespotkompatibel war.

Ein gutes Beispiel sind auch Tennissocken. Tennissokken sind fürchterlich, keine Frage, aber ist nicht das zwangsverordnete Drüberlachen noch schlimmer? Und dann tragen also Leute wieder Tennissocken, aus Protest, und das ist vielleicht zu verstehen, aber ja auch so krank, weil sie damit also, nur der Abgrenzung wegen, schlimme Socken tragen. Und dann nicht einfach still diese Socken dünnlaufen, sondern tatsächlich ERKLÄREN, warum sie die tragen, um sich zumindest, oh ja, INHALTLICH zu unterscheiden von jenen, die diese Socken nicht schon wieder, sondern immer noch tragen. Irgendwie muß man die Neuzeit ja rumkriegen.

Über bestimmte Erscheinungen der Populärkultur hieß es immer häufiger, sie seien so schlecht, daß sie schon wieder gut seien. Diese Gleichung klingt vielleicht erst mal nicht so blöd, wie sie ist, aber wie soll das gehen? Der Kreislauf der Dinge: kurz hinter ganz schlecht fängt das Gute wieder an und hinter Hamburg der Wilde Westen. Und die PDS zum Beispiel ist die Tennissocke unter den Parteien.

Es ist eine einzige Verrenkung. Wie schnell die Smashhits zum Witz gerinnen! Unten in der mietpreismindernden Kneipe lärmte gerade eine lokale Band, die ihr Treiben „Postgrunge“ nannte, und so leid es uns tat, wir mußten uns wirklich kaputtlachen darüber. Aber sie meinten es natürlich ernst. Noch nie war es so leicht möglich, so unterschiedliche Musik zu mögen, zu kaufen, zu vergessen. Der Kauf einer Platte taugte nicht mehr zum Unterschlupf und zur Lebenskonzeptprothese, stellte zugleich auch kein Risiko mehr dar. In jeder „Ich hör' eh nur Kassetten"-CD-Sammlung, die eher eine Ansammlung ist, ein krudes Häuflein des Zufalls, 16 Stück und 3 davon verliehen, selbst dort finden sich immer einige hervorragende Platten. Es fehlt ein Kanon, sagen die einen, dabei bestand doch alles Tun in nichts anderem als dem Zusammentragen und Abgleichen. Allgemeinverbindlichkeit ist ein Witz oder Sozialismus oder ein gelbes Stofftier, das durch einen Jeansspot cruist zu einem wirklich famosen Stück Musik. Neu: Hits, die man nicht nachsingen kann. Die auch nicht überliefert werden. Aber wen, vom Komponisten abgesehen, kümmert's. „Sehnsucht nach Fremdbestimmung und Deckelung, perfekter Nährboden für eine Diktatur", analysierte meine Nachbarin, und ich schaute aus dem Fenster, um nicht durch ihren Blick Gewißheit darüber zu erlangen, ob sie auch das wieder postirgendwie meinte. Und draußen, hinterm Fenster, da war es noch dreimal so schlimm. Wer unter der Durchlauferhitzkultur (ein Wort unseres geschwätzigen Vermieters, über das wir immer gelacht hatten, aber immer lachen war ja auch hohl) aktuell am meisten litt, waren wahrscheinlich die Architekten. Was für schwachsinnige Häuser die bauten! Nicht bewußt häßlich, nicht interessant neu, nicht konsequent klassisch – einfach zusammengewürfelter Blödsinn. Wir saßen vor halbfertigen Transparenten, und die Farbe taugte nicht mal zum Schnüffeln, weil sie in einem Laden gekauft worden war, in dem es auch Honig für 17 Mark gibt und Tee, der nach Tod riecht, aber gesund ist. Meine Nachbarin erzählte, der Moment, als sie eine vergangene Liebe bei der Fernsehübertragung des Schlager-Grand-Prix im Publikum entdeckte, sei vergleichbar mit dem Aufruhr im durch Fett zugangsverstopften Herzen von Mutter Beimer, als die einst ihren Sohn Klausi unvermutet in einem Pulk von Neonazis im Fernsehen erkannte. Dann redeten wir über Opfer und Täter, aber natürlich am nicht wichtigeren, bloß interessanteren Thema Grand Prix. Jemand sagte, früher sei er manchmal abends schlafen gegangen mit geballter Faust und der festen Ansicht, dumm, blöd, bekämpfenswert seien die ANDEREN, irgendwelche anderen, die wechselten, aber es gab sie immer. Da fragte meine Nachbarin, ob man mit geballter Faust überhaupt onanieren könne, und der Typ antwortete mit dem Satz, mit dem Prominente ihre Ehekonfusion erläutern:

– Dazu gehören immer zwei.

Statt Kaffee-statt-Tee hätten wir auch Limonade trinken können, was jedoch nicht weniger vertrackt gewesen wäre: Es gibt eine Limonade, die man jahrelang nur an von Schließung mangels Zuspruch bedrohten Waldminigolfanlagen serviert bekam, einige Kisten dieses Leergutes fand man auch immer im Tischtenniskeller solcher Jugendherbergen, deren Betreiber glauben, eine Renovierung würde dem Haus seinen ursprünglichen Charakter rauben. Nun ist diese Brause wieder erhältlich, und man weiß nicht recht wieso, denn sie schmeckte weder damals noch heute; ein ebenbürtig garstiges Konkurrenzprodukt wirbt derweil mit dem Slogan „Image ist nichts“. Da lachen wir alle noch mehr als die aufgekratzten Jungs im Werbespot, die so froh sind über die tolle Erfrischung. Image ist nichts? Klingt nach Ausrede einer Werbeagentur. Das Image ist alles. Plötzlich hatte Brauner Bär ein gutes Image. Da gab es ihn aber schon nicht mehr und dann wieder doch, wg.

super Image. Plötzlich behauptete ein Heer von 70er-Jahre-Adoleszenten, dieses Eis eigentlich ohne Unterbrechung gelutscht zu haben während der Kindheit, und welcome back, liebes Eis. Es war rührend, wie auf einmal dieses Eis emporgehoben, die geänderte Rezeptur beklagt und die Magazine damit vollgeschrieben wurden – auf der Suche nach dem verlorenen Eis. Da die Halbwertszeit von Produktmoden erheblich gesunken ist, sank auch die Zeitspanne zwischen Verschwinden und revivalbedingtem Wiederauftauchen. Das gilt ganz besonders auch für die Unterhaltungsindustrie; Helge Schneider hatte das nach einer knapp einjährigen Pause so besungen:
Comeback/Ich war lange weg/Jetzt bin ich wieder da.

Dazu scheppert das schneiderische Orchester so absichtlich schlecht, daß es – ja, schon wieder was ist? Gut, ironisch. Nicht so gut.

Sommernächte

An die große Liebe jenseits von Kino, Popsong oder Schundroman zu glauben, diesseits also, hier, in echt, das ist den meisten Menschen zu kitschig; den einen aus Angst, den anderen aus Erfahrung. Trotzdem lesen viele Horoskope, aber das ist ein anderes Thema. Statt abstrakt und utopisch glauben die Menschen lieber handfest – sie wenden sich von der Kirche ab und treten statt dessen einem Fitneßclub oder einer anderen Sekte bei. Da weiß man, was man haben kann. Die Liebe hat kein so gutes Image, denn man kann sie nicht erzwingen, anders als einen Waschbrettbauch oder ein oranges Bettlaken, das man dann Erleuchtung nennen darf. Unbeeindruckt von der Riesennachfrage vergrößert sie keineswegs das Angebot, so arrogant ist die Liebe. Allein das Wetter scheint in der Lage, sie zu beeinflussen. Das ist statistisch bewiesen, und nicht zuletzt deshalb glaubt es jeder gerne: Im Sommer verliebt sich der Mensch häufiger als im Winter. „Liebe ist Wärme", so heißt ein bislang unveröffentlichtes Stück von, sagen wir, Patti Lindner, und die B-Seite dieses Hits geht folglich so: „Im Winter ist es kalt, also bitte". Im Winter hat man andere Probleme, rauhe Lippen zum Beispiel, Grippe oder Selbstmordgedanken, und all das verträgt sich mit der Liebe nicht. Natürlich, in Wintersportgebieten mag es anders sein, aber dort trinken die Menschen auch mehr, als der Krankenkasse lieb ist, und auf der Heimfahrt pellt sich die Nase und stapeln sich neue Telefonnummern, es ist also sozusagen Sommer mit Thermojacke und zählt deshalb nicht.

Ob Liebe und Sex identisch sind, dies zu klären sei das Vergnügen um gute Texte verlegener Bums-Magazine, begnügen wir uns hier mit der Feststellung, daß auf jeden Fall ein Zusammenhang existiert. Sex geht am besten mit wenig Kleidung. Liebe etwa auch? In einer Sommernacht bleibt es draußen länger hell, trotzdem sind Winternächte heller, denn man verbringt sie der Kälte wegen ja drinnen. Und da gibt es Licht, denn wir wohnen in Deutschland, und zu viel sehen können ist doof, nämlich realistisch, und die Menschen sorgen sich um Falten oder Hautunreinheiten, statt sich ordentlich zu küssen.

Zyniker und Wissenschaftler behaupten, Liebe sei im wesentlichen eine chemische Reaktion. Das klingt dem Romantiker zu banal, dem Enttäuschten (langfristig also auch dem Romantiker) allerdings behagt diese Interpretation, denn Chemie ist erklär- und berechenbar. Chemische Reaktionen werden durch Wärmezufuhr (=Sommer) forciert, zwei Elemente (♀ und ♂) reagieren schneller und heftiger miteinander (=Sex bzw. Liebe – oder gar: beides!). Und nun wollen wir die Schutzbrille mal wieder absetzen. Es ist Sommer. Man sieht viele halbnackte Menschen, und den meisten geht es besser als im Winter, überall wird gekeucht, und das sind nicht bloß die Allergiker. Auch haben die Menschen mehr Zeit, Urlaub sogar, und wenn schon alle nackt sind und Zeit haben, dann kann man es ja mal versuchen. Jedes Jahr gibt es einen Sommerhit, den jeder pfeift, begünstigt auch durch all die Cabrios; die Menschen sind emotionaler und viel eher als winters bereit, sich zu einigen, warum dann nicht gleich ver-? In Sommernächten wird natürlich auch mehr gelogen als in Winternächten. Aber es wird wenigstens miteinander gesprochen.

Premierenfeier

Wie war denn der Film? Welcher Film?

Wer kommt rein, wer kommt vor, wer kommt durch, wer kommt um und wer drum herum? Gefeiert wird die Premiere von Helmut Dietls Mediensatire „Late Show" in den WDR-Arkaden, einem hinreißend bemüht postmodernen Glas-Stahl-Geldgrab, dem Frankfurterischsten, was Köln zu bieten hat. Unbezahlbare Mieten, ständig Inhaber und Bestimmung wechselnde Geschäfte ohne Kunden und ein italienisches Restaurant mit viel zu hohen Holzhockern. Einem Bau, der so aussieht wie das Weltbild von Dieter Gorny: Transparenz, die Logik bedeuten, beleihen und beweisen möchte; schaut man in einen Laden, blickt man durch ihn hindurch zum nächsten; man läuft immer im Kreis, merkt es aber nicht; zahlreiche Spiegel vervielfachen das eigentlich Eindimensionale. Wenn kein Ende in Sicht ist, kann man das auch Vision nennen.

Wohlkalkuliert ist der Abfertigungsstau am Einlaß. Dort zetern abgewiesene Menschen und erklären genauer als in jeder Steuererklärung, warum sie, gerade sie, unbedingt reinmüßten, auf welcher Liste sie eigentlich zu stehen hätten, warum es die Höhe sei und wer sich alles auf etwas gefaßt machen könne. Die erwünschten Gäste werden mit Plastikarmbändchen ausgestattet. Doch Gast ist nicht gleich Gast und der Bändchen viele: Mit dem schwarzen darf man hinein, auch ans Buffet im ersten Stock, sehr wohl zur dröge scheppernden Band im Keller, nicht jedoch in die abgesperrte italienische Yuppiemensa, die heute „VIP-Bereich“ heißt. Schwarze Anzüge mit jeder Menge Mann darin versperren den Weg und kontrollieren das Bändchen: Rot muß es sein. Perfide, daß die Restaurantwände gläsern sind und so die große Menge der Schwarzbändchenmenschen den ganzen Abend bemüht ist, einerseits nicht zu verpassen, was genau Jürgen Trittin mit wem trinkt, ob die Ferres wirklich, warum eigentlich Jean Pütz und wo denn überhaupt der Gottschalk; und andererseits bloß nicht den Eindruck zu erwecken, man wolle, dürfe aber nicht. „Ist mir viel zu eng, was soll ich denn da, ist doch alles eingebildeter, arroganter Quatsch, das muß ich nicht haben“, wird gelogen, dabei geschielt. Diese Menschen feiern nicht sich selbst. Sie werden gefeiert, und zwar von Helmut Dietl, dessen Inszenierung hier ausufert. Die Menschen sind nicht eingeladen, sie werden gecastet. Statisten allesamt – und prominent ist hier eigentlich jeder. Das nützt schon mal nichts. Jasmin Tabatabei küßt Peter Lohmeyer und sagt „Mach's gut, du“, denn kein Business ist wie das Showbussibussiness. Die Geschehnisse in den Arkaden würde sich jeder Drehbuchlektor mit Rotstift als „Klischee!“ verbitten. Dietl hat sie dringelassen. Und vor allem: reingelassen. Die Thea sieht ja schlecht aus, hast du das gesehen/Ganz schön fett geworden, der soundso – Ja, der hat sichs Rauchen abgewöhnt – Aber saufen tut er immer noch/Olli Dittrichs Außenreportereinsätze bei „Wetten daß“ sind das Peinlichste, was seit langem … – ah, Olli, wie geht's, ja, habe ich gesehen am Samstag, war doch spitze, kam doch supergut an.

Doris Dörrie erscheint auch, und alle gucken gekonnt zur Seite. Ist ja nur Doris Dörrie. Angestarrt werden hier die wenigen Garnichtprominenten, statt „Woher kenn ich den noch mal?“ steht in den Sprechblasen über den Köpfen der Starrenden „Wenn ich den nicht kenne, was macht der dann hier?“. Und natürlich: Wer hat dem ein Bändchen gegeben? Wird er von meinem Tellerchen essen?

„Part of the deal“, sagt jemand. „Hmhmhm“, sagt sein Gegenüber und: „Bei der Rossini-Party war das Büffet besser.“ Der Film vielleicht auch. Ach guck mal, der Adorf, auch da. Es gilt, unbedingt den Eindruck zu vermeiden, man sei es nicht gewohnt, mit Hochprominenz gemeinsam den Abend zu vertrinken. Man kennt das. Man ist das.

Schtonk, Rossini und auch Late Show müssen neu bewertet und bei der nächsten TV-Wiederholung in den Programmzeitschriften als Dokumentarfilme ausgewiesen werden. Niemand der Anwesenden wundert sich über all die Kameras und Scheinwerfer, dabei ist keineswegs sicher, ob damit über das Fest berichtet wird, über den Film oder nicht doch ein neuer gedreht wird – sobald eine Kamera abgebaut wird, löst sich die Gesprächsrunde in unmittelbarer Objektivnähe verdächtig abrupt auf. Viele glauben, diese Branche sei ständig auf Droge. Weiß man nicht, fest steht hingegen: Ständig ist sie auf Sendung. Wozu dann noch reden, wenn keiner mitfilmt?

Auf jedem Bistro-Tisch liegt ein Exemplar der Zeitschift *Max*. Auch hier natürlich eine Dietl- bzw. Titelstory: „Veronica Ferres erotisch“. Veronica Ferres im Gespräch mit einem, dessen Late Show abgesetzt wurde und der nun im dritten Programm ein Kultur genanntes Gnadenbrot serviert bekommt. Roger Willemsens Fernsehkarriere wäre ohne weiteres für eine Nebenrolle in einem – warum nicht diesem – Dietl-Film zu gebrauchen. Heute abend hätte es für den Quotendrücker bei aller Liebe höchstens zum schwarzen Bändchen gereicht. Als Interviewer trägt er weiterhin den schwarzen Gürtel und entlockt Ferres den Satz „Ich glaube an so ganz komische, einfache Mädchenweisheiten ... eine globale Gerechtigkeit." Und Willemsen analysiert allwissend: „Du bist viel zu anstrengend für einen Betthasen."

Dietls eigentliches Meisterstück ist die Verlängerung seines Films in die Wirklichkeit, und so endet auch Willemsens *Max*-Gespräch zielgerade rossinisch: „Nach dem Gespräch: Umzug ins Stammlokal ‚Romagna Antica'." Und Dietl trägt tatsächlich weiße Anzüge, kann der Gast in der Film/Wirklichkeits-Vergleichstabelle des weiteren abhaken. Die Klatschreporter und Paparazzi sind an diesem Abend natürlich stark überzeichnet; alle offenbar aber echt. Sie zetern und blitzen, streicheln mit der einen, knipsen mit der anderen Hand, küssen Darstellerinnenhände und schieben einander zur Seite. Wie Jagdtrophäen werden Motive und Konstellationen aufgezählt, die man heute „abgeschossen" hat. Nicht zufällig nennt die Kulturzeitschrift *Bunte* Feierlichkeits-Orte eingedenk Ernst Jüngers „Schauplätze".

Diese werden vom *Bunte*-Fachpersonal nicht nur besucht, sondern auch mit großem Ernst bewertet. Und zwar in Proseccogläsern. Die „In-Society" genannten Kurzreportagen, die recht eigentlich aus Namenslisten und kurzen Ballkleid-Rezensionen bestehen, krönt Kolumnistin Sibylle Weischenberg anhand einer schlüssigen Wertungs-Skala zwischen einem Proseccoglas („Pausenfüller") und fünfen („die sehr wichtigen") oder gar, ganz selten, sechs roten Kelchen für ein „A-Class-Fest". Der Amateur wähnt sich angesichts des Prominentenaufgebots auf einem A-

Class-Fest mit den sehr wichtigen, wichtig & fun (vier Gläser) ist es allemal; doch Weischenberg relativiert: „Zwei Gläser gibt das, ist doch schlecht organisiert, hier im VIP-Bereich gab es nur 40 warme Essen!“ Das ist natürlich allerhand. Es zähle, so Weischenberg, bei der Kelchvergabe nicht zuallererst die Besetzung, „wichtiger ist doch die Stimmung“. Gerhard Schröder hat gewonnen.

Unter der Ägide von Michael Graether benotete *Bunte* solche Zusammenkünfte noch mit standesbewußten Zylindern, als Graether Weischenberg den Stoffelstab der Partyberichterstattung übergeben hat müssen, wurden daraus Proseccogläser. Was das über Deutschland aussagt, ob das die neue Mitte ist? Weischenberg: „Das sagt nichts weiter, als daß Graether nicht mehr da ist.“ Und schon hastet sie wieder hoch, weil Marie-Luise Marjan just quer durch den Raum gewalzt kommt und einen wehrlosen A-Class-Prominenten mit einem pausenfüllenden Proseccoglas in der Hand hinterrücks umarmt. Sie dreht ihn wie beim Blinde-Kuh-Spielen mehrmals, bis ihm schwindelig ist bzw. jeder Fotograf eine Frontansicht der beiden im sogenannten Kasten hat, und dann spricht Marjan jovial und beimerlich: „Kinder, laßt doch mal das Fotografieren sein!“ Aber auch wirklich erst, nachdem der letzte Blitz erloschen ist. Und wir gemerkt haben, daß man Fotos nicht essen kann. Dann doch lieber eines der lediglich 40 warmen Essen. Etwas später eilen Kellner mit neuen Fischtellern herbei, doch ganz so leicht ist Frau Weischenberg nicht zum Gläseraufstocken zu bewegen: „Das ist jetzt auch zu spät“, blafft sie und fragt rhetorisch „Oder will noch jemand essen, he?“. Will keiner, denn jetzt geht Gottschalk, und da könnte man ja noch mal.

„Late Show“, die prächtige Inzest-Schimäre, ein überzüchteter Zierkürbis aus dem Feuilletongewächshaus, die Nußecke des Frühjahrs 1999. Stell dir vor, es ist Kino und keiner geht hin – selbst diesen ritualisierten Stimmungskonter muß noch jemand aus Dietls Stab übernehmen: Der Presserummel sei natürlich eine große Freude, „hammermäßig“ auch, könne jedoch ohne weiteres kippen. Hektisch rauchend raunt er „Overkill, verstehst?“. Ja mei.

Saisonarbeiter

Das Geld war aus, und ich mußte mir Arbeit suchen. Es genügte nicht mehr, scheinselbständig Drehbücher anzufangen, Ausfallhonorare für halbgar recherchierte Nichtstories in Rechnung zu stellen oder Verlagsvorschüsse einzustreichen für Projekte, die ich niemals auch nur zu beginnen gedachte; auch konnte ich auf ÜBERHAUPT keine Ersparnisse zurückgreifen. Alle entbehrlichen CDs hatte ich schon zum Secondhandladen getragen, meinen Bruder mochte ich nicht fragen, und ein Auto, das ich hätte verkaufen können, besaß ich ebensowenig wie eine geerbte Münzsammlung.

Bei mir und den meisten meiner Freunde hängt das, was wir unsere „Arbeit“, unseren Beruf nennen, nicht kausal mit dem Bestreiten des Lebensunterhalts zusammen. Geld gibt es immer irgendwoher, nicht sehr viel, aber Durchkommen ist gewährleistet. Ein Fortbewegungsmittel ist Geld, mehr nicht, überbrückend kann man auch immer schwarzfahren. Nun wollte ich mich aber wirklich FORT bewegen, eine Reise unternehmen. Und dafür brauchte ich mehr als Naturalien, ich brauchte Scheine, und zwar möglichst große und davon möglichst viele. Es gab so viele bereisenswerte Länder, von denen ich bei den großen Meistern der Dichtkunst gelesen hatte – nicht einen einzigen weiteren „Irgendwo in die Sonne“-Urlaub wollte ich mir gestatten, ich wollte ab sofort mein Reiseverhalten ändern, es in den Dienst der Wissenschaft stellen, „entspannen“, „abschalten“ – das sollten doch bitte die anderen tun. Ich wollte fürderhin lieber anschalten: Eine Art klassische Bildungsreise sollte es werden. Fast hätte ich mir am Kiosk *Merian* & *Geo* gekauft, aber wie immer hatte die *Gala* das bessere Cover.

Nach der Reise wollte ich gerne so weiterleben wie bisher (bis zur nächsten Reise), es war also auf keinen Fall daran zu denken, das Leben grundsätzlich zu ändern, eine Lehre zu beginnen, gar etwas mit sogenannter Perspektive. Aus der *Tagesschau* wußte ich, daß es auf dem Arbeitsmarkt düster aussah. Zum Glück wohnte ich wenigstens in Westdeutschland, da war es nur mittelschlimm, als Ostdeutscher wäre ich wahrscheinlich nicht mal auf die IDEE gekommen, eine Reise zu unternehmen. Meine Kalkulation klang naiv, aber nicht unschlüssig: Für den Flug würde ich ungefähr 1000 Mark (mit Glück vielleicht etwas weniger) brauchen, zum Leben etwa noch mal 1000, besser noch etwas mehr, käme dann sehr auf das Land an. Mein Reisepaß war noch gültig, und so hatte ich eine große Auswahl.

Auf keinen Fall wollte ich zelten. Zelten kam überhaupt nicht in Frage. In einem Zelt riecht es wie im Ausgabeschacht eines Kondomautomaten. Am Morgen tropft einem das Kondenswasser aufs von Mücken zerstochene Gesicht, und dann geht, nein, man *schlurft* mit hellblauweißen Badeschlappen zur Sammeldusche (kein Trinkwasser!) und zum Campingsupermarkt, um dort Dosengerichte zur Aufbereitung überm ständig leeren Butangaskocher zu kaufen und sich mit anderen Campern über den Strand, ferner den günstigsten, aber gefährlichsten Motorradverleih des Landes zu unterhalten, nicht ohne eine Menge Worte tatsächlich zu VERLIEREN über die Ereignisse der letzten und die Pläne für die folgende Nacht. Zurück am

Zelt, wo inzwischen marodierende Komiker die Heringe rausgezogen und die Wäscheleinen, auf denen man die mit Tubenwaschmittel unzureichend gereinigte Leibwäsche zum Trocknen der Sonne entgegenhängte, zerschnitten haben. Zeltplätze sind ein freiwilliger Rückfall in frühe Formen menschlichen Zusammenlebens, für den es kaum einleuchtende Argumente gibt.

Der Fall war klar: Ich mußte verreisen UND zugleich meine Menschenwürde wahren. Also brauchte ich eine ganze Menge Geld. Ich sah es besser gleich ein: Körperlich müßte gearbeitet werden, ich hatte mir meine Reise zu VERDIENEN, sie mit meiner Hände und Muskeln Arbeit möglich zu machen. Andere machten das auch so.

Eine gute Möglichkeit, relativ schnell zu Bargeld zu kommen, ohne gleich ein vollgültiges Mitglied des Steuerstaates zu werden und ohne vorschnell sein Leben mit einer grotesk länglichen Ausbildung zu verpfuschen, war die Jobvermittlung des Studentenwerks. Das hatten Freunde berichtet, die diese These bereits empirisch bewiesen hatten. Sie waren morgens dorthin, hatten mittags einen Job oder auch nicht, konnten dann arbeiten gehen oder wieder schlafen; wenn sie arbeiten gingen, hatten sie abends Geld, und wenn sie keine Arbeit bekamen, hatten sie es immerhin versucht, und keiner konnte ihnen dumm kommen, nicht mal sie selbst. Mit zunehmendem Alter kommt man sich ja bedauerlicherweise am häufigsten selbst dumm. Plötzlich bildet man ein Gewissen und Verantwortung aus, egal wie verkommen es zugeht.

Seit meine Eltern verstorben waren, sah ich ziemlich erwachsen aus. In Studentendiscotheken wurde mir immer öfter der Eintritt verwehrt, bei Popkonzerten wurde ich von Vordränglern zunehmend gesiezt, und mit Ermäßigungsanträgen mußte ich es an der Kinokasse erst gar nicht mehr versuchen. Also mußte ich mich etwas verkleiden, um nicht in Immatrikulationsbeweislastschwulitäten zu geraten. Ich zog eine zerrissene Jeans an, die ich zuletzt kurz nach dem Abitur während eines Portugal-Urlaubs zwei Wochen lang praktisch ununterbrochen getragen hatte. Damals war das en vogue. Auch hatte ich mit Edding heute unverständlich erscheinende Worte aufgetragen, die aber segensreich vom Meerwasser gebleicht, also kaum noch lesbar waren. Immerhin, die Hose paßte mir noch, das war doch ein gutes Zeichen. Nicht, daß sie mir stand, aber sie paßte. Körperliche Arbeit bedingt festes Schuhwerk, und so sprach auch erstmals seit 9 Jahren nichts dagegen, die lächerlich robusten Doc-Martens-Schuhe aus dem Keller zu holen. Mein Bruder lieh mir ein Flanellhemd, und darunter zog ich ein T-Shirt mit dem Aufdruck „Diesel – Only The Brave", denn es ist ziemlich wichtig und, jaja, *authentisch*, bei körperlicher Arbeit irgendwann „Puh!" zu sagen und etwas auszuziehen, sich dann mit dem Oberarm die Stirn abzuwischen und schließlich weiterzumachen. Ich rasierte mich nicht und wusch mir nicht die Haare. Wer jetzt noch zweifelte, daß ich immatrikuliert war, machte mich neugierig auf seine Argumente.

Ich stand um 7 Uhr auf, kaufte eine Zeitung, zwei Brötchen und eine Capri Sonne. Manchmal müsse man den ganzen Vormittag warten, war mir berichtet worden, und wenn die anderen alle schon gegangen seien, dann käme oft doch noch was. Trotzdem mußte man pünktlich um 8 Uhr da sein, es ginge sehr gerecht der Reihe nach. Um 20 vor 8 stand ich vor dem Arbeitsamt, um 9 Minuten vor 8 hatte ich den richtigen Flur gefunden, und tatsächlich standen dort schon eine Menge arbeitswilliger Studenten. Außerdem ein Bataillon Restjugoslawen und ein unablässig lachendes, schirmbemütztes Negertrio, sicherlich keine Studenten, aber sie hatten unter den Gürteln Arbeitshandschuhe klemmen, und zwar welche mit deutlichen Benutzspuren, es war also klar, daß es hier nicht so genau genommen wurde, ich hätte die Jeans nicht unbedingt gebraucht.

Um kurz nach 8 kam eine Frau und sagte „Morgen zusammen", und wir sagten im Chor so etwas wie „Momhmhehum". So klang das ungefähr. Als hätten wir Arbeitshandschuhe im Mund. Aber es war ja auch noch so früh, eine wahrhaft gute Zeit für alberne Kaffeeglorifiziererei. Der Kaffee aus dem Automaten strullte aus einer hygienisch bedenklichen Düse in vergilbte Plastiknäpfe und schmeckte nach Altöl mit Snickers.

Die Frau reichte einen mit kleinen gefalteten Zetteln gefüllten Bastkorb herum. Noch besser hätten mir Glückskekse gefallen, aber das wäre wohl zu aufwendig gewesen. Auf den Zetteln standen Zahlen, und nach dieser Reihenfolge wurden die Jobs vergeben. Ich hatte die 4 gezogen, was ganz gut war bei ca. 25 Leuten. Die ersten beiden Nummern, also Typen, durften gleich mit der Frau zum Computer kommen. Sie fragte nach Lohnsteuerkarte und Sozialversicherungsheftchen, und die beiden zuckten so rituell mit den Schultern, wie ich es auch geplant hatte, und sagten irgendwas von Nachreichen, morgen dann, und die Frau sagte, daß sie eigentlich usw., aber gut, in Gottes Namen. Ganz reizend eigentlich. Hier, ganz unten, die stählerne Faust des Sozialversicherungsgesetzes zu schwingen, wäre unangebracht, und das wußte sie besser als die da oben in Bonn bzw. die da rechts in Berlin. Die hatten ja keine Ahnung vom Alltag eines Lohnarbeiters. Meinten, mit uns könnten sie es machen. Ich hatte, ehrlich gesagt, auch keine Ahnung vom Alltag eines Lohnarbeiters, aber mit der Zeitung, den Brötchen und der Capri Sonne hatte ich ganz gut vorgelegt. Die Capri Sonne schmeckte so, als würde ich mir plötzlich sentimentalisch die Platte „AB 18" von der Band Die Ärzte anhören – historisch einordnend gnädig „okay" denken, allenfalls, sonst überwiegend Kopfschütteln. Am besten an Nostalgie finde ich das im günstigsten Fall sich anschließende Gefühl: Zum Glück ist DAS vobei.

Die beiden mit den Zahlenzetteln 1 und 2 durften zu einer Baustelle für 18 Mark pro Stunde, und wenn sie wollten, konnten sie dort gleich drei Tage am Stück arbeiten. Natürlich nahmen sie an. Dann verging eine Weile, bis der Typ mit der 3 einen Putzjob ablehnte und deshalb die 4 ausgerufen wurde, das war ja ich, und ich dachte: Putzen ist eigentlich nicht so schlecht wie Baustelle, und schon hatte ich den Job. Zwar waren nur 4 Stunden annonciert, dafür aber 20 Mark Stundenlohn, außerdem lag die Adresse in einem feinen Viertel, und der Termin war auch erst am Nachmittag angesetzt, also konnte ich mich noch ein bißchen in den Park setzen und meine Reise planen. Bekäme ich jeden Tag einen solchen Job wie heute, im Durchschnitt, würde ich bei 4 mal 20 Mark = 80 Mark pro Tag und 5 Arbeitstagen pro Woche lange 5 Wochen brauchen, bis ich 2000 Mark zusammenhätte. Das war natürlich eine Menge. Eine Menge Zeit, aber keine Menge Geld. Vielleicht, dachte ich, würde ich auch Glück haben und mal 9 Stunden arbeiten dürfen, oder ich würde jemanden übers Ohr hauen können. Obwohl die Aussichten insgesamt eher trüb waren, war ich doch froh, daß ich einen Anfang gemacht und Leistungsbereitschaft signalisiert hatte, die ich bei der nächsten Depression als imposantes Gegenargument ins Feld führen könnte.

Deutlich zu früh erschien ich zu meinem Putztermin. Ich war sicher, den Auftraggeber damit zu erfreuen, vielleicht würde er mich dann gleich fest anstellen. In diesem Viertel wohnten nur Ärzte und ähnlich verdienende Menschen. Es gab einige Spielpläze, die sehr sauber und bestens ausgerüstet waren, allerdings spielten dort keine Kinder. Für Kinder wäre dieser Stadtteil ein Paradies: Wenn ein Paar fertig studiert hat und beginnt, ernst zu machen mit Zielen und Etappenpokalen – also eigene Praxis, eigener Garten, Kinder, richtiges Auto, richtige Wohnverhältnisse, diese Art Anker mit Betonung auf RICHTIG –, dann wäre es vollkommen einleuchtend, hier hinzuziehen. Ja, würden sie bei Verlassen ihres kaputten, lauten, aber doch angenehm knisternden Bislang-Stadtteils sagen, ja, es ist da ruhiger, sicherlich, man geht nicht mehr spontan ins Kino, aber für die Kinder ist es doch viel besser. Absolut einleuchtend. Trotzdem war kein einziges Kind zu sehen. Überhaupt war NIEMAND zu sehen. Man muß aber dazusagen, daß auch überall Mauern den Blick versperrten, Mauern und Zweimeterhecken.

Es ging bei diesem Putzjob um den Schmutz von einem Dr. Breitenbach, und der war nicht zu Hause. Ich war eine ganze Stunde zu früh da, ich konnte mich nicht beschweren. Geisteskrank hatte ich mich beeilt, und jetzt ereilte mich der an schnelles Fahrradfahren sich stets anschließende Schweißausbruch, den in Gesellschaft zu erleiden so peinsam ist. Allein geht es.

Meine Zeitung hatte ich in der Jobvermittlung liegenlassen, und so vertrieb ich mir die Zeit auf der Schaukel eines Spielplatzes. Danach wippte ich einsam, indem ich mich auf die Wippenmitte setzte und mein Gewicht rhythmisch verlagerte. Nicht gerade etwas, das man stundenlang tun kann, ohne irre zu werden, einzuschlafen oder aus dem Takt zu kommen und sich böse zu verletzen. Ich brach es ab und setzte mich in ein Kletternetz. Ein alter Mann zeitlupte vorbei, und ich fragte ihn nach der Uhrzeit, obwohl ich ja eine Uhr trug, aber es mußte irgendwas passieren. Der alte Mann ging einfach weiter, er hatte wohl sein Hörgerät auf dem Nachtschrank liegenlassen.

Da kam ein ziemlich großes Auto dunkelblau herangeschliddert, dem ein hagerer weißgekleideter Mann entstieg, vielleicht mein Auftraggeber, der Herr Dr. Breitenbach. Schmatzend ließ er die Tür zufallen, toll war, daß es hier überhaupt keine Parkplatzprobleme gab. Jeder hatte natürlich eine Doppelgarage, aber auch genug Platz, am Rand des drei Meter breiten Fußwegs zu parken, dem Großbürgersteig.

Ich hatte noch zwanzig Minuten Zeit und lag im Kletternetz, zum Glück hatte ich mein Fahrrad mit auf den Spielplatz genommen und nicht vor dem Haus abgestellt, es hätte den Doktor sicherlich verärgert. Wenn ich ihn jetzt angesprochen hätte, wäre das so wie bei einem Attentat gewesen: Mr. John Lennon? Paffpaff. Also wartete ich noch 5 Minuten und klingelte dann bei Herrn Dr. Breitenbach, und er freute sich sehr über mein Kommen. Er bat mich auf die Terasse und sagte, ein Kaffee, ein gemeinsamer, sei ja wohl noch drin, dazu pochte er gutgelaunt auf seine dicke Armbanduhr, die es in billig auch bei Eduscho gibt. Es gefiel ihm, übereifriges Personal zu beschäftigen. So weiß wie seine Kleidung war auch sein Gebiß und erst recht seine gesamte Wohnung. Andere Farben gab es nicht. Hier drinnen war es heller als draußen, obwohl die Sonne ihr wirklich Bestes tat heute. Weißer Marmor, weiße Tapete, Kacheln, weißes Porzellan. Wir tranken Kaffee mit weißer Milch, er lachte mich an und fragte so Amerikanerkonversationsquatsch ab: Welches Fach, wievieltes Semester, wie lange schon in der Stadt, Elternberuf, Freundin, Sportarten, Lieblingsmusik usw. Ich entschied mich für eine mittlere Laufbahn: 6. Semester Germanistik, jaja, mittelhochdeutsch, kann man nichts machen. Ansonsten alles ganz ok. Die Stadt hätte ihre Vor- und Nachteile, wie eigentlich jede Stadt. Ich dehnte die Antworten nach allen Seiten aus, weil ich hoffte, die Arbeitszeitstoppuhr liefe bereits. Das wäre mehr als gerecht, denn wenn ich erst mit dem Putzen begänne, würde innerhalb von 4 Minuten alles vorüber sein. Es gab hier nichts zu putzen, so sauber, so unglaublich sauber war es beim Doktor zu Hause, man konnte *vom Boden essen*, würde Marie-Luise Marjan sagen. Nach einer Stunde sagte der Mann, ich könne ja am Wochenende dann zum Putzen kommen, jetzt sei soweit alles in Ordnung, ein „erstes Beschnuppern“ sei das gewesen, und hier – das sei für mich. Das waren 50 Mark für mich. Ja – äh. Hm.

Am nächsten Morgen im hobbykellerartig tapezierten 70er-Jahre-Wartezimmer der Jobvermittlung fragte ich mich aus gegebenem Anlaß: Wie geht man um mit Zwangstext in temporären Notgemeinschaften wie Zugabteil, Haltestelle, Supermarktkassenschlange, Behördenflur oder eben Wartezimmer? Gespräche einfach ignorieren, nicht mitreden, ist doch ganz einfach. Behaupten manche. Ist aber Unsinn. Man muß mitreden, um den Fluß des ohnehin Gehörten in eine erträgliche Richtung zu lenken. Und Ohropax wirkt nun mal leicht arrogant. Bei der Jobvermittlung gibt es einige wenige Gesprächsmuster:

– den Erfahrungsaustausch, der Neuhinzukommern Einblick verschafft und Integration erleichtert und es Altgedienten ermöglicht, erstens etwas zu protzen und zweitens vielleicht selbst noch etwas Neues zu erfahren

– das intensive, laute, durch sieben Oktaven und 18 Lautstärkenuancen mäandernde Ausländergespräch. Alle Sprachen der Welt haben die Wände dieses Wartezimmers schon gehört, außer vielleicht Englisch und Französisch. Nicht mal gebrochenes Englisch, Ausländergespräche sind hier immer Stippvisiten in der Muttersprache: Stets finden sich zwei, die vor demselben Krieg geflohen sind, um es mit amnesty international zu sagen

– Semesterferientalk. Der handelt von Texten der Band Blumfeld, der Wohnungssuche, Interrail, Bafög und anderen Geißeln

– Zeittötstandards. Sie handeln von

– Zeitschriften, die man mal rüberreichen soll

– Brötchen, von denen man mal abbeißen lassen soll

– Zigaretten, die man ja gerade mal gemeinsam draußen rauchen könnte

– Arbeitsmärkten, die ganz schön abgegrast sind

Mittags war mir das zu anstrengend geworden, und ohne Angebot war ich nach Hause gegangen. Auf dem Anrufbeantworter befanden sich ein paar nette Sommerangebote: Baden gehen im allerweitesten Sinne. Och nee, lieber früh schlafen gehen. Der nächste Tag würde – hoffentlich! – ein harter, gut bezahlter werden.

Am nächsten Morgen war es schon früh äußerst warm, und alles eigentlich sprach gegen Knochenarbeit. Ich war trotzdem dafür. Außer mir waren überhaupt nur drei Typen gekommen, die anderen hatten wohl verschlafen oder es sich angesichts des Topwetters anders überlegt – Pech gehabt, darauf konnte der Sozialstaat nun wirklich keine Rücksicht nehmen, fand ich, systemgläubig, da euphorisiert von der Angebotslage. Zu viert, ohne eine Nummer ziehen zu müssen, wurden wir gleich zu einer Entrümpelung geschickt. Warum auch nicht. Mir fiel auf, daß an keinem meiner bisherigen Vermittlungstage auch nur ein einziges Mädchen im Wartezimmer gesessen hatte. Die anderen sagten, das sei normal. Schade in gewisser Hinsicht, aber auf alle Fälle normal. Als Mädchen bekäme man telefonisch Bescheid, bei den meisten Tätigkeiten seien eh Jungs erwünscht, ungelernte zupackende Jungs. Wie wir. Mädchen seien lediglich im Servicebereich von Gastronomiebetrieben erwünscht, hinten in der Küche zum Spülen und Schleppen seien auch wieder Jungs gefragter. Und wenn ein Mädel eine Chance bekam vor der Küchentür, dann auch gleich für eine lange Zeit. Dasselbe gelte für Babysitterjobs: Wenn, dann für Mädchen und für immer, fast. Uns brauchte man nicht so lange. Uns, lachten die anderen Jungs, ließen die Mädchen sogar die Putzjobs übrig. Aber, mal ehrlich, wenn jemand sagte, kein Problem, es dürfe auch ein Junge zum Putzen kommen, sehr gerne und eigentlich sowieso viel lieber, dann sei der Fall ja wohl klar, nicht wahr? Jaha, lachte ich, der Fall sei aber so was von klar. Ok, Anfängerfehler. Ich würde nicht mehr hingehen zum Dr. Dingens.

Die Entrümpelung war anstrengend. Mißtrauisch stand der Hausbesitzer im Flur und bewachte uns pausenlos. Offenbar war jemand verstorben, und es gab keine Verwandten und nicht genug Wertgegenstände, um eine Haushaltsauflösung zu veranstalten, da wären keine 50 Mark bei rumgekommen, hatte der Besitzer sachlich erläutert. Gut, wir kannten die verstorbene Person nicht, es war kein Problem, einfach nur die Sachen raus auf die Straße in einen großen Container. Die Leiche selbst hatte zum Glück schon jemand anders abgeholt. Nach 20 Minuten war ich ziemlich aus der Puste; natürlich gab es keinen Fahrstuhl, und die Wohnung befand sich im vierten, dem Dachgeschoß. Es war kurz vor 9 Uhr morgens und ich schon am Ende. Das Problem war wirklich der Hausbesitzer. Sonst hätte man sich auch mal hinsetzen können oder nur mit einem Blumentopf nach unten gehen. Aber so mußten wir natürlich Tempo und höchsten Eifer vorlegen. Schwerbepackt ging es hinunter, dann drei Stufen auf einmal nehmend wieder rauf und dienstfertig fragen: Das hier auch?, was dumm war, schließlich mußte ja ALLES runter, das hatte er ja nun gesagt. Aber man mußte ja irgendwas sagen. Wenn wir uns im Treppenhaus begegneten oder oben im Flur, lachten wir am Anfang noch, machten einen kurzen Witz oder warfen wenigstens die Augen gen Himmel als solidarische Interngeste der verschworenen Arbeiterklasse, aber bald schon verzichteten wir darauf. Es war vertrackt: Keiner von uns war mutig genug, das Tempo der anderen zu unterbieten, und deshalb wurden wir immer noch schneller. Der Typ kannte die Tricks der Sklavenführung. Hoffentlich, das war unsere einzige Chance, hoffentlich würden ihn schon ganz bald dringende Erledigungen an einen anderen Ort führen, sonst wären wir mit diesem Tempo nach anderthalb Stunden fertig, und das wäre es dann gewesen, lächerliche 27 Mark und doch vollkommen erledigt. Glücklicherweise war der Mann nach einer Weile hinreichend von unseren Qualitäten überzeugt und sagte plötzlich, nun aber mal halblang, hier, falls jemand Durst hat. Er riß den Kühlschrank auf, der noch summte, und darin befand sich ein ansehnliches Sortiment Kaltgetränke. Das war wohl das Zuckerbrot, es kam rechtzeitig, nachdem er uns die Peitsche für meinen Geschmack eine Weile zu lang gezeigt hatte. Er führte uns auf den Dachboden, wo uns eine Menge Schutt erwartete. Er nahm einen Hammer in die Hand und drosch auf eine Sperrholzplatte ein. Darunter kam Glaswolle aus dem Isolierhohlraum gekrochen. Er sagte, nach der Wohnung müßten wir, nein, dürften wir auch noch „das Dach machen". Alles weg, auch die Dachziegel. Offenbar wollte er luxussanieren oder so. Einerseits roch das nach längerer Beschäftigung, sicherem Geld also ok, andererseits nach einer ziemlichen Schweinearbeit. Einer von uns, Jens hieß er, entpuppte sich als Profi. Er verlangte nach Hitze- und Schwierigkeitszuschlag, doch nicht nur das, auch – um unsere geballte Entrümpelungskompetenz zu untermauern – nach Schutzmasken, das sei „ja wohl üblich" beim Umgang mit Glaswolle. Aha. Ich war sicher, wir würden sofort ohne jegliche Bezahlung entlassen. Doch der Mann sagte „Ja selbstredend, da haben Sie recht", und trotz der körperlich unangenehmen Perspektive für diesen Tag motivierte mich diese Wendung außerordentlich: Ich bewegte mich nicht an der Seite von hinter den Ohren feuchten Ausbeutungsbefürwortern. Es mußte hart gearbeitet werden, klar, aber bitte nach gewissen Grundregeln. Unser Arbeitgeber verschwand, und wir arbeiteten etwas langsamer weiter, warum wir nicht gleich ganz Pause machten, verstand ich, als nach 15 Minuten der Mann noch mal kam und scheinheilig den Fortgang der Tätigkeiten beäugend murmelte: „Nee, hier habe ich meine Tasche auch nicht liegenlassen, alles klar, weiter so." Dann machten wir Pause. Und dann weiter. Das Batterieradio des Verstorbenen hatten wir nicht entrümpelt, und zu den gleichförmigen Klängen germanischen Hitparadenmurkses ging uns die Arbeit recht leicht von der Hand. Wir brauchten drei Tage, bis alles entrümpelt war, der Chef war insgesamt so zufrieden (vor allem mit dem Dach, das fand er „wirklich sauber gelöst, alle Achtung"), daß wir noch drei weitere Wohnungen entrümpeln durften. Irgendwie waren alle in dem Haus auf einmal gestorben. Aber wir wollten dem Besitzer nichts unterstellen. Im Sommer sterben alte Menschen ja wie die Fliegen, heißt es, und wahrlich, Sommer war es. Und irgendwann war es eben soweit. Dem Geruch und Interieur nach zu urteilen, hatten sämtliche Verstorbenen den 1. Weltkrieg bewußt miterlebt.

Die Tagesabläufe standen der Musik aus dem Batterieradio in nichts nach. Es lief eben, man wußte genau wie, Überraschungen bildeten die Ausnahme. Aber ich kam zu Geld, und deshalb tat ich all das ja. Morgens früh stand ich auf, es erschien mir nicht mehr lästig, es klingelte eben der Wecker, und ich ging los, traf die anderen, 2 Stunden wacharbeiten, Kaffee, Brötchen, bißchen reden, schnell wiederkehrende rhetorische Figuren, wie es eben ist in so einem Männerverbund, bald schon hat jeder seine Rolle, der Kluge, der Stille, der Lustige, der Depp, der Arschkriecher – alles da. Ich war in dieser Konstellation zumindest nicht dauerhaft der Depp, von daher war es in Ordnung. Am späten Nachmittag kam der Chef, er verzichtete inzwischen auf Kontrollbesuche, er gab uns das Geld in bar, und am letzten Tag brachte er sogar Bier mit. Dadurch wurde es dann fast sentimental auf dem leeren Dachboden. Wir ließen die Flaschen aneinanderklirren und lobten uns gegenseitig. Alles fein. Das war das.

Am nächsten Tag würde ich wieder zur Vermittlung gehen. Früh natürlich. Früh, allein, auf die beste Plazierung hoffend. Wir waren ein gut eingespieltes Team gewesen, aber beim nächsten Mal würde es ein neues Team geben, so war das eben. In zwei Wochen würden wir uns auf der Straße nicht mehr erkennen, oder wir würden so tun, das zumindest. Um halb sieben saß ich geduscht in meiner Küche und zählte mein Geld. Mit dem ansehnlichen Trinkgeld, das der Typ uns zugesteckt hatte, war ich bei 450 Mark angelangt. Soviel Geld hatte lange nicht mehr auf diesem Tisch gelegen. Soviel Geld hat dieser Tisch selbst nicht mal gekostet. Der letzte Hundertmarkschein, der da drauflag, war gerollt und am einen Ende blutig gewesen. Das war zum Glück auch vorbei. Ich war nicht gerade in der Form meines Lebens, so Carlo-Tränhardt-weit würde ich nicht gehen, aber ich war in guter Verfassung, nüchtern, kräftig, kam mir sauber und nützlich vor. Es gibt kaum ein saubereres Gefühl: erledigt von körperlicher Arbeit und dann poliert von innen, durch ein kühles Bier. So einfältig waren meine Gedanken. Ich glaubte wieder an die Arbeit. Es war lächerlich.

Ich hatte keine Lust, meine Freunde zu treffen. Sie genossen den Sommer, die Koordinaten hießen Baggersee,

Bierkasten, Sonnenbrille, Picknick, Kiffen und Mädchen kennenlernen mit der dreifachen Geschwindigkeit, wenn man es mit dem zähen Restjahr verglich. Diese Perspektive war gefährlich, schnell hätten sie mich zu allerhand überredet, und dann hätte ich die längste Zeit 450 Mark in bar besessen. Nicht, daß ich sie direkt mied, aber mein Tag hatte ja eine neue Struktur: Abends (na ja, um 18 Uhr irgendwas, aber nach so einem Tag ist das definitiv der Abend, der *Feierabend*) saß ich in meiner Küche und aß etwas, in der Regel Fertigbratkartoffeln mit sauren Gurken und Ketchup. Das hatte meine Mutter mir früher immer nach dem Rasenmähen gemacht, und daran dachte ich gerne zurück. Es war natürlich nicht so lecker wie damals, aber das ging mir ja mit den meisten Sachen so. Mit Küssen etwa. O Gott.

Die nächsten Tage mehrten mein Vermögen. Jeden Tag bekam ich irgendeinen Job, mal nur für 3 Stunden (Olivendosen stapeln), mal für mehrere Tage (Adreßetiketten auf die Tageszeitung kleben, der Apparat war kaputt und nicht so schnell zu reparieren), mal sehr nett (Rasenmähen bei einer Oma, die nur reden wollte und Kuchen verfüttern), mal hart an der Grenze (Klingelschilder von Hochhäusern für eine Marktfoschungsfirma zählen). Aber an welcher Grenze überhaupt. Die Tage gingen wehrlos dahin, und abends gab es Geld. Einmal gelang es mir, 300 Mark zu erschleichen, und zwar mit einem ganz einfachen Manöver: Ich hatte nur einen halben Tag auf einer Plantage Äpfel gepflückt, abends einen falschen Namen angegeben und behauptet, bereits seit Wochenbeginn dabeizusein. Eine Geschichte aus der Bibel hatte mich dazu inspiriert, allerdings, die war anders gemeint, und außerdem war es da ein Weinberg, glaube ich.

Nach dem Essen setzte ich mich vor den Fernsehapparat. Meistens noch mit dem Essen. Mit Essen und Fertigbratkartoffeln vor dem Vorabendprogramm. Ich fühlte mich wie ein wenig ehrgeizig recherchierter Charakter einer Satire über deutsche Arbeiter, eine Gemeinschaftsproduktion von ARD und ORF von, ungefähr, 1972. Die oft belachte Stumpfheit des deutschen Fernsehprogramms erschien mir nunmehr schlüssig. Man mußte nur das Ganze sehen, also alles sehen. Und so gar nichts mehr sehen, erkennen. Einfach irgendwo einsteigen, man kommt ja sofort rein, es braucht einem niemand mehr etwas zu erklären, die Fortsetzung besteht in der Wiederholung. Ich wurde schneller müde als die Fernsehprogrammierer, dann ging ich ins Bett, das Bier half, und schon saß ich wieder bei der Vermittlung.

Mein Geld hatte ich längst zusammen. Fast hätte ich für 499 Mark eine Woche all inclusive gebucht, in die Türkei, nach Spanien, irgend so ein Semifolklorefreibad eben, aber dann war ich, ehrlich gesagt, auch zu geizig für das hypoallergene Sonnengel. Und was sollte ich eine Woche in der Hitze. Warm war es hier auch. Das Meer, gut, sicher, aber das Meer ist ja auch immer eine Enttäuschung. Außer an der Nordsee, aber da kostet Marmelade 9 Mark, und meistens regnet es. Ich war ein Geizhals geworden. Mit mir wäre ich nicht mehr in den Urlaub gefahren. Nicht mal mehr an den Baggersee. Meinen Freunden hatte ich erzählt, ich müsse mich um meine kranke Tante, die sonst niemanden habe, kümmern, den ganzen Sommer, leider. Ich stünde vorerst nicht zur Verfügung. Klar sei das schade.

Ich hatte einen perversen Ehrgeiz entwickelt, die sogenannten laufenden Kosten extrem zu minimieren, um das Ende der Arbeit absehbarer zu machen, und außerdem wurde man von selbst sparsamer, wenn das Geld derart anschaulich verdient wurde. Ich gab kaum einmal mehr als 15 Mark pro Tag aus. Trotzdem hatte ich zu essen, sogar eine Zeitung. Auch immer Bier. Was fehlte eigentlich? Der Spaß, der Spaß, keine Ahnung, ob es wirklich ein Spaß ist, in Biergärten zu sitzen. Vollzutanken, das Auto, später sich. Natürlich, währenddessen denkt man es schon kurz, da denkt man kurz, hey, das ist es wohl, was Spaß genannt wird, oder man denkt gar nicht, macht nur so weiter und freut sich. Aber danach ist man ja auch nicht glücklicher. Im Buchladen war ich länger nicht mehr, auch im CD-Laden nicht. Es lagen ja noch soviel ungehörte Platten, ungelesene Bücher hier rum. Und da blieben sie auch liegen. Ich hörte nur noch Radio.

Manchmal dachte ich zwar schon an die anderen am Baggersee. Es war ein so schöner Sommer, schön wie lange nicht, und ich ging dauernd arbeiten. Andererseits, Baggersee, das war ja wie zelten, eigentlich. Man machte genau dasselbe wie beim Zelten. Was sollte ich also da.

Plötzlich wurden die Jobs weniger. Die Nachfrage wuchs einfach, die echten Studenten waren nämlich wieder da aus Kreta und wo sie sonst so gezeltet hatten. Lanzarote, Indien, Schottland. Mehrere Tage bekam ich gar nichts. Dann einen Job als Flyerverteiler eines Jeansdiscounters. Ich brachte die Kisten mit den DIN-A5-Bögen zu mir nach Hause und schmiß jeden Tag zwei kleine Kisten ins Altpapier. Ein paar einzelne verteilte ich in den Briefkästen rund um den Jeansladen. So einfach war das.

Im Warteraum hatte ich wieder begonnen zu lesen. Zunächst alte *Focus*- und *ADAC-Motorwelt*-Ausgaben, die da so rumlagen, dann brachte ich mir schnell Bücher mit, jeder wird verstehen warum. Ich lehnte einen Job auf einer Sexmesse ab: Als lebensgroße Gleitcremetube verkleidet Gratisproben verteilen – lieber wäre ich in einen ausgedehnten Campingurlaub gefahren. Egal wieviel pro Stunde.

Ich las einen Irland-Reiseführer; ich würde es mir leisten können. Zu Hause – es hatte erneut keinen Job gegeben, die Glückssträhne in diesem Bereich war beendet – zählte ich mein Geld. Ich hatte es nicht in einem Strumpf oder einem Mallorca-ich-komme-Glasrohr aufbewahrt, sondern ganz schlicht in einer Lederschatulle im Schreibtisch, wo Geld eben hingehört. Soviel Geld. Es waren 3690,– Mark. D-Mark. Soundso viel Euro. So faßbar reich war ich noch nie. Es lag da so, und ebenso lagen da die Möglichkeiten ausgebreitet vor mir, die Anschaffungen, die Reiseziele, die – ja, was denn eigentlich. 3690,– Mark, ganz genau. Ich hatte hart gearbeitet und gut gewirtschaftet. Mein Rücken tat etwas weh, die Schwielen an den Händen waren längst zu Hornhaut geworden. Nachweislich etwas geleistet. Meine Generation war verweichlicht. Ich aber konnte jetzt mithalten mit den härtesten Baustellenjugoslawen, und ich kannte einige neue Tricks. Die Scheine bildeten ein hübsches Häufchen, sie waren ja jeweils recht klein, da am Ende jedes Tages bar ausgezahlt worden war. Wer weiß, aus welchen Kassen. Wie ein Kartenmischer im Casino schob ich die Noten zusammen und stapelte sie ordentlich zu einem gehörigen Batzen. Noch nie zuvor hatte ich ein Gummiband um ein Scheinbündel gezwirnt, jetzt tat ich es. So toll war es nicht. Es kam mir geklaut vor, dieses Geld, was es nun wirklich nicht war, aber es war so unrealistisch viel. Ich wünschte mir eine Zigarette herbei, um sie beim Geldzählen auszustupsen, noch einmal Rauch einsaugen, ausstupsen, Geld zusammenraffen – und raus. Raus mit dem Geld, in die Stadt.

Der Schalterbeamte freute sich, daß ich endlich mein Konto ausglich.

Ich war wieder im Plus, erlaubte mir einen abgestandenen Wortwitz und ging in den gleichnamigen Punk-Supermarkt, nämlich Plus, kaufte Bier und fuhr zu den anderen an den Baggersee. Natürlich waren sie alle dort – was denn mit meiner Tante sei, fragten sie.

Die sei jetzt, ja, man könne sagen, *endlich* gestorben, erzählte ich. Ach, sagten sie, und waren unsicher, wieviel Trauermitarbeit sie da nun erwartete. Aber ich konnte sie beruhigen: So sei es besser für alle. Damit war der Fall klar; kurz vor Sommerende hatte er doch noch begonnen für mich. Das Wasser war recht warm, am Ende des Sommers ist das Wasser im Baggersee ja immer am wärmsten.

98

Alexa Hennig von Lange

In Köln gibt es eigentlich nur eine bemerkenswerte Straße. Gesäumt wird sie von ungefähr 459 Boutiquen, 576 Döner-Buden und einer 2001-Filiale. Aber auch *auf* dieser Straße geht es rege zu: Allerhand südländische Brusthaarvorzeigeverfechter dröhnen mit höchstens 11 km/h und penetranter Wumsmusik notorisch über den wehrlosen Asphalt, immer im Kreis, nach 4 Minuten schon sieht man sie wieder. Im letzten Herbst hing dort auf 6 schwarzweißen Quadratmetern eine sehr hübsche junge Dame an der 2001-Hauswand. „Relax" stand darunter und ganz klein: Alexa Hennig von Lange. Die Autos wumsten weiter, die Döneresser kleckerten ungerührt; das Plakat in all seiner Mächtigkeit blieb zunächst wenig beachtete Behauptung. Vermehrte Auffahrunfälle wie weltweit vor H&M-Plakaten waren nicht zu verzeichnen. Ich kaufte mir dieses Buch aber sofort, weil ich Alexa nämlich einmal kurz erlebt hatte, nächtens in Hamburg, und das ja dann extrem spannend ist, was die also, mit der man schon mal trinken war, so zu schreiben hat. Auf dem Buchrücken mußte ich schrecklichen Unsinn lesen: „Am Ende des Jahrtausends ist Abfeiern angesagt" stand da und daß „Relax" ein „Drogenroman", ja gar „ein Frauenroman" sei. Sollte sich nicht ein Autor solche sicher nett gemeinten Beschimpfungen besser verbitten? Ging aber noch weiter: „Relax" würde nämlich dazu führen, daß es „Alice Schwarzer die Puschen auszieht". Ein Roman sollte in der Tat mehr können. 25 Mark, egal.

Das Buch ist aus zwei Perspektiven geschrieben – ladies second, erst mal der Kerl, weil das wohl auch reizvoller ist für eine Frau, und vielleicht deshalb schiefgeht. Der Kerl heißt Chris. Er geht immerzu „mit seinen Jungs" aus, ziemlich kaputt alles, und zu Hause wartet sein Mädchen auf ihn. Genau wie ihre Heldin redet auch Alexa permanent so sehnsüchtig von Hochzeit und Kindern, daß sich wirklich die Frage stellt, wessen Puschen genau hier aus- und angezogen werden. Der erste Teil von „Relax" brettert allzu bemüht locker los, da wird geplappert, nicht erzählt; Clubklo-Dialoge werden nachgestellt, und das kann leider eigentlich nur Rainald Goetz richtig gut. Immerzu denkt man an die Leute, die dann hinterher „schnelle Schnitte" und „rasante Dialoge" diagnostizieren. An die sollte man aber doch beim Schreiben nicht denken, denke ich beim Lesen. (Manche Rezensenten denken zudem bei „schnelle Schnitte" sowieso nur an eine flinke Autorin, aber dazu später.) „Klar ist das alles Comic", sagt Alexa, und dann ist es ja ok.

Im zweiten Teil werden Sprache und Haltung angenehmer, klarer, weniger affektiert als die vergeigte Simulation männlicher Gedankenströme. Dann kommt nämlich die Frau. Und das ist schön geschrieben, da ist die Autorin mehr bei sich, da kennt sie sich aus, das hat große Passagen. Alexa ist ja beinahe ein Anagramm von Relax, fällt plötzlich auf, und weiter geht es, schnell und zugleich auf der Stelle irrend, immer wieder erhellende Kleinode. Was eigentlich nur schiefgehen kann, nämlich konsequenter Gebrauch von Klischeeslang, gelingt stellenweise, manchmal aber ist es auch nur Supp-Text. Unumgänglich wahrscheinlich, denn das ist ja das Thema. Ich klappte das Buch zu, guckte auf den Deckel, wieder fassungslos über diese unglaubliche Frechheit, das Buch abzuwerten mit etwa der so zwanghaften wie hilflosen „Ende des Jahrtausends"-Blödelei. Bei 2001 hing inzwischen Wolf Biermann, genauso groß, vielleicht bloß Einbildung, oder es war wirklich so, und die Autos bassbumsten jetzt sogar schneller als sonst vorbei. Dönerwetter.

Zwischendurch gab es sogar Einkaufstüten mit Alexas schönem Gesicht drauf. Als die Plastiktüten rauskamen, erzählt Alexa später, habe sie einen Hörsturz gehabt.

Denn da kam dann der Erfolg, und der Streß gleich mit. Schuld war schlechtgetarnter Sexismus, ausgerechnet in der *Zeit*. Ein Artikel, der stellenweise eher nach dem stimmverstellten Geständnis eines Triebtäters hinter der Schäm-Milchglasscheibe bei Schreinemakers klang: „Sie ist so schlank und muß nur die Hüfte lässig ausstellen"; oder der Wunsch, „den leichten Babyspeck rund um ihren schönen Bauchnabel zu berühren". „Relax" und insbesondere dessen Schöpferin sei „die Antwort auf die Spice Girls". Daß die Spice Girls über „Who Do You Think You Are?" hinausgehende Fragen aufwerfen, die obendrein der Beantwortung bedürfen, ist ein neuer Ansatz. Hm. Schmuddel-Feuilleton?

Es war bloß, wie so oft, jemand auf Alexas imposante Haarpracht hereingefallen, auf ihre Mädchen-Gesten und ein raffiniertes Kalkül, das Verona Feldbusch so beschreibt: „Man muß wissen, wann der Träger versehentlich zu rutschen hat." Der Artikel zeigte Wirkung, und in vielen Redaktionen brach plötzlich die helle Freude, auch Wahnsinn genannt, aus: Jung, deutsch, sexy, wild, klug – hatten wir lange nicht, her damit.

Ulla Kock am Brink lobte das wilde Drogenepos, und Sabine Christiansen fragte unnachahmlich: „Wie fühlt man sich denn so als Kultautorin?", weil ihr das jemand auf die Karteikarte geschrieben hatte, mit dem Kult. Alexa verzettelte sich in der dummen Runde ein bißchen, beklagte den „Verlust der Privatheit" – woraufhin ausgerechnet Karl Dall ziemlich lässig (ihr den Rücken zuwendend!) empfahl, künftig doch solche Einladungen abzulehnen, ganz einfach. Aber natürlich muß man gegen Karl Dall auch erst mal verlieren, der bespielt seit Jahrzehnten den Center Court, und Alexa ist ja gerade mal glücklich durch die Qualifikation. Niedlich die unbändige Begeisterung und Sprachlosigkeit aller darüber, daß Alexa hinterhältig gepflegt in Erscheinung tritt. Bessere Tochter! Trotzdem firm in mancherlei Abgründen, die schreibt über Drogen, kommt aber nüchtern ins Studio!

Dann rächte sich der Betrieb hinterrücks. Plötzlich sagte Frau H. von Lange immerzu „Meine Generation" statt „Ich". Weil man sie dauernd dazu befragte, in der irren Annahme, ein Protokoll ließe sich vom Hubschrauber aus schreiben und eben nicht allein aus der Froschperspektive. Zunächst. Meine Generation. Oder auch: meine Güte. Im *stern* beichtete sie dann im großen Abwaschgespräch mit einer verzogenen Millionärsgöre: „Ich schäme mich dafür, daß ich mich nicht für Politik interessiere." Und daß sie das „aber jetzt ändern" wolle. Warum eigentlich? Kann man das einfach so, zack, ah, interessant, Rentendebatte, ist das sinnvoll? Nein, sagt Alexa, das habe sie „nur so gesagt", weil sie eben das Gefühl hatte, daß man solches sagen müsse. Am besten ist sie tatsächlich, wenn sie bei sich bleibt. Das ist der autobiographischste Aspekt von „Relax".

Auch ein gutes Jahr nach Erscheinen wird „Relax" im 2001-Bestellheftchen noch eine ganze Seite Platz eingeräumt. *Petra*, die Speerspitze der Literaturkritik, wird dort zitiert. Und sowieso alle, auch Christiansen, die Kultmoderatorin. Weil ja immer alles ein bißchen zu dick daherkommen muß in solchen offiziellen Verlautbarungen. Und dann ein Foto mit kleinem Finger im leicht geöffneten Mund, dem man die Sprechblase wünscht: „Das könnte Ihr Schwanz sein!".

Dann treffe ich Alexa wieder. Was passiert da gerade rund um ihr Buch und ihre Person? „Dankbar sind die, daß mal jemand über Techno geschrieben hat", befindet Alexa, haha, nüchtern. Ihr Image komme gut an. Wie ist denn das, das Image? „Ach, frech, wild, kokett", sagt sie frech und schaufelt kokett die wilden Haare nach hinten. Begonnen hat alles vor Jahren mit einem Lesewettbewerb des Norddeutschen Rundfunks und mit dem Inhalieren, nein, nicht was Sie denken, sondern bloß: dtv-Jugend-Problembücher. Oder so herum: Eltern Architekten in Hannover. „Architekt in Hannover" klingt ja so wie Mineralwasserhändler in Köln oder HSV-Fanclubvorsitzender in München. Mit 17 also weg vom behüteten Zuhause mit großem Garten. Klingt wild, hieß aber bloß: ins zentral gelegene Hinterzimmer des väterlichen Büros. Am Handy ist ihre Mutter. „Ich habe dich lieb", sagt Alexa, „aber ich habe gerade zu tun." Fast ist ein bißchen zu viel Aufregung gerade in ihrem Leben, so scheint es, als daß da noch Qualität entstehen könne. Ein Theaterstück, die Verfilmung von „Relax", nebenbei ein paar Auftragsarbeiten, das nächste Buch. Derweil hat sie den Dienst als „Storylinerin" bei *Gute Zeiten Schlechte Zeiten* quittiert, gut so, die Jobs & Zeiten werden erst mal besser mit dem Erfolg. „Viel Arbeit“, sagt Alexa, „keine Zeit für die Liebe.“ Auch das muß man offenbar sagen. Trotzdem ein guter Nachmittag: Wir fahren auf einem Ausflugsdampfer namens „Jan von Werth“. Ich denke an Alexas Quatsch-Gratis-Christiansen-Herzog-Suada: „Meine Generation hat keine Werte mehr.“ Wir sitzen an einem Falschholztisch, und ich bestelle Weißwein statt Kaffee und lache Alexa an: „Weil wir doch Autoren sind und wild und so weiter!“ Ich stelle mir vor, wie sie zur Kellnerin sagt: „Meine Generation hätte aber auch gerne ein Wasser dazu.“ Aber sie sagt „ich“. Das kann sie nämlich doch noch.

Paul Sahner

Seitdem Paul Sahner, der Gottvater der Intimbeichte, 1997 vom *Bunte*-Interviewer zum *Bunte*-„Autor" aufgestiegen war, erleben wir nun seine Heiligsprechung jeden Donnerstag neu in der pompös herausgestellten Rubrik „Das Paul-Sahner-Interview". Sahner ist der King of Diktiergerät, seine Verdienste sind kaum zählbar: Er ging mit Kerner joggen, hielt Baslers Baby als erster in den Händen, hatte eine Standleitung zu Schreinemakers (+ Klumpe!), verhörte den rüpelhaften Sohn von Uschi Glas (natürlich in Anwesenheit der Mutter!), nachdem dieser sich aktiv für die Prügelstrafe eingesetzt hatte. Sahners Gespräche sind keine schlichten Interviews – in Hochform schafft er es, ganz ohne Fragezeichen auszukommen, neulich hat sogar David Copperfield IHM eine Frage gestellt, und da geht's lang: Sahner selbst ist der Star, ist Gott und Lebenssinn. Für Sahners zahllose Bewunderer hier eine Auswahl seiner schönsten Fragen.

Es kann nur einen geben

– Morgen interviewe ich Helmut Thoma, soll ich was ausrichten?

– Udo, wir kennen uns seit 25 Jahren, seit fünf Jahren lebe ich monogam.

– Sie haben wunderschöne blaue Augen, Herr Meiser.

– Herr Lauterbach, ich prahle auch nicht vor 10 Millionen Deutschen mit meiner Potenz.

– Mir kommt Udo vor wie ein rastloser Wolf.

– Hast du Gloria schon mal auf dem Schoß gehabt?
– Hast du eine Frage an Helmut Kohl?
– Franziska, Sie gucken so traurig.
– War ein nettes Gespräch, Verona, viel Glück beim nächsten Millionär.

Suggestion/Kinderfragen

– SAT-1-Flurfunk: Sie sollen Hochzeitsgelüste haben und ein trautes Heim beziehen.
– Fasziniert dich diese Welt?
– Haben Sie Verständnis für Nutten?
– Redet so, als wärt ihr allein.
– Das wird Peter nicht gern lesen.
– Sie haben fast feminine Hände.

Weisheiten

– Späte Väter sollen besonders gute sein.
– 78 Prozent aller deutschen Frauen schreiben Liebesbriefe.
– Wer frißt, wird nicht gefressen.
– One-night-stands sind problematisch im Aids-Zeitalter.
– Es heißt, Kinder und Betrunkene sagen die Wahrheit.

Unterm Sofa

– Reden Sie doch mal Tacheles!
– Hilft er im Haushalt?
– Habt ihr 'ne Aussprache, wenn du zurückkommst?
– Was haben Sie gestern abend ins Tagebuch geschrieben?
– Erzählen Sie uns mehr von Ihrer Mutter.
– Und warum leuchten nun Ihre Augen?

– Krault Britta auch Ihre Ohren?
– So eifersüchtig ist dieses Weib?
– Hatten Sie kein Schuldgefühl?
– Wie erklären Sie das Ihren Kindern?
– Alkohol war auch mal Ihr Feind?

Sex (vulgär)

– Wie ist so eine Nacht mit Vera?
– Was war für Sie das höchste Glück als Skilehrer?
– Sie sind eine schöne Frau.
– Haben Sie noch Sex miteinander?
– Wie war das in Ihrer Kindheit, wo haben Sie sich angelehnt?
– Wann hattest du zuletzt das, was man vulgär als guten Sex bezeichnet?
– Haben Sie homosexuelle Erfahrungen gemacht?
– Herr Lauterbach, haben Sie heute schon …
– Wären Sie gerne ein Tier?

Geld

– Otto, es wird berichtet, daß Manou Sie abzocken will.
– Wissen Sie eigentlich, daß Kanzler Kohl höchstens ein Viertel von Ihrem Gehalt verdient?
– Steigen Sie vom Rad, wenn 10 Pfennig auf der Straße liegen?
– Heute tragen Sie eine Rolex.

Charakter

– Was für ein Chef bist du, Kumpel oder Diktator?
– Herr Tappert, was ist Ihr Wort wert?
– Würden Sie Ihrer Frau ein Organ spenden?

– Sind Sie eitel oder ein Zyniker?
– Sind Sie ein Held?
– Sie sollen herrschsüchtig sein.
– Sie sollen berechnend sein.
– Sie sollen eiskalt sein.
– Sie sollen ein männermordendes Luder sein.
– Sie sollen ein Weichei sein.
– Sie sollen einen Wäschetick haben.

Pauls Kirche

– Glauben Sie an Gott?
– Antwortet Gott?
– Haben Sie gebetet, als es Ihnen schlecht ging?
– Sie kennen aber die 10 Gebote?
– Was ist der Sinn des Lebens?

Tod

– Was heißt: Ich stand auf der Kippe?
– Wie oft stirbst du im Traum?
– Woher kommen diese Ängste?
– Wollten Sie damals am liebsten von der Brücke springen?
– Haben Sie schon Ihr Testament gemacht?
– Und dann werden wir Blumen?

Ende, das geht bei Paul Sahner so:

Sahner: Wunderbar, okay.
Juhnke: Ciao, du.

ZDF-Express

„Wir haben reserviert." „Wir auch!"

Schlechtgelaunt wedeln die Menschen mit ihren Platzkarten. Wegen des zur Premiere eher verhaltenen Ansturms war ein Waggon kurzfristig abgehängt worden, und nun ist die Reservierungsordnung durcheinandergeraten, und im „ZDF-Express" herrscht aufmüpfiges Chaos.

Doch irgendwann sitzen alle, und die mitreisenden Öffentlichkeitsschwerstarbeiter der Bahn hasten jovial brabbelnd durch die Abteile: Das kriegen wir hin, kein Thema, ich komme auf Sie zu. Wie Gerhard Schröder beim Besuch einer Werft.

Die Bahn kommt – auf komische Ideen: Der „ZDF-Express" sammelte am vergangenen Samstag von Frankfurt aus, mit Zwischenstops in natürlich Mainz, Koblenz, Köln und Düsseldorf, 300 Zuschauer ein. Ziel war *Wetten daß* live in Bremen und natürlich ein „Imagegewinn". Der bleibt zunächst aus. Die Mitreisenden lamentieren halblaut, schließlich hätten sie sich bei 494,– DM pro Person „wenigstens einen Begrüßungssekt" erwartet, und jetzt müssen sie sogar um ihren Sitzplatz bangen.

Durchweg Ehepaare sind an Bord, und sowieso sind die Frauen schuld, behaupten die Männer: „Arrangiert hat das meine Frau." Die Angeklagten kaufen derweil gutgelaunt den Souvenirbauchladen leer.

„Sie sind ja doch sehr bemüht hier", geben aber auch die Männer nun zu angesichts des an Nötigung grenzenden Services und geblendet durch ein bißchen Plastikmarmor und seichtes Dauergedudel: „Das ist einem das Geld dann auch wert.“ Die meisten fahren „höchstens zur Messe mal“ mit dem Zug, und so darf Herr Katz von der Bahn sich über „eine ganz neue Zielgruppe“ freuen.

Die Zielgruppe packt ihre Wohnzimmertischutensilien aus: Hera Lind und Grisham, Vier gewinnt und Reiseschach, *Stiftung Warentest* und Salzstangen. Und weil es ja zum Fernsehen geht, gibt es auch ein Thema: TV-Show-Tourismus. Statt Urlaubsdias schwirren Sendungstitel durch die Luft. Dann macht das Serviceteam „gerne doch“ ein Gruppenfoto, und ein Frührentner aus Düsseldorf unterhält den „Loungewagen“: „Bestimmt sind wir dauernd im Bild nachher – meine Frau hat so ’ne wahnsinnige Oberweite!“ Eine Sehfahrt, die ist lustig, und abschalten kann man woanders, hier nicht. Zu laut sind Service und Vorfreude.

Wenn nach dieser leicht holprigen Jungfernfahrt der nächste ZDF-Express nach Erfurt zu *Musik liegt in der Luft* fährt, will Dieter Thomas Heck die Reisenden sogar vom Bahnhof abholen. „Die müssen aber mal mehr Reklame machen, sonst wird das nix“, rät eine Mutter mit Mainzelmännchen im Arm. Im Transferbus schon sind die Reisenden nunmehr eine Gruppe, die Stimmung steigt. Ebenso der Alkoholpegel, allerdings kosten die Getränke beim Abendessen extra, das ist ein Rückschlag. Doch die Reisegruppe ist ausnahmslos pauschalreiseerfahren und bezahlt beinahe lächelnd. Man will ja auch nicht griesgrämig in 15 Millionen Wohnzimmer schmollen.

Die Show zieht sich, Samstagabendunterhaltung ist hartes Brot, so ohne Chips, die nachfolgenden Biere verschieben sich um eine dreiviertel Stunde. Aber „der Gottschalk war souverän, doch, nur sitzen konnte ich nicht mehr", sagt Frau Odenbaum aus Koblenz. Und setzt sich in den Bus. Ihre Saalwette wurde nicht vorgelesen, und jetzt wird sie ein bißchen quengelig – sie hätte gerne „ein Zertifikat" bekommen, und ihr Mann hatte auch die ganze Zeit das Fernglas, der habe sie gar nicht gucken lassen. Der hat derweil andere, essentiellere Sorgen: Per Handy beichtet sein Sohn, daß „der Mitschnitt in die Hose gegangen" ist. Herrn Odenbaums Stimmung geht gleich mit. „Das gibt es doch nicht. Jetzt sind wir extra hierhingefahren."

Herbert Grönemeyer

Dinosaurier, Beatles, Helmut Kohl, Johannes B. Kerner, die Schnauze von Lothar Matthäus, Michael Jackson, der Ostblock – alles allzu Große verendet an seiner Größe, sogar der Deutschrock. Die Geschichte rächt sich bitter an den Bänkelsängern der Friedensbewegung: Udo Lindenberg darf seinen Hut immer noch nicht absetzen; Wolfgang Niedecken nahm ein derart grausiges Dylan-Album auf, daß der Verunglimpfte prompt dem Krankenbett entsprang und schnell ein Meisterwerk ablieferte; Heinz Rudolf Kunze plädierte mit Rockbeamten für die Einführung einer Deutsch-Quote im Radio; Klaus Lage sah man zuletzt im Hamburger Hauptbahnhof singen, und Herr Westernhagen ließ einen Film über sich drehen, den niemand sehen wollte.

Einer fehlt. Genau, Herbert Grönemeyer hat fünf Jahre lang kein neues Lied veröffentlicht. Das war das Klügste, was er machen konnte. Auch andere Deutschrocker hatten keine Ideen, was sie aber nicht davon abhielt, neue Alben aufzunehmen. Für sein Comeback nun hat Grönemeyer zumindest clever adaptiert: Das erste Video ist eine gut umgesetzte Kurzzusammenfassung des David-Lynch-Films „Lost Highway“, der Sänger trägt endlich die richtigen Anzüge und schaut nobel blass und dürr aus der teuren Wäsche, und sogar die Musik ist neu.

Die lange Pause erklärt Grönemeyer damit, „als Band“ habe man nach einem Jahr Arbeit am neuen Material gemerkt, daß es nur wie bisher weiterging. Da er sich „nicht bloß selbst kopieren" wollte, holte er Fremd-Kompetenz ins Studio: den Programmierer Alex Silva, der alles wegwarf und Grönemeyers Musik erstmalig an moderne Elektronik-Klänge heranführte. Dieser Mut ist lobenswert, wenn auch nicht schmerzlos: „Klar fand meine Band das nicht unbedingt lustig", gesteht Grönemeyer, dessen leicht biedere Lederhosenband auf manchen Songs kaum zu hören ist, sich aber kollektiv nun immerhin die Rockermähne gestutzt hat. Die neue CD heißt „Bleibt alles anders". Das ist geschickt, denn den Nachruf statt einer Plattenkritik hatte man schon im Stehsatz. Quintessenz: Bleibt alles gleich.

Das neue Album präsentiert Grönemeyer in Berlin, wohin er nach langen Jahren in Bochum und Köln vor drei Jahren gezogen ist und zum *meet & greet* die ganze Bagage der schreibenden Dolchstoßer und Honigpinsler einlud. *Meet & greet*, das heißt übersetzt trinken und winken. Am Eingang werden blaue Plastikarmbändchen wie beim Cluburlaub verteilt, drinnen gibt es Häppchen, Sektchen und Küßchen – *all inclusive*. Auch Grönemeyer war im Cluburlaub, sozusagen, zumindest beinhaltet jeder zweite Satz zur neuen CD den lässig gehaspelten Zungenschnalzer Drum 'n' Bass. Und damit niemand an der Metamorphose zum „neuen Grönemeyer" zweifelt, gibt es vor Erklingen des neuen Werks *wahrhaftigen* Drum 'n' Bass. Ein DJ bei einer Grönemeyer-Party, wer hätte damit gerechnet?

Im allgemeinen Geplapper kann es passieren, daß der Übergang vom modernen DJ-Klangperser zu „Bleibt alles anders" überhört wird. Während gerade noch erregt diskutiert wird, ob denn ein Grönemeyer ohne „echte Instrumente“ und nur so „richtig technisch“ funktionieren kann, laufen drei Stücke der neuen CD. Für die ist es Grönemeyer tatsächlich gelungen, die Rockisten aus dem Studio zu werfen und den Programmierer allein schalten zu lassen. Vielleicht hätte man auch den Gesang weglassen können? Doch solche Einwände sind ein bißchen unfair. Statt Gratishohn für die „Anbiederung“ und „Trendversessenheit“ ist es viel lustiger, Grönemeyer hinreißend bodenständig die Entstehung von Musik erklären zu hören, die *nicht* aus Gitarre oder Piano kommt. Man habe „Flächen gelegt“, und zwar im „Schichtverfahren“, was man sich im übrigen „wie Kuchenbacken“ vorzustellen habe. Der Rest ist handelsübliches Gerocke, eben „typische Band-Nummern“, wie Grönemeyer erklärt. Da bleibt dann alles gleich. Doch die Musik ist eigentlich egal, wenn Grönemeyer veröffentlicht. Das ist traditionell die große Verkündigung, der politische Abwaschdienst, die gesellschaftliche Generalerklärung. Die anwesenden Journalisten waren ja zum Großteil auch dabei in Wackersdorf, zumindest auch ganz dolle gegen Kernenergie und Nato-Doppelbeschluß. „Gar nicht mehr so politisch“ sei er, schelten sie. Was denn überhaupt geworden sei aus „so Initiativen wie ‚Grüne Raupe‘“, möchte ein selbstgestrickter Pollunder wissen, und was „Herbert“ denn über die „drohende Schließung der Goethe-Institute“ denke.

Die paar Stichworte reichen aus, und schon sprudelt es aus Grönemeyer heraus: der Lauschangriff, das Ende des Sozialstaates, die Arbeitslosen, Kohl, die außerparlamentarische Gegenbewegung. Grönemeyer hat zu allem mindestens eine Meinung, zappt sich von A bis Z, von Hera Lind zu Peter Hinze. Jetzt werden rhetorisch „Flächen gelegt". Und dann der Berlin-Kitsch. Seine Hauptstadt-Lobpreisung könnten Roman Herzog oder Harald Junke nicht schmissiger und positivistischer intonieren – Berlin sei zur Zeit ein unglaublich interessanter Ort, die Stadt der Zukunft, hier träfen wie nirgendssonst Ost und West aufeinander, was enorme Energien freisetze usw. Er gehe viel „raus", zu Konzerten und so. Pulp habe er gesehen, Roni Size, auch die Chemical Brothers, tönt Grönemeyer und verheddert sich dann etwas in der Aufzählung, die nach Rechtfertigung klingt: 41 Jahre alt, ja, aber noch nicht alt! Puls der Zeit! Ohr dran, Augen offen! Ein Kameramann murmelt: „Schuster, bleib bei deinen Leisten."

Doch da ertönt auch schon die letzte investigative Frage: „Gehst du zum Friseur, oder machst du das selbst?" Dann wird endlich das Büfett eröffnet, worauf, Fragenstellen in allen Ehren, natürlich alle gewartet haben. Zum Nachtisch kriegt jeder eine CD-ROM, und Grönemeyer ist jetzt sogar im Internet.

Wenn man also heute in einen Plattenladen zur Dinosaurierschau geht, dann schneidet Grönemeyer ganz gut ab. Er ist sympathisch, er ist nicht fett geworden, er bemüht sich, so unborniert zu sein, wie ein Multimillionär eben sein kann, und ist auf seine Art – was gottlob in der Musik als Attribut für Qualität ausgedient hat – ehrenwert und ehrlich. Jetzt kann man es ja sagen: Vom Außenrand hat sich im deutschen Pop-Rock eine *Neue Mitte* formiert, quasi eine außerparlamentarische Opposition, die die Dinosaurier sowohl in den Charts als auch in kreativer Hinsicht überrundet hat: Tocotronic, Die Sterne, Blumfeld, Element of Crime. Grönemeyer einsichtig: „Für die bin ich eher Feindbild als Grand Daddy, das ist doch okay."

Vielleicht hat Grönemeyer sogar von diesen Bands gelernt, daß allzu konkrete politische Botschaften eher peinlich als wirksam sind. Erfreulich ist – zumindest auf „Bleibt alles anders“ –, daß die engagierte Hülsenlyrik der Vergangenheit einer Sprache Platz gemacht hat, die mehr das Kleine beschreibt als das Große anprangert. Der musikalische Teilausflug ist Grönemeyer und seinem Koproduzenten Silva ganz gut gelungen. Wahrscheinlich hat er Glück und wird von der Musikkritik mit der hilflosen Phrase geadelt: „Soundtrack für einen Film, den es nicht gibt.“

„Ich habe im Studio damit angefangen und muß das zur Tour jetzt wieder lassen. Das kommt da nicht so gut“, sieht Grönemeyer ein. Aber er meint das Rauchen – nicht etwa Drum 'n' Bass.

WM-Vorbereitungen

Das muß man sich mal vorstellen (meint der WDR): „32 Mannschaften spielen um den Titel, 64 Spiele stehen auf dem Programm, in 27 Spieltagen sind 6000 Sendeminuten allein für das Fernsehen zu bewältigen." Um das vorzustellen, reicht eine Pressekonferenz im Kölner WDR-Gemäuer, das sind ungefähr 120 Minuten mit lauter Vorstoppern, die sich den ganzen Quatsch merken müssen – die Presse eben, deren Vertreter bei solchen Anlässen freundschaftlich „Medienpartner" genannt werden. Irre: ARD & ZDF „ziehen an einem Strang". Fußball-WM in Frankreich.

Noch 50 Tage. Alle Register ziehen, unser letztes Hurra in diesem Jahrtausend, Gerhard Delling hat Geburtstag und ist Vater einer gesunden Tochter geworden. Pleitgen hat als Sportreporter begonnen. 60 Kameras, 5 zusätzliche bei jedem Spiel der deutschen Mannschaft. Die technische Ausstattung ist state of the art. Gerhard Rubenbauer trinkt Wasser aus der Flasche, Kerner aber aus dem Glas. Kritische Situationen werden in aller Ruhe analysiert. Fußballfest, gemeinsam, Publikum, Großereignis. Spezialist für Schottland: Andreas Thom, für Italien & Frankreich aber: Rudi Völler. Frankreich ist unser wichtigstes Nachbarland. Grande la France, also Frankreich. Für Spaß sorgen Gummipuppen von Beckenbauer und Faßbender. Klaus Bresser betont „Superlativ" so wie „superb", hofft, daß Deutschland Weltmeister wird, und glaubt, daß die Computertechnik des ZDF der der ARD überlegen ist, bei aller Freundschaft. Die Welt feiert. Mit Blick auf sogar die

Schoooungselüüseh. SuPERlativ. Töppi Leierkasten Töpperwien reagiert auf ausgerichtete Grüße mit einem jovialschmierigen „zurück, zurück!" und trägt weiße Hemdkragen zu gestreiftem Rest, weil man das so macht, als Puffgänger. Féte de la, le, li (lo, lu), jedenfalls: football. Kerner ist ein Schelm und tritt einer Ordnungskraft den Ball aus den Händen und lächelt dazu gewitzt, bis jemand ein Foto von ihm macht, so hat er das gern. Er ist auch der einzige, der sich das Badge mit dem blöden Logo anheftet, weil er eben immer alles mitmachen muß. Profigroupie Waldi Hartmann drängelt sich mal wieder an die Stars, sitzt zwischen Netzer und Feldkamp. Günter Netzer wird im Internet anzutreffen sein, das heißt dann Internetzer, und über so was lacht man also in der ARD. Klaus Schwarze setzt auch auf das Internet, obwohl er gar nicht zu wissen scheint, was das ist, er redet irgendwas von „Joysticks runterladen" und „Pannel". Heribert Faßbender sagt „Bonjour á tous", wg. Frankreich und so, außerdem scheint er im Solarium eingesperrt gewesen zu sein, krebsrot ist wohl das Wort dafür. Nach dem Kleinkunstpreis eine weitere gerechte Strafe für Kabarettist Dieter Nuhr: Er wird vom ZDF als „verbindendes Programmelement" eingesetzt werden. „Wir Männer, sag ich mal", sagt mal Herr Figgemeier, der wirklich so heißt. Als Experten hat das ZDF doch glatt einen lustigen Neger engagiert, der nicht Mandela oder Roberto Blanco ist – also Pelé. Virtual Replay nennt sich die 3D-Animation, auf die alle ganz stolz sind. Dieter Gruschnitt hält eine Gala mit Pur und Rod Steward für einen „würdigen Abschluß". Die „uns anvertrauten Gebühren" werden maßvoll eingesetzt, verspricht das Podium geschlossen. Widersprüchlich dazu die Verpflichtung vom

Michael Steinbrecher des WDR: Bettina große Samstagabendshow Böttinger. Sie ist für die Darstellung von Land und aber auch Leuten zuständig, wir freuen uns auf die Augenzwinker-Requisite Stangenweißbrot. Herr Pleitgen nennt sich Teamchef. Das Ganze dauert 300 Stunden, Nagano waren nur 120. Und damit die irgendwie rumgehen, hat sich das ZDF von der Universität Witten/Herdecke ein „Fußballbörsenspiel im Internet" unterjubeln lassen. Derweil singen die 3 Tenöre. Immer noch 50 Tage.

Lauterbach/Elvers/D.

Nur mal anrufen und sagen, daß man liebt, sang Stevie Wonder mal. Doch der Sänger verschließt die Augen vor der Wirklichkeit (seit Jahren schon!): Am Telefon teilte Jenny Elvers Heiner Lauterbach in Klammern Rossini mit, daß er nunmehr bloß der Freund von Uwe Ochsenknecht und Ebbie Thust sei, ihrer jedenfalls nicht mehr. Nun fragen wir: War denn kein Fax in Reichweite? Ebenfalls am Telefon, und da widerfährt dem Werk Stevie Wonders Gerechtigkeit, bekam sie nun von Lauterbachs fließendem Übergänger Thomas D in Klammern Die da einen Heiratsantrag. Dreimal habe man sich zwar erst gesehen, aber – S. Wonder gibt es immer wieder – „ja stundenlang miteinander am Telefon geredet".

Leider ist Elvers just in England („Fotoaufnahmen") und Lauterbach in den Dolomiten („Dreharbeiten"), so daß wir uns auf die Schilderung der Boulevardpresse verlassen müssen: Lauterbach dreht gerade einen Film mit dem Titel „Das Geheimnis der Ungehorsamen". Ja, echt. Die 19jährige Lara Körner, deren Namen man sich einige Wochen lang merken sollte, ist auch dabei und laut *Bild* schon „in Heiners schnittigem BMW Z3" durch die Berge gegurkt. Natürlich mit Heiner, „Spritztour" nennt der Kölner *Express* das tollkühn. Lauterbachs Manager David Rienau erklärt derweil landesweit, daß es „immer öfter Spannungen" gegeben habe, man aber natürlich, und jetzt halten Sie sich fest, „FREUNDE BLEIBEN" wolle. Rätselhaft Rienaus Analyse, Elvers sei „nicht mehr die Frau, die

Heiner vor zwei Jahren kennengelernt hat". So viele Charaktere kann doch eine Person gar nicht verkörpern!

Lauterbachs ehemaliger Berater HaHa Tiedje hat derzeit andere Sorgen, aber es ist natürlich nicht hinnehmbar, wie diese aufregende Geschichte Anfang der Woche plötzlich versandete. Also muß vorübergehend von hier aus die PR-Planung der Entzweiung übernommen werden – gerne doch! Da die Hauptakteure dauernd irgendwo gedreht, geknipst oder angerufen werden, muß auf Archivmaterial zurückgegriffen werden. Ein vor Jahresfrist in *TV Spielfilm* erschienenes Interview mit Elvers und Lauterbach dient als ergiebige Abraumhalde. Ziel ist es, das Thema (das streng sachlich bereits am Freitag erschöpft war) mindestens einen Monat kochen zu lassen. Auf die Frage, worüber sie denn streiten könnten, antwortete Lauterbach damals: „Alles. Mit dem Fernsehprogramm geht's los." Elvers ergänzte: „Wer die Fernbedienung hat, wer die meisten Kissen bekommt." Um dieses weitleuchtende Gezänk herum können natürlich Frauenzeitschriften wunderbare Doppelseiten und Prominentenumfragen aufbauschen – „Beziehungskiller Alltagsärger" usw. Die *Bunte* zieht dann hoffentlich nach mit großem Interview („Heiner, wie fühlt man sich als gehörnter Supermacho?") oder einer haarsträubenden Nacherzählung: „Mit dem Fernsehprogramm ging es los!"; am Donnerstag danach Altersunterschieds-Diskussion in der *Woche* mit Bissinger, Schröder und Schröder-Köpf. Daran schließt sich eine ausufernde Wertedebatte an, genährt wiederum durch vergilbte Interviewfetzen: „Welche Gemeinsamkeiten haben Sie?" Darauf Elvers: „Dieselben Werte." Genauso baff wie wir Lauterbach: „Werte?" Doch Elvers unbeirrt: „Na klar! Findest du nicht?“ Fand Heiner dann auch. Auch Roman Herzog sollte umgehend eine Rede halten, Werte gehen doch immer gut.

Natürlich müssen auch sogenannte Männermagazine, Sportpublikationen und Autozeitschriften mitmachen. Ihnen legen wir Lauterbachs düstere Prophetie aufs Fax, denn schon vor einem Jahr wußte er über die Gefahr der Nebenbuhler: „So sind se, die Lauser ...“, „Wie sind se, die Lauser?“ könnte ja auch ein schönes Thema bei ‚*Sabine Christiansen*‘ sein.

Aber aufgepaßt: Nachdem das von Lauterbach beworbene Potenzmittel Simunale im letzten Herbst von Günter Jauch tosend der Nichtsnutzigkeit überführt wurde, wäre es aus Sicht der potenzfabrizierenden Industrie zwar ziemlich geschickt, Thomas D nun für Viagra-Anzeigen zu buchen. Doch für Lauterbach wäre das ein Desaster, denn seit kurzem ist vergleichende Werbung erlaubt.

Manufactum

Wenn die Haare ausgehen, die Kinder das Haus verlassen, wenn IKEA nicht mehr sein muß, dann werden viele Menschen zu Kunden der Firma Manufactum. Das ist eine Art Merchandising-Betrieb für saturierte ehemalige WG-Bewohner mit ideologischem Feuer einst und sparflammendem Volvo heute einerseits und für Zurückzurnatur-Reaktionäre in Kniebundhosen, deren matt nur noch schlagendes Herz an der heimischen Scholle hängt, andererseits. Die finden hier zum Beispiel Korkenzieher für 79 Mark, weil die lange halten und gut und schwer in der Hand liegen. Den zahlreichen Menschen, die solches schätzen, flattert einmal im Jahr, nein, man muß sagen, denen *rummst* ein dicker Batzen Papier in den – tja, paßt das noch? – Briefkasten? 330 Seiten gute Laune, denn „es gibt sie noch, die guten Dinge".

Gute Dinge, das sind möglichst am Standort, zumindest aber in unser aller Europa gefertigte nostalgische, hochfunktionale Gebrauchsgegenstände. Jawohl, GEbrauch. Und nicht VERbrauch. Plastik – igitt. Holz, Eisen, Glas – ja, bitte schön. Den Katalog gibt es für die ganz Bekloppten oder aber auch Interessierten dann sogar noch in Leinen gebunden, den stellen die sich ins Regal, neben – wahrscheinlich – *Die Luftgängerin*, wenn da noch Platz ist zwischen Ingo Schulze und Javier Marias. Von Zinnkanonen wollen wir nicht sprechen. Der Manufactum-Katalog ist das Schaufenster eines Versandunternehmens mit mittlerweile 70 Millionen Mark Jahresumsatz. Das Sortiment umweht sorgsam inszeniertes Tante-Emma-Laden-Aroma, und so wird auch ein Ton angeschlagen, der das persönliche Verkaufsgespräch nicht nur ersetzt, sondern dem Vorgang des Einkaufens eine sinnstiftende, ja, beinahe religiöse Note gibt.

Angefangen hat es mit ein paar Töpfen bloß, erzählt Geschäftsführer Thomas Hoof gerade noch gerne, aber dann ist auch schon Schluß mit erzählen. Ja, ja, er war mal Geschäftsführer der Grünen in NRW, aber nun zur Sache! Es gehe doch um die Firma. Das klingt nach Grisham. Und so wird das dann auch: Hinter jeder Nachfrage, jedem Fotowunsch wittert Hoof IKEA-Spione oder andere Russen. Keine Fotos. Für alle, die es interessiert (denn natürlich geht es ja um die Firma!): Herr Hoof sieht so aus wie Dieter Thomas Heck, wenn der *Monitor* anstelle der *Hitparade* vorgestanden hätte.

Zur Sache zurück.

Herr Hoof schreibt den Katalog. So hatte das begonnen. Es gab einige teure, aber dafür langlebige und unschnickschnacke Produkte ohne Giftstoffe und Pipapo, und die bedichtete Hoof dann in einer umständlichen Prosa, die zwischen Ironie und Bildungsaufdringlichkeit oszillierte. Heute ist der Umsatz so groß (und der Katalog so dick), daß damit mehrere Menschen befaßt sind, trotzdem liest er sich wie aus der Feder (dem Federkiel!) eines Mannes, für den die Moderne im Grunde mit Bungee-Seil, Nacktputzservice und Internet ausreichend erfahrbar – und also auch ablehnbar ist. Einfach diese blöde Epoche mit den Computern und ohne Langlebigkeit und Zeitlosigkeit. „Wir als Plastikhalmverächter" umarmt er im Katalog den Rest vom Fest. Es gibt aber Lösungen: „Sinnreiche Greifzangen". Die Produkte aus dem Hause Manufactum sind „preiswert, aber nicht billig", beten die Angestellten brav daher. Und Hoof sieht in der Firma und ihrem Erfolg „ein natürliches Abwehrverhalten gegen die allgemeine Verschrottung". Drunter tut er es nicht.

Jährlich versendet Hoof eine doppelseitige „Hausmitteilung", die ihm als Vorwand dient, nichts weiter zu erklären als bloß mal schnell die Welt. Er freut sich „über das lebhafte Echo", das seine dort formulierten „skeptischen Bemerkungen zur Dienstleistungsgesellschaft" auslösen.

Nein, nicht Katalog Nr. 10 sei die Jubiläumsausgabe, sondern Katalog Nummer 11, denn dann seien es erst 10 Jahre, sagt er mit einem Gesichtsausdruck, gegen den Joschka Fischer glatt als ständiges Mitglied bei *7 Tage – 7 Köpfe* durchginge. Mit Hoof kann man bestimmt auch wunderbar am 31.12. 2000 das Millenium begießen. Zumindest prinzipiell, denn er ist notorischer Einzelgänger, „immer gewesen". Nie erlebt hat er „dieses ganze WG-Leben" (Hoof), das man einem ehedem so engagierten Grünen automatisch unterstellt. Um keinen Fernseher zu haben, mußte er nicht mit Gesinnungsgenossen zusammenziehen. Wahrscheinlich duscht Herr Hoof eiskalt, einfach so, weil es ja gesund ist und ja auch mal wieder schlechtere Zeiten kommen könnten. Man weiß es nie vorher.

Ein phantastisches Gefühl muß das sein, eine Pfeffermühle mit „25 Jahren Garantie" zu erwerben. Was soll da noch schiefgehen, also mal rein auf dem Gebiet der Gewürzzufuhr? Stichwort innere Sicherheit. Die sammelt der Kunde mit all diesem Zeug, das geschaffen ist, Kindheitserinnerungen zu illuminieren und eventuell einen Atomkrieg zu überstehen, so zumindest sehen die Diaprojektoren aus.

Diesen Sommer ist die Firma in ihrem zehnten Lebensjahr aus provisorischen Industriegebiets-Zweckbauten, die in ihrer ganzen schäbigen Pappwandigkeit einen Ästheten wie Hoof natürlich schmerzen mußten, umgezogen in ein entkerntes Zechengebäude. Dessen „heute unbezahlbare alte Backsteinmauern" (jüngste Hausmitteilung) wurden erhalten, innen aber strahlt alles neu auf Basis von Holz und Glas, zweckmäßig, schnörkellos, langlebig. Das Gebäude als Allegorie für das Manufactum-Sortiment – alt bloß die Hülle. Drinnen hochfunktional angelegte Sachlichkeit, der Fremde assoziiert beim Anblick der Stahlglaskästen eine Mischung aus Legebatterie und Dornröschen-Massengrab. Jeder sieht jeden bei der – hoffentlich doch – ARBEIT. Ein so ideologisch durchdachtes Unternehmen muß natürlich streng geführt werden.

Ausgelassen ist die Stimmung im Glasbaukasten nicht gerade. Im Aufenthaltsraum steht ein Kühlschrank von beachtlicher Größe, doch drinnen bloß Kleingeist – namenbeschriftete Tupperware, Vorräte mit handschriftlichem Vermerk: „Finger weg!" Aber erst mal muß man sowieso am Empfang vorbeikommen, den Frau K. verwaltet. Und auch danach begegnet sie einem als kategorischer Dududu an jeder Ecke des Hauses wieder, mit zornigen Pamphleten wider die Unordnung. „Bitte tragen Sie Ihr Leergut zurück", denn sonst: „Das hat Folgen". Oder noch drakonischer: „Wer mit dieser Regelung nicht einverstanden ist ... Etage 0 Raum C01". Bei Frau K. Die Anleitung zum rücksichtsvollen WC-Besuch ist in Plastikfolie gehüllt und mit Datum versehen. Jede Notiz endet versöhnlich mit

„Gruß K.". Über den Mitarbeitern schweben Sprechblasen, darin salutierend ein zackiges JAWOLL zu lesen ist. Mit „Da müssen sie Herrn Hoof fragen" oder „Es ist ja bekannt, daß der Herr Hoof …" beantworten sie Fragen zur Firma.

Für seine skurril gedrechselten Produktbeschreibungen stehen Thomas Hoof im Archiv des Hauses einige, um nicht zu sagen die wesentlichen Bücher der Weltliteratur zur Verfügung: *Der praktische Universalratgeber – Illustriertes Haus- und Nachschlagebuch für alle Fälle des täglichen Lebens*, *Der Weinkenner*, *Das Zigarrenlexikon*, *Abschied vom Wegwerfprinzip*, *Das Tischler-Lexikon* und schließlich und eigentlich natürlich: *Was Großvater noch wußte*. Die Rohmasse für den Katalog. Der sich staubig kulturkritisch liest („Lebensmittel mit Charakter im Zeitalter von Fastfood"), aber natürlich „kulturironisch" gemeint ist. Und, bitte schön, „Sie können das lustig finden oder auch altbacken", ganz egal.

Die Fahrradbranche, diese Schweine. Mit ihren „Modealbernheiten". Da hält Manufactum gegen, und zwar mit Hilfe „intelligenter Rahmengeometrie" und der Reanimation der Wanderer-Fahrräder, dieser „legendären sächsischen Fahrradmarke". Diese Konnotation ist ein wichtiger Hinweis auf die Zugangsberechtigung ins Manufactum-Sortiment. „Legendär" ist schon mal sehr gut, am besten auch zuvörderst noch „traditionell", im günstigen Fall auch „in Vergessenheit geraten" (natürlich zu Unrecht!). Und dann auch noch aus Sachsen, da kommt dann alles zusammen. Der Standort, die Qualität, die Funktionalität. Und so. Dann wird auch niemand mehr über den Preis nachdenken, und die anderen lassen eben in China und Taiwan fertigen.

Die Stammkundschaft dagegen ist eher eine Gemeinde und schreibt merkwürdige Postkarten an Herrn Hoof: „Ästhetische und praktische Hundeartikel“ werden vehement gefordert, die Werbung in der Hausmitteilung für den „Verein zur Wahrung der Deutschen Sprache“ in zackiger Hamsejedient-Handschrift „von Herzen“ gelobt und mit nicht weniger Verve nach einem „mechanischen Taschenmetronom“ gefragt. Jemand vermißt schmerzlich den „Rasierpinselhalter aus Nr. 8“. Es gibt sie noch, die merkwürdigen Leute.

Das wissen auch die Manufactum-Mitarbeiter, und um so gewissenhafter arbeiten sie. Ein freundlicher Herr sitzt da in seinem Glaskasten und recherchiert gerade rundherum um einen Hut aus Hasenhaarfilz. Seit drei Wochen trägt er dieselbe Hose, die er indessen zehnmal gewaschen hat – und sie scheint diesem Selbstversuch standzuhalten, im nächsten Herbst wird man sie bestellen können. Wie auch die Pferdeledermaßschuhe für 2000 Mark. Überzeugt tapst der Mitarbeiter in bröseligen Schaumstoff. Diese Prozedur erwartet jeden, der solche Schuhe dann im Herbst 1999 bestellen möchte – „Maßschuhe per Versand!“, freut er sich. Ein gelernter Schneider, der nach dem „obligatorisch Praktischen“ Geschichte und Philosophie studierte und somit ein Bildungsspektrum aufweist wie die Zielgruppe in Hoofs kühnsten Träumen. Aus so höflichnettem Mund erscheinen die Gedanken in anderem Licht, die bei Hoof so freudlos klingen. Gegen die „Zerstörung von Stolz“, gegen „gibt's nicht mehr“ und für den „kulturidentischen Produktionsstandort“. Weniger ist Mär.

Heute abend wird er einige neueingetroffene Muster-Boxershorts mit nach Hause nehmen und eine neue

Schöpfkelle. Zum Testen. Das Hemd, das er trägt, wird nicht in den Katalog aufgenommen, zu weich sei es, zum Tragen aber offenbar hart genug.

Wie alle Unternehmen, die auf einer imposanten Idee gründen, so verlangt und bedingt auch Manufactum eine Tendenz ins Sonderbare bei den Mitarbeitern. Hoofs Sekretärin hat gut aufgepaßt. Als ihr Bruder aus Frankreich vom Flohmarkt ein Paar guterhaltene „Legionärssandalen" mitbrachte, erkannte sie „den einfachen Aufbau und diese totale Haltbarkeit" sofort richtig als Primäreigenschaft aller Manufactum-Produkte wieder, und nun, im Nachtrag des Sommerkatalogs, lockt für 240 Mark die „Schuhmacher-Sandale". Eine Prämie gab es für diese Nebenrecherche nicht („Ach wo!"), aber, verdammt, „Hiltrud, waren die Franzosen im Ersten oder im Zweiten Weltkrieg in der Wüste?" Weiß Hiltrud auch nicht. Vielleicht steht es im Buch *Was Großvater noch wußte*.

Spice Girls

In der U-Bahn sieht es aus wie vermutlich in der Garderobe der *Mini Playbackshow*: Unzählige kleine Mädchen haben sich als Spice Girl verkleidet, manche mit Kissen in der Bluse, andere mit Schuhcreme im Gesicht. Die begleitenden Mütter blicken gestreßt drein.

Selbstverständlich haben die Spice Girls deutlich mehr Würde als Tina Turner, aber sie hätten ruhig kurz Bescheid geben können. Immerhin ist dieses Konzert im Londoner Wembley Stadion ihr letztes, und da wäre es doch angemessen, rührende Worte zu finden, die unlängst verlustig gegangene Geri zu grüßen oder sie – besser noch – zu einem letzten, von Feuerwerk und regnenden Rosen gesäumten „Viva Forever“ auf die Bühne zu zwingen. Nichts von alledem. Zwei der nur noch vier Spice Girls sind schwanger, das war zu hören, zu lesen – und gleich wird man es auf den Großbildleinwänden auch sehen können. Offiziell heißt es freilich bloß „Babypause“. Natürlich, beeilt die Plattenfirma sich auf Anfrage zu behaupten, natürlich würden schon bald die Aufnahmen für die dritte Platte beginnen, und dann ginge der ganze Trubel weiter, aber sicher doch.

Doch die Spice Girls sind leider tot. Das Ende dieser Band wurde seit ihrem Bestehen wöchentlich bis täglich verkündet. Das ist bei Popbands diesen Kalibers so üblich, wobei anzumerken ist, daß die Spice Girls nach sehr kurzer Zeit ihr eigenes Kaliber waren, nach etlichen Rekorden in allen möglichen Disziplinen waren die Vergleichsmöglichkeiten ausgegangen, sogar die Beatles in manchem überholt. Vor gerade zwei Jahren hatten sie ihre erste Single „Wannabe“ veröffentlicht, die im Rekordtempo in nahezu allen Ländern mit geregeltem Tonträgermarkt oberste Hitparadenplätze erklomm, und in Windeseile ward die Kunde verbreitet: Wenn du schon mein Liebhaber sein willst, ist das tendenziell ok (wenn du gut aussiehst, logisch), allerdings gibt es mich nur im Kombipaket, meine Freundinnen sind inclusive. Ein postmoderner Feminismus, der nicht mehr diskutierte, sondern diktierte. Die Welt verfiel den Spice Girls. Nach der schnellen Eroberung des Planeten machten sich die jungen Damen auf, die Früchte penibel zu ernten, kein Werbevertrag wurde ausgeschlagen, kein Sender verschont, jede Zeitung mußte sich zu dieser schwer greifbaren Mischung aus Naivität, Schamlosigkeit, Unschuld und Obszönität verhalten, und sei es im Wirtschaftsteil, denn so betrachtet waren die Spice Girls ein unbändig florierender Exportschlager, und davon hat Großbritannien ja nicht allzu viele.

Die Spice Girls wurden, was selten ist bei solch konfektionierten Formationen, mit der Zeit sogar noch besser. Die zweite Platte war musikalisch relevanter als das zwar drei Welthits beinhaltende, ansonsten aber unmotivierte Debüt, und live wagten sie nun auch aufzutreten, wobei Mel B und Mel C sich als passable Sängerinnen erwiesen und die anderen zumindest rührend waren, weil sie es versuchten – was nicht immer gut klang, aber live war. Dazu kam eine unwiderstehliche Show, die lärmend, bunt und Männer einschüchternd „Girl Power“ definierte, und so machte Emanzipation sogar den Jungs Spaß.

Das letzte Konzert der Spice Girls ist ein trauriger Anlaß, aber, wie kaum anders zu erwarten, ein fröhliches Fest.

Familienfreundlich beginnt es um kurz vor halb acht, gut zwei Stunden schon rufen mit grünen Leuchtstäben bewehrte Mädchen aller Alters-, Gewichts- und Taschengeldklassen im Kinderchor: Girl Power! Girl Power! Und immer wieder, bis man es glaubt.

Gleich geht es los, doch die eigentliche Party ist vorbei. Wie so oft in den letzten zwei Jahren klotzt die englische Boulevardzeitung *The Sun* am Konzerttag mit einem Spice-Girls-Aufmacher, doch selten war es eine harmlosere, ja läppischere Geschichte: Zwei der Spice Girls wollen sich künftig vegetarisch ernähren, auf diese Weise die verstorbene Linda McCartney ehren und ihre Mission fortführen. Ja, ist es denn die Möglichkeit! „The Rice Girls" – statt also Cola (Pepsi natürlich) zu trinken, Purzelbäume zu schlagen und Männer zu verärgern resp. zu vernaschen, werden sie nun sozusagen inhaltlich. Wen zum Teufel interessieren die Gedanken dieser Damen über Fleisch und Pflanzen? Zeitlebens (also bis vor kurzem) hatten es die Spice Girls äußerst clever verstanden, ihre niedlichfrechen Gesten einerseits aufmüpfig und, nun ja, ansatzweise revolutionär erscheinen zu lassen und andererseits dabei stets harmlos, elternkonform und staatstragend zu reden und sogar auch zu handeln: „Wir lassen uns nie mit einer Zigarette fotografieren." Nelson Mandela, Prinz Charles und all die anderen Gutsverwalter wurden heimgesucht, mit zweieinhalb Sätzen vom Schlage „Menschenrechte sind auch irgendwie Girl Power" bedacht, großes Geschnatter, Gastgeber in den Po kneifen, Foto, Abflug. Das war in Ordnung.

Nun ist es nicht selten, daß Popstars nach Erreichen eines hohen Umsatzlevels die Oberflächlichkeit, die ihnen zum Ruhm verhalf, verteufeln und plötzlich nach Tieferem graben, dabei jedoch oftmals auch mit schwerstem Gerät nichts finden und alsdann den Dalai Lama besuchen, Konzeptalben aufnehmen und einem statt über Mädchen (bzw. Jungs), Autos und durchgemachte Nächte plötzlich etwas von Gott, anderen Ebenen und Grenzerfahrungen in Indien erzählen möchten. Die Beatles haben das vorgemacht, und wahrscheinlich war das folgenschwerer als jede ihrer Platten. Mit ihrem Bekenntnis zum Fleischverzicht sind nun auch die Spice Girls auf dem Pfad der Erleuchtung. Ein kleiner Schritt für die jungen Damen, ein großer Schnitt für das Girl-Power-Konzept. Erwachsenwerden war hier nicht vorgesehen, vorstellbar bloß ein Ende unter Tränen.

Vor einigen Wochen verließ Geri Halliwell die Spice Girls, was bei Bands dieses Genres im Normalfall den Anfang vom Ende bedeutet. Standard auch die heftigen Dementi – nein, nein, sagten die verbliebenen vier, „das war bloß das Ende vom Anfang". Doch mehr noch als dieser Abgang sind es zwei Neuzugänge, die das Ende der Spice Girls unausweichlich machen. Jedem in die Zukunft fragenden Interviewer hatten sie großäugig und lollylutschend zu Protokoll gegeben, was nun amtlich ist: Hochzeit, Babys. Ihr Lied „Mama" vom ersten Album, das in der Woche des Muttertags 1997 seine höchste Chartsnotierung hatte, war eine Hommage an die Mütter und vorerst nichts weiter als eine weitere geschickte Geste, die den Zusammenhalt mit den jungen Plattenkäufern und das Image der großen Schwestern stärkte. Nun werden sie selbst Mamas, was mit dem wilden Klassenfahrtskommando *(„People of the world – spice up your life!")* und Künstlernamen wie „Baby Spice“ kaum mehr zu vereinbaren ist. Mit Girl Power wurden sie groß und berühmt, mit *pregnant power* verlieren sie die Geschäftsgrundlage. Wahrscheinlicher als ein neues Album der Spice Girls sind weitere Ernährungstips, voraussichtlich aber dann nicht mehr auf der Titel-, sondern auf der Frauenseite. Statt neuer Songs koppeln sie nun zuerst mal ihre Babys aus.

Ein Indiz für den hierzulande kaum nachvollziehbaren Status, den die Spice Girls in England innehaben, ist die im Zuge der Spice-Schwangerschaften das Königreich erschütternde Angst, die Fans könnten den großen Schwestern nach all dem auch noch dieses gleichtun und allzu bald vom Girl zur Mutter werden wollen. Spürbar erleichtert dagegen sieht *The Mirror* die zeitweise uferlos erscheinende Girlpower-Bewegung nun münden in dem, was die Zustände konserviert – Mann, Kind, Heim, Herd. *Ordinary lasses* seien sie zu guter Letzt nämlich doch bloß, ganz normale Gören, mit denselben „down-to-earth-aspirations“ eines jeden Mädchens. Von „dem einen“ ist die Rede, „das Geld niemals kaufen“ könne: „a baby and a normal, settled life“. Willkommen im Club oder „Ist ja gerade noch mal gutgegangen, nun aber auch Schluß mit den Flausen“.

Die Spice Girls waren eine geniale Marketingidee und eine umwerfende Band. Sie waren. Als Idee sind sie entstanden, und so werden sie von uns gehen. Ein wahrscheinlich letztes Mal hüpfen sie quietschvergnügt über die Bühne, ziehen sich für jeden Hit um und kreischen und turnen. Und, tatsächlich, zwei von ihnen singen sogar ganz gut. Wembley erlebt, wie viele viele Städte auf dem Spice-Plan zuvor, eine perfekte Show, die zu jeder Sekunde geplant ist, was in solchen Größenordnungen nur Rockclubnostalgiker aufbringen mag, die Kinder freut es, und auch die Mütter amüsieren sich. Nach mit beinahe zwei Stunden beachtlich in die Länge gezogener Hit-Salve schließt die Band mit Sister Sledges „We are familiy“, was eine korrekte historische Fußnote ist, denn Girl Power gab es ja schon vorher.

Vielleicht kommen sie sogar noch einmal wieder, das ist nicht auszuschließen, als Mischung aus Hera Lind und der Kelly Family. Offiziell wird lediglich eine – zudem kleine – Pause eingelegt, wird die Tour zum Gebären unterbrochen, und es geht direkt vom Kreischsaal in den Kreißsaal – und schon sehr bald retour. Offiziell sind sie aber auch mit Geri noch waaaaahnsinnig gut befreundet.

Menschen ohne jedes Taktgefühl verteilen am Ausgang Werbezettel für die legitimen Nachfolgerinnen der Spice Girls, die Band All Saints. Vier weitere Mädchen für ein Halleluja. In der U-Bahn schlafen die Kinder in den Armen ihrer Mütter, es riecht ein wenig nach Zirkuszelt, manche haben vor Aufregung in die Leopardenhose (Mel B) oder die Nylonhose (Sporty Spice) gemacht. Die Mütter werden es klaglos rauswaschen, was natürlich auch eine Erscheinungsform von Girl Power ist.

Rolling Stones

Ich war nicht beim Konzert der Rolling Stones, erzähle aber trotzdem gerne, wie es dort war:

Im ausverkauften Rund war schon mittags Sardinenbüchsenfeeling angesagt. Die wilden Fans von damals sind heute Familienväter, Nostalgie kam auf. Fürs leibliche Wohl war gesorgt. Wie elektrisiert reagierte die Masse auf das Löwengebrüll, das die mehr als zweistündige Liveshow eröffnete, schon war der Funke übergesprungen. Deutschland im Stones-Fieber. Die dienstälteste Rockband zieht erneut Abertausende Fans in ihren Bann. Sie rollen wieder; steinalt; Faltenrock. Über dem Stadion bildete sich eine Dunstglocke, ein wahrer Hexenkessel. Ein best-of-Reigen heizte den Fans von Beginn an mächtig ein, nur zwei neue Songs, ein Feuerwerk der Emotionen, Megapower auf der Bühne. Jagger athletisch, Richards zerknautscht, Wood mit Kippe im Mund, Watts im Hintergrund. Sie haben es geschafft, sich treu zu bleiben, ohne sich Neuem zu verschließen. Hinter der Bühne gab's Tee statt Rum und den obligatorischen Profi-Snooker-Tisch. Sie sind mit ihrem Publikum gealtert, aber ganz vorne auch jüngere Fans. Eltern und Kinder glücklich vereint, wo gibt es das sonst? Die Integrationskraft ist phänomenal.

Heißt es eigentlich der oder das Riff, jedenfalls derdiedas bekannteste Rockriff aller Zeiten. Der größte Hit „Satisfaction" gleich am Anfang – ein furioser Auftakt, die vier Rocker im Rentneralter räumten gnadenlos ab. Die wohl größten Lippen des Showgeschäfts. Sie haben alle Trends überlebt, immer ihr Ding durchgezogen. Teuerstes Musikspektakel aller Zeiten, Jagger röhrt ins Mikro, Hüftschwung, die angegrauten Glimmer-Twins logieren in exklusiven Hotels. Knaller wie „Sympathy For The Devil" und natürlich „Start Me Up".

Die gigantische Show versöhnte die Fans mit den horrenden Ticketpreisen. Eine atemberaubende Lightshow, die ihresgleichen sucht.

Was ist geblieben von der Revolte? Nun, eine ganze Menge Geld. Die Fans gingen vom ersten Takt an mit, die Stones haben es nicht verlernt, Jagger ist ein knallharter Geschäftsmann, liest sogar das Kleingedruckte. Die Stones sind ein Industrieunternehmen geworden, in dem jedes Rädchen perfekt funktioniert. Ein Hit jagte den nächsten. Ihr Markenzeichen sind knallige Rocksongs und totale Verausgabung, eine perfekte Show. Im Publikum auch viele Ex-DDR-Bürger, für die ein Kindheitstraum in Erfüllung ging.

Am Ende waren die z. T. von weither Angereisten erschöpft, aber glücklich. Da waren die Herren Rockstars schon längst wieder auf dem Weg in ihre teure Nobelherberge.

Tigerenten

Nicht umsonst hat die Dreipunktbinde, die blinde Menschen sich anheften, damit sie, die nichts sehen, wenigstens gesehen werden, dieselbe Farbkombination wie die Tigerente von Janosch. Die nämlich hängen sich betriebsblinde Mitmenschen in Form kleiner Holzfigürchen (kein Tropenholz!) nur allzu gerne an ihre Taschen, Fahrradkörbe oder gar Kapuzen, oder sie malen sie irgendwohin und schreiben darunter Sätze, die dem Tagebuch Jürgen Flieges entstammen könnten, zum Beispiel „Leben ist wie Zeichnen ohne Radiergummi"; oder eine Sentenz von Charlie Chaplin, die sie aber nur vom Roncalli-Plakat übernommen haben. Diese Leute begegnen uns allerorten, und manchmal wünschte man, man könnte sie, ihr altkluges Gerede und ihre Sandalen einfach wegradieren, aber das geht ja, s. o., leider nicht.

Ihnen zum Vergnügen malt der Kitschgrossist Janosch naive Aquarelle mit Tieren statt Menschen. Doch benehmen sich Janoschs Tiere wie Menschen, und also kann man daraus mehr lernen, als man will, es handelt sich um Fabeln. Herr Janosch möchte offenbar die Welt verbessern, und das ist so herzallerliebst offensichtlich und Doppelhaushälften-romantisch, daß Lehrer und andere Gegner ihren Schülern und Kindern pausenlos Janosch-Bücher schenken. Folgerichtig heißt die allerschlimmste Fernsehsendung „für Kids" tatsächlich „Tigerentenclub". Ein schöner Club ist das, da sitzen popelnde Kinder und werden durch Kleinkunst und Hüpfballpädagogik gequält, während die hampeligen 25jährigen Moderatoren mit natürlich Rollerblades und nie ohne Schirmmützen auf ihren leeren Köpfen ohne Unterlaß grinsen und in die Kamera reden, als plansche der Zuschauer noch im Fruchtwasser, sei zudem lernbehindert, debil und abgelenkt zugleich und halte die Farbzusammenstellung „bunt“ für die einzig mögliche.

Die Tigerente ist wie ein Hakenkreuz – wenn man es sieht, weiß man, man ist am falschen Ort und unter schlechten Menschen. Tigerenten sind auch wie Bad Religion: vollkommen unnötig, und am meisten Erfolg haben sie in Deutschland. Deshalb gibt es neben den leider nicht auszuradierenden Büchern auch immer mehr Tigerentenmerchandising. Herrn Janosch wird das genauso freuen wie all die Eltern, die den ganzen Rotz frohgemut aufkaufen, in ihre Bastkörbe werfen und sodann ihre Kinder damit verderben. Es gibt Tigerentenbügelbretter, Tigerentenseifendosen, Tigerentenzahnbürsten und Tigerentenzahnklammerdosen. Ein weiteres Spaltprodukt schließlich zeigt, wo's langgeht für die Tigerente und ihre stumpfen Kumpels, den Bären und den Elefanten – zu denen, die mal „die Müslis“ hießen. Weil das Leben nun mal ist wie Radiergummi ohne Radiergummi, gibt es neuerdings tatsächlich auch TIGERENTENMÜSLI. Von Schneeeeekoppppe. Viele Eltern sind begeistert über diese vermeintlich zerebrale Zerealie, doch schmeckt sie natürlich, im Vergleich zu anständigen Schokomüslis, überhaupt gar nicht. Dafür können die Eltern ihre Kinder mit diesem Müsli gründlich quälen: Wenn die Schachtel leer ist, kann man daraus eine Tigerente basteln, und das ist doch ein schöner weiterer Anlaß, die Gören nach widerwilligem

Runterschlucken der „Schoko-Hafer-Bärchen“ sofort wieder „inhaltlich“ zu infiltrieren und zu beschäftigen mit diesem gestreiften Quatsch. Und so kommt die Bewegung der Spaßverderber damit zielgenau bei sich zu Hause an – in der Müslischüssel. Jedoch Obacht: Vorher die Zahnspange in die Tigerentendose, denn sonst ist das wie Radiergummiessen.

Birgit Schrowange

Die Bordsteinschwalbe flog tief. Zu heiß für Nehden bei Brilon (in Deutschland): Birgit Schrowange mit „pinkgefärbter Frisur" und ebenfalls hochgradig aufregendem Rest – „für die Menschen in Nehden die pure Provokation". Das war Ende der 70er Jahre. Schrowange, damals neu in Köln und neu beim Fernsehen, kam jedes Wochenende heim, um erstens in ihrem Heimatdorf zu zeigen, was eine Großstadtfrau ist, und zweitens gegen das Heimweh. Dagegen half auch das pinke Haar nicht. Als Haare und Birgit sich wieder beruhigt hatten, ging es stetig voran, und bald kannte die Schrowange jeder. Schließlich hat sie elf Jahre lang das ZDF-Abendprogramm angesagt, und zwar zu einer Zeit, da das ZDF-Abendprogramm noch DAS Abendprogramm war. Dann machte es peng, und die privaten Sendeanstalten holten auf und die bekannten Gesichter. Und da bekam Schrowange endlich „die Chance, von der ich immer geträumt hatte". Das war die Sendung *Extra* – ein „mit viel human touch" (RTL) und nicht wenig Sex angereichertes Verbrauchermagazin, moderiert von einer immer gutaussehenden und stets freundlich entrüsteten Birgit Schrowange. „Tests kommen beim Publikum am besten an", weiß sie und läßt deshalb die Ehrlichkeit von Handwerkern, die Hautverträglichkeit von Karnevalsschminke oder die Sicherheit von Wegfahrsperren testen. Denn das Leben ist ja voller Fährnisse, und überall lauern üble Trickser. „Ich selbst bin gar nicht so mißtrauisch, also privat", gesteht die Moderatorin. Aber leichtsinnig. Für ihre zweite

Sendung *Life! Die Lust zu leben* begibt sie sich regelmäßig in große Gefahr. Beim Rafting wäre sie beinahe ertrunken, dann der dreifache Knöchelbruch beim Schlittenhundfahren, und noch auf dem Weg ins Krankenhaus guckt sie verheult, aber telegen in die Kamera: „Mir tut alles weh." Das denkt die TV-Kritik auch, wenn sie Schrowanges Sendung bespricht. Die Quoten aber sind kerngesund, vier Millionen Zuschauer pro Sendung. Bald wird auch das Metall aus dem Fuß entfernt, und dann kann sie wieder mit Möllemann Fallschirm springen, alleine aus einer Todeszelle berichten oder ohne Preßluft tauchen. Allerdings „haben wir jetzt alle Extremsportarten durch", und da müsse man sich was anderes ausdenken, immer noch in Richtung „Luxus, den sich die gönnen, die leidenschaftlich genug sind, ihre Ziele zu verfolgen". Wenn das die vielen Millionen Arbeitslosen hören könnten. Wollen die bloß nicht? Um Himmels willen. „Ich bin natürlich privilegiert", wohlfeilt sie an der Ausrede, „aber manche hier sind schon wenig mobil, beschweren sich immer, ziehen aber noch nicht mal um für einen neuen Job, leben dann lieber auf Staatskosten weiter. Eine Freundin von mir in Amerika macht drei Jobs gleichzeitig, um sich über Wasser zu halten. Die meckert nie." Schrowange selbst macht ja auch mehrere Sendungen.

Als sie 1984 gerade anhob, die beliebteste Programmansagerin zu werden, dichtete die *Bild + Funk*, eine Art *Bravo* für ältere Fernsehzuschauer, Schrowanges Gesicht müsse „ein verliebter Maler" erdacht haben, und schon das „Guten Tag" aus ihrem Munde klänge, als „trägt ihre Stimme ein Ballkleid". Heute moderiert sie grippegeschwächt „mit Vitamin-B-Spritze intus", und da ist das Ballkleid allenfalls ein Wickelrock, der verliebte Maler ein griesgrämiger

Anstreicher. Die Nase läuft, zehn Minuten später die Kamera. „Du siehst klasse aus", sagt der Regisseur noch kurz vor Sendebeginn, und das ist nicht mal charmant übertrieben. Denn für solche Attacken des wirklichen Lebens hat das Fernsehen ja Maskenbildner. „Kriegen wir hin, Birgit", hat Liesbeth gesagt. Und Liesbeth hat es hingekriegt.

Ihre TV-Karriere, das weiß Birgit Schrowange genau, verdankt sie nicht herausragender journalistischer Kompetenz, auch wenn sie auf deren Beachtung und Existenz so verbissen Wert legt, wie nur Autodidakten das tun: „Ich hatte Glück. Meine Haut ist sehr gut" steht in ihrer Autobiographie „Meine Lust zu leben". Das Buch schwappt dieser Tage auf den Markt, landet in großen Stapeln an den Rolltreppen der Großbuchhandlungen, direkt neben Kienzle & Hauser, Biolek, Wickert und Hera Lind. Ein Werk von unfreiwillig hohem Unterhaltungswert.

Natürlich sieht die Autorin („Ich brauche keinen Ghostwriter!") es als „doch sehr journalistisches Buch", was immer das sein mag. Immerhin beginnt es mit ihrer Geburt. Und so begab es sich zu der Zeit, daß in Nehden das Leben nicht eben einfach war. Von einer „Nottaufe" müssen wir lesen, von kindlichem Ladendiebstahl, der obstinaten Klosterschülerin, obligatorisch „schlechter Note im Betragen" und einer dominanten Großmutter, die „sogar den Nationalsozialisten" trotzte. Die Bürgerwehr wurde ihr also in die Wiege gelegt. Als Schrowange 1994 zur Miss Fleurop gewählt wurde („Das ist irgend so ein Titel"), hatte sie aber keine weißen Rosen in der Hand.

Ein Magazin wie *Extra* oder auch *Life!* ist längst kein Fernsehen mehr mit großer Aufregung, hektisch wieselndem Großteam und „Bitte Ruhe, die rote Lampe leuchtet".

Noch eine halbe Stunde vor der Livesendung sitzen alle Beteiligten ruhigstens herum, man könnte meinen, die Sendung sei schon längst im Kasten. „Dann woll'n wa mal", sagt schließlich routiniert ein gemütlicher Kölner und setzt sich hinter ein Miniregiepult, und dann kommt Birgit aus der Maske und liest mal eben vom Teleprompter ab, alles live, alles kein Problem. Das ist unspektakulär und in seiner sanftmütigen Nebensächlichkeit durchaus der inhaltlichen Relevanz ihrer Sendungen adäquat.

„Wenn ich es einrichten kann, schaue ich mir alle Beiträge vorher an", desillusioniert Schrowange den naiven Magazingucker. Präsentation und Recherche haben endgültig gar nichts mehr miteinander zu tun, Klaus Bednarz stirbt irgendwann aus. Heute zum Beispiel konnte Schrowange es nicht einrichten (die Grippe!), zu keinem Zeitpunkt jedoch hat das den ordnungsgemäßen Ablauf der Sendung gefährdet. Hauptsache, die Moderatorin ist um 10 nach 10 da zum Gutaussehen und Vorlesen.

Als Schrowange noch ausschließlich Programm anderer ansagen durfte, schimpfte sie gerne mal auf „diese ganze Trailerei und die Jingles und die schnellen Schnitte – das ist alles sehr kalt und sehr unpersönlich". Heute sind ihre Sendungen rasant geschnitten und opulent betrailert. Kein „Mädchen mit dem Kirschmund" (*Gong* 1985 über B. S.) mehr nirgends, das den Zuschauer sanft durch den Abend begleitet. Die Stimme aus dem Off trägt auch mitnichten ein Ballkleid, eher die Arbeitsmontur einer Domina.

Sogar eine Schallplatte mit dem Titel „Fragen" hat Frau Schrowange mal aufgenommen. „Sprechgesang, das war Kunst", ist es ihr heute egal – „man muß alles mal gemacht haben". Jetzt hat man also auch ein Buch gemacht. Eine geliftete Lebensgeschichte, schwankend zwischen neuem Wickert („Ich zweifle manchmal sehr an dem System, in dem wir leben“) und altem Lied. Die Allgemeinplatzpatronen knallen bloß so: Man erfährt, daß Mallorca durchaus „stille Ecken hat“ und die Welt „abstoßend interessant“ ist. Daß darüber hinaus ganz generell das Leben „viel zu bieten“ hat und „Frieden ohne Kontrolle niemals sein wird“.

„Die Sprache verkommt“, tadelt Schrowange zwar zu Recht Kollegin Feldbusch, steuert dann aber in ihrem Buch gegen: „Köche kredenzten ein traumhaftes Mahl“ oder „Thomas ist eine historische Größe in meinem erotischen Lebenslauf“. Der Sprache kommt’s.

Und natürlich ist das TV-Geschäft eine „Schlangengrube“. Im persönlichen Gespräch geht sie sogar so weit, von einem „Haifischbecken“ zu sprechen. Da schlackern der Branche die Ohren, Schrowange packt aus!

Die paar Skandälchen, die „notorische Wichtigtuer“ ihr anhängten, konnten ihrer Biographie nichts anhaben, ihrer Autobiographie nützen sie nun: Drafi Deutscher hatte behauptet, sie sei lesbisch, ein Kosmetiker aus Hamburg unterstellte ihr Schmuckdiebstahl, und schließlich warb sie für ein Schlankheitsmittel, dessen Seriosität bezweifelt wurde. Diese Passagen sind allemal spannender und amüsanter als die übrigen Steffi-Graf-Auskünfte: Lieblingsfarbe schwarz, Lieblingssänger Phil Collins und zu Hause am liebsten Schlabberlook. Hot Stuff.

Auf Lesereise wird sie mit dem Werk nicht gehen. „Ein paar Signierstunden in Kaufhäusern“ wird es aber schon geben. Neben der Rolltreppe, zwischen den Stapeln. Keine Lust zu lesen, keine Lust auf Lesben. Aber Lust zu leben, das schon.

Es ist Samstag, es ist voll, es ist warm, es ist Neon, es ist ganz schön was los bei H&M. Hier kleidet sich nämlich Deutschland ein. Oder geht noch jemand zu C&A? Nein. Denn H&M ist zwar billig, aber, so hört man, trotzdem ganz in Ordnung. Auf H&M können sich alle einigen, billiger und verhältnismäßig trendiger geht es gar nicht. Hier kauft die neue Mitte ihre Anzüge und die alte Avantgarde ihre Cordhosen. Es gibt sehr gute Unterwäsche, wird erzählt, und zwar für alle Gelegenheiten: Von Spitze bis Frottee, von Shorts bis huch, ist das überhaupt noch eine Unterhose? Hier entfacht sich unter Jung- und erst recht Erstverliebten der erste Streit mit ehelichen Dimensionen: „Die Unterhose sieht bestimmt sexy bei dir aus." – „Dann seh' ich doch wie'n Affe aus." – „Spießer."

Zu kaufen gibt es nur Kleider der Hausmarken, die zielgruppenspezifisch angelegt sind. Der Filialleiter – im blauen Anzug, Hausmarke, natürlich – erklärt: „‚Rocky', das ist so Streetwear, eben für die Skater ungefähr. Dann haben wir ‚Impulse', das ist rein fraulich, ein bißchen Techno, Basic, aber auch Blazer, die dann allerdings topmodern. ‚Mama' ist für Schwangere, ist ja klar, und ‚BIB', das heißt ‚big is beautiful', das ist dann eher, na ja, für die etwas fülligeren Mitmenschen."

Das Wort „Produktpalette" ist auch für die zum Abtransport empfehlenswerten Behältnisse anwendbar. Zweitverwertet man das meistgenutzte H&M-Tütenformat – wie allgemein üblich in Haushalten mit Internetanschluß, aber ohne Spülmaschine – hernach als temporären Hausmülleimer, schimmelt es unten schon, wenn oben noch was reingeht, so groß sind die. Ein Einkauf bei H&M ähnelt einem Freßanfall, berichten Bulimiker. Man geht, besser: wird geschoben, durch die Gänge, zunächst ohne konkrete Kaufabsicht. Dann steht man plötzlich in der Schlange vor dem Umkleidetrakt und hat fünf *Teile* im Arm. Von denen dürfen nur fünf in die engen Kabinen mitgenommen werden. Davor gibt es von einer überforderten Fastfachkraft eine Plastikkarte, beschriftet mit einer Zahl von 0 bis 5, damit man auch mit genauso vielen Teilen aus der Kabine wieder rauskommt.

Wer aber geht mit null Artikeln in eine Umkleidekabine? Das sind die begleitenden Freundinnen, die beratend zur Seite stehen und assistieren, mal schnell eine andere Größe holen und einen so davor bewahren, in kaum mehr als der eigenen Unterhose durch den Laden hüpfen zu müssen.

Die große Menge der zur Anprobe zusammengesammelten Kleiderberge ist nicht allein mit den niedrigen Preisen erklärt: Außerdem sind die angegebenen Größen bei H&M-Artikeln eher unverbindliche Richtwerte – da probiert man mehrmals, bis eine Hose zumindest beinahe paßt. Deshalb riechen die Sachen auch wie im Secondhandladen; schon zwanzig Menschen haben in diesen Teilen zuvor schwitzend vor dem Spiegel gestanden und eingesehen: „Neee, oder?"

Ein oft gehörtes Gegenargument ist: „Ach komm, kostet ja nur zwanzig Mark!" Hört man sonst in Umkleidekabinen höchstens mal jemanden furzen, so sind sie bei H&M ein Ort der Kommunikation. Wo es scheppert und summt wie auf dem Jugendherbergsflur, eine Minute vor Licht aus, schnatter, schnatter.

Das Geheimnis der Kette und ihres Erfolgs ist zunächst einmal: keines. Denn alles liegt ja offen. Und simpler geht es auch nicht: Die Einkaufs- und Trendhechelgewohnheiten junger Menschen wurden analysiert und professionell in Gestaltung des Ladens, Personalstruktur und Einkaufsmodalitäten übersetzt. Die 0-Karte ist so ein Beispiel. Ebenso die Preisgestaltung, hier wird knapp kalkuliert, das ist also mal realistisch. Auch die Mitarbeiter passen: keine spröden Herrenausstatterlehrlinge, die einem mit kippender Stimme devot „weiterhelfen“, sondern bloß Schüler und Studenten, deren erste Qualifikation die ist, von der Stammkundschaft kaum unterscheidbar zu sein.

H&M ist prima unsentimental und vor allem schnell.

Trends werden hier nicht ge-, sondern besetzt, erste Anzeichen werden flugs von weltweit agierenden und notierenden Scouts gemeldet. Schon eine Stunde später wird geschneidert (auf Masse!) und kurze Zeit später *aufgebügelt*. Aufbügeln, das ist H&M-Mitarbeiter-Slang und hat überhaupt nichts mit Bügelbrett und -eisen zu tun – es bedeutet lediglich, daß Kleidung auf multifunktionale Bügel geklemmt oder gehängt wird. Denn zum Bügeln bleibt keine Zeit, auch wenn es durchaus angebracht wäre, da die Kleidungsstücke vor dem Verkauf über ziemlich viele Unterhemden (bestenfalls!) anderer Menschen gezogen werden.

Und wenn etwas dem Personal einmal allzu unneu erscheint, sagt der Filialleiter, „wird es halt abgeschrieben“. Also weg damit oder noch mal runter mit dem Preis. Gebügelt, so der Vorsteher dieses Ladens, wird „nur bei den ganz hochwertigen Artikeln“. Somit fast nie. Die Mitarbeiter haben trotzdem genug zu tun: „80 Prozent der Arbeitszeit besteht aus Zurücksortieren. Wenn den Leuten was nicht paßt oder doch nicht gefällt, schmeißen sie es einfach so irgendwohin oder hängen es falsch wieder auf", haspelt eine junge Dame, die spricht, wie sie zu arbeiten gehalten ist: schnell und etwas schludrig. Parallel zu dieser Auskunft fischt sie ein paar Unterhosen aus der Sockenkiste, die da ja nun wirklich nicht hingehören.

Zwar ist H&M immer modern (im Sinne von aktuell), jedoch nicht elitär. Zunächst mal wird Hipness, also Trendbewußtsein, qua Masse und Preis demokratisiert. Im selben Rundumschlag natürlich auch abgeschafft, denn was ist Hipness sonst als elitäre Abkapselung; aber die Zugangsberechtigung zum bloßen Material ist ja zunächst mal von Vorteil, könnte man meinen. Doch merkwürdigerweise erscheinen einem all die Stammkunden, obschon nahezu zu 100 % in Waren des Hauses gewandet, überhaupt kein Kleidungsstück besser gekleidet als die Fußgängerzonenvollmacher, die einen sonst so frustrieren – die ja nun mal wirklich recht häßlichen Deutschen. Nehmen wir mal so ein Frotteeoberteil. Es ist hellblau, und dann hat es auch noch Streifen, eine Tasche und einen Schriftzug. Man nimmt es von der Stange und hält es prüfend gen Neonhimmel. Sieht gut aus, noch. Dann aber: Waschmaschine und Mainstream, die beiden Probleme. Erstens geht das Ding recht bald den Weg alles Stofflichen, und zweitens haben es alle anderen auch an, und damit ist es schon nicht mehr ganz so schön. H&M ist gut für den Stoffwechsel.

Die Schlange vor den zahlreichen, zu solchen Stoßzeiten wie einem Samstagvormittag natürlich niemals ausreichenden, inzwischen säuerlich duftenden Kabinen windet sich durch den ganzen Laden. Den älteren Einkäufern ist das alles jetzt zuviel, sie raffen bloß noch beidarmig große Bündel zusammen, bezahlen – und probieren erst zu Hause an.

„Umtauschen ist ja kein Problem, da sind wir sehr kulant", schnurrt die Frau an der Kasse und zerrt dabei mindestens drei Kleidungsstücke gleichzeitig von Bügeln, die sie hinter sich in eine Wanne schleudert. Eine H&M-Schlange ist Fließband, das sprechen kann. Es sagt: „Oh, ich habe doch nur 40 Mark, das eine Oberteil lasse ich dann hier." Oder: „Los, ich kaufe mir die Hose in Dunkelblau, da wird Yvonne sich ärgern."

Ernst, wenn auch nur kurz, wird es dann an der Kasse, doch EC-Karten liegen ja heutzutage der Geburtsurkunde bei, und so hört man Zwölfjährige besonnen ihre Zukunft zerstören: „Ich zahle am liebsten immer mit Karte, dann merkt man das nicht gleich so." Ein Beitrag zum Wohlfühlen beim Einkauf? Gewiß. Dazu trägt vielleicht auch die Schrift bei. Die Mitarbeiter der schwedischen Bekleidungskette lernen eigens eine H&M-Schrift, mit der sie „Sweatshirt 19,90 DM" auf Pappschilder schreiben. Die Schrift, sagt der Filialleiter, geht so: „Irgendwie von unten, so ein bißchen kursiv." Zwar einheitlich, aber eben auch handgemacht, „nah am Kunden".

Kurz vor Ladenschluß. In den Kabinen ist es nun nicht mehr sauber. Beim Kleidungswechsel fällt den Menschen allerlei aus den Taschen, Einkaufszettel, Spickzettel mit binomischen Formeln, lateinischen Deklinationsbeispielen und Sigmund Freud in drei Zeilen. Und Nahverkehrstikkets, denn Samstag ist „Stadttag" für die Vorstädter. Da wird dann auch viel geklaut. Erst ab 14,90 Mark aufwärts sind die Artikel mit Sicherungsetiketten versehen, die Amateurladendiebe abschrecken, „für Profis jedoch ein Witz sind", merkt der Filialleiter an. Da kann man nichts machen. Bis auf die Detektive. Oder die Doormänner.

Ein Wort, ein Typ: Doormänner. Deren Beruf klingt nicht nur, die sehen auch aus wie Dobermänner. Die Ladendetektive dagegen sind gut getarnt. Wieder in der Schlange. Stillstand. Kasse kaputt. Kaum Gemurre. Warten gehört dazu. Wer es reibungslos will, kann ja zu C&A gehen. An der Kasse geht jetzt gar nichts mehr. Modisch aber geht alles: Die Jungs kaufen ihren ersten Anzug, aber eben auch Armeehosen und Pudelmützen und Unterhosen, auf denen STOP steht. Das ist dann guter Humor oder Einsicht.

Stefan muß kommen. Alle 10 Minuten muß Stefan kommen. Der weiß nämlich, wie die Kasse wieder ins Laufen, ins Rattern kommt. Er dekoriert gerade ein Schaufenster und flucht lauthals („Ich hab zu tun, verdammt!"), aber dann kommt er doch, bezwingt die Technik und sagt „Ist doch ganz einfach!", versäumt es aber, seinen Trick der Belegschaft weiterzugeben. Denn eigentlich läuft er ganz gerne quer durch den Laden, und alle wissen, da ist er und sie, die Lösung, da ist Stefan dann für einen Moment der Heiland. Was sind dagegen Puppen mit abgebrochenen Nasen, denen Preisschilder am Handgelenk baumeln, also bitte, die können ja nun wirklich warten.

Irgendwann sieht man es dann ein, daß man da wohl nie wieder rauskommt. Man steht also bei H&M, die Menge wogt und schiebt einen herum, und man hat einen Haufen neuer Dinge in der Hand und die Uhr im Nacken, und dann wird plötzlich alles egal. Auch die ersten Zweifel: Saß das wirklich? Hat das nicht schon die und der? Wollte ich nicht sparen? Man steht so da, und die Hitze wallt in einem herauf, und da zahlt es sich dann aus, wenn man beim letzten Einkauf auf das Materialetikett geschaut hat. Bügel liegen am Boden, Verkäuferinnen in der Kurve – und Musik in der Luft. Die gehört dazu. Über der Kasse (die einem Schützengraben gleicht, auf den es von allen Seiten eindringt, einquatscht und einzahlt) hängen in einem Rahmen die CD-Cover jener Platten, die von Plattenfirmen zur Verfügung gestellt wurden.

Erwartbare Sampler mit dem, was sonst bei VIVA läuft, daneben Erstaunliches: John Lennon zum Beispiel. Zwangsläufig aber auch: Natalie Imbruglia. Cordhose, Haarspange, Schlupfpulli – Schulmädchenrapport! Im „Torn"-Video sieht Frau Imbruglia wirklich wie von H&M erdacht aus. „Hier kaufen sich alle die Basics!" patscht sich der Filialleiter in die Hände.

Basic Instinct. Dann piept es an der Tür. Der Doormann schnappt zu.

Dreharbeiten

Zu schön, um wahr zu sein, leider alles übertrieben und zurechtgelogen, doch die absurden Presseverlautbarungen der Wörthersee Filmproduktion erfüllen ihren Zweck: „Wussow im Wörthersee ertrunken" heißt es oder „Regisseur Retzer in Thailand verhaftet". „Peter Kraus in Lebensgefahr" – aber natürlich alles nur fast, beinahe und ganz knapp, gerade noch mal „mit einem gewaltigen Schrecken davongekommen". Speziell im Sommer werden solche Meldungen gerne aufgegriffen. Die daraus resultierende Berichterstattung ist ideale Promotion für die Komödien von Millionär Karl Spiehß, dem „Wörtherseefilm-Tycoon", wie ihn einige nennen, vor allem seine Angestellten. Im Sommer wurde wieder gedreht mit den üblichen Feldbusch, Wepper, Fierek, Fischer – und nicht ohne einen brüllend laut verkündeten Skandal: „Bulle fiel auf Ingrid Steeger". Hilfe! Oder vielmehr: „Schleudertrauma, Halskrause, zwei Tage Drehverbot". Das war eigentlich beinahe die Wahrheit, bis auf die Kleinigkeit, daß der Sturz im Drehbuch vorgesehen war – Fischer fällt in Ohnmacht, knallt auf eine Matratze, die natürlich nicht im Bild zu sehen ist, Gegenschnitt, und da liegt er auf der zarten Steeger, auf der ja schon so mancher lag in der Vergangenheit des deutschen Lustspiels. Steeger hatte sich anderweitig leicht verwundet, vielleicht beim Frühstück, aber die Meldung war natürlich prima und in der Zeitung. Veranstaltet wird dieser Irrsinn nicht von schnittigen Kreativen, die zu lange in Amerika waren nach dem abgebrochenen

Studium, sondern von einem dicken Mann namens Wolfram, der gutmütig mit dem Bus durchs Tal braust, Stars chauffiert und Mafia-Ruhe verbreitet – für alle ist gesorgt, Informationen gibt es immer nur, wenn er das will. Oder Gott oder Spiehß, was aufs selbe rauskommt am Wörthersee.

Regielegende Otto Retzer ist bestens gelaunt. Er brüllt und kommandiert, mit Sonnenbrille und Zigarre. „Seid so lieb", mault er sie an wie kleine Kinder, egal, ob sie Ottfried Fischer heißen und bräsig durch den Kies knirschend den Ton vermasseln oder Wolfgang Fierek und zu spät zum Dreh kommen und dann noch blöde Witze machen, ganz zu schweigen vom 30köpfigen Harley-Davidson-Troß, der knatternd Landschaftsbilder säumt und mal zu langsam ist, mal zu schnell, jedenfalls nie richtig, aber dann kommt halt die nächste Szene. Kann man schneiden, ist kein Akt.

Die meistbenutzte Redewendung in Drehberichten ist ein lakonisches „Filme drehen heißt für alle Beteiligten vor allem Warten". Dieser Satz ist das einzige Klischee, das bei einem Dreh der Wörtherseefilmproduktion nun wirklich nicht greift. So atemberaubend schnell wird hier produziert, daß man die Drehbücher erst gar nicht „billig" schimpfen muß – sie werden es schon sein. Nach seinem Regiedebüt „Babystrich im Sperrbezirk" hat Retzer eine Menge Massenware für die Firma produziert, die vor Jahrzehnten schon mit Filmen wie „Dirndljagd am Kilimandscharo" Maßstäbe setzte, die vor allem sie selbst bis heute zu unterbieten verstand – Klinik unter Palmen, Schloß am Wörthersee und heuer „Die blaue Kanone". Wepper und Fischer stellen etwas wie Polizisten dar und haben ganz schön dolle Ärger mit Ex-Polizist Fierek und sogar auch Frau Feldbusch. Mit Pistole! Da steht eine Dame hinter einem Auto, Fischer gibt Gas, es rußt ordentlich, weil es ja eine Komödie ist, und dann wird Dennenesch Zoudé hinter das Auto gestellt, und die ist ja, haha, schwarz. Dann fällt Otti Fischer auf Ingrid Steeger, und Fritz Wepper jagt schon mal weiter in den Kulissen der Karl-May-Festspiele. Fierek jovialt hemmungslos in Richtung der „coolen Biker". Auf seiner Gürtelschnalle steht „Have a harley day", und dann setzt er sich inmitten der Horde auf eine Bierbank und sagt so einen Satz wie „a bisserl was geht allderweil, packenmas", und schon fährt der dicke Wolfram mit dem Kleinbus zum nächsten Drehort voraus. Beinahe glaubt man, so ein Film könnte auch direkt live gesendet werden.

Passanten tippeln aufgeregt mit Kleinbildkameras durchs Gewühl, und je jünger sie sind, desto bereitwilliger umarmt Herr Fierek sie zum Erinnerungsfoto. Da schreit Herr Retzer „Ruhe ist, wenn keiner spricht", und dann lachen alle, und er schreit noch mal, und am Ende werden 5 Millionen konstatieren, daß a bisserl was allderweil geht. „Familientreffen ist es und kein Wim Wenders", erläutert Fischer zur Überraschung mancher, man kenne sich, und man möge sich, und – jedem seine Lebenslüge – ihm würden solche Auftritte ein „enormes Publikum" für seine Kabarettprogramme bescheren, und da kriegt das enorme Publikum dann aber was zu hören! Von wegen CSU. Tjaha. Genau, genau, fällt Fierek ein, faßt sich doch wirklich ans Harley-Shirt, ganz rechts, beim Y bzw. wo das Herz drunter schlägt, und ruft das Wort aus: „Herzblut!" Was immer er damit meint, wahrscheinlich das Motorradfahren. Oder das Familientreffen.

Niemand hier bezweifelt den Schwachsinn. „Wir lassen nichts aus“, jubelt Wolfram, und Otto Retzer faßt der Fernsehseiten-Vollschreiberin einer Münchner Tageszeitung gekonnt an die Weichteile – ob man sich noch sehe, später, am Abend. Er pflegt den Mythos des draufgängerischen Emporkömmlings, jaja, fünfzehntes Kind bettelarmer Eltern, nicht so leicht war das alles, kurz nach Kriegsende, Hauptschule, im Sägewerk gearbeitet, von ganz unten hochgeschuftet, unterschlägt aber die zumindest theoretische Möglichkeit, auf diesem rasanten Weg auch von der Existenz sogenannter Manieren gehört zu haben. Mit seiner allzeit Lagerfeuer und Motorrad verheißenden Holzfällerhemdsprache beichtet Fierek leutselig, „in meinem ganzen Leben noch kein Drehbuch gelesen“ zu haben, „I guck rein, wenn I grad mal in der mood bin“. So gerne und oft wird sie kolportiert, daß sicher was dran ist an der Anekdote, nach der Fierek, leicht überfordert mit seiner Nebenrolle in „Kir Royal“, plötzlich nach mehrmaligen Versuchen dem fassungslosen Helmut Dietl stolz den Geistesblitz verkündet haben soll: „Ich weiß jetzt, wie ich mir den Text merken kann – ich lern' ihn einfach auswendig.“ So weit würde er bei Retzer nicht gehen. Der kann sich gerade schon wieder schwarz ärgern. Und alle dachten, das könne nur Dennenesch Zoudé.

Sibylle Berg

Sibylle Berg ist nicht besonders gut gelaunt. Eine Woche lang hat die nicht selten so genannte „Kultautorin“ das Land bereist, um den Journalisten zu erzählen, wieso dies und warum nicht das – das war die sogenannte *Promoreise*, denn Frau Berg hat ein Buch und eine CD zu verkaufen. Titel: „Sex II“. Inhalt: das Leben.

Zuvor hat sie in der Schweiz ein wenig aus dem Werk vorgelesen und jetzt also diese Interviews, Frau Berg hält es im Kopf nicht aus: „Eben war da so ein Junge von einem Radiosender, und der war auch ganz nett, aber zum Schluß drückt er mir eine Kassette in die Hand und sagt, das wäre die Musik, die eigentlich zu meinen Texten paßt, nicht die, die auf meiner CD ist.“ Sicherlich lieb gemeint.

Bestimmt lieber als Bergs Reportagen und Kolumnen in *Allegra* oder *Zeit-Magazin*, denn die sind immer ganz böse. Böse und verzweifelt. So wie die Welt eben ist, da wo Frau Berg sie überprüft: auf einem Tankschiff, bei Franz Bekkenbauer, in Bangladesch und zu Hause. Zu Hause ist es (in ihren Geschichten) am schlimmsten, weil man da nicht nur alleine, sondern auch noch einsam ist. Und zu Hause ist Frau Berg am liebsten. Zu Hause ist da, wo man sich aufhängt, schrieb Franz Dobler mal, und Berg wird sich dann wohl in Zürich aufhängen, das ist ihre Wahlheimat.

1984 war sie aus der DDR ausgereist, per Antrag, Glück hatte sie und „kam in so eine Aufkaufwelle, wo die BRD mal wieder 100 000 Ossis aufgekauft hat“. Und nun wohnt sie also in Zürich, „und wenn die Frist abgelaufen ist, wohne ich für eine Weile in Hamburg, bis ich wieder reindarf". Der Schweizer an sich sei „tierisch gelassen, trinkt gerne Kaffee und läßt einen in Ruhe".

Der Deutsche aber, der läßt Frau Berg nicht in Ruhe, vor allem die schreibenden Geister, die ihre Agentin anrief, die langen zu im Moment – „zur Zeit bin ich dran". Es setzt Verrisse, und zwar flächendeckend.

Da vergißt die sensible Künstlernatur natürlich schnell, daß sie vor Jahresfrist noch für ihren Debüt-Roman „Ein paar Menschen suchen das Glück und lachen sich tot" höchst gelobt worden war – und zwar genauso flächendekkend. Und die unsensiblen Rezensentennaturen haben ihrerseits noch viel schneller vergessen, was sie noch vor kurzem bejubelten, denn es ist identisch mit dem, was sie der Schriftstellerin nun vorhalten. An den Texten jedenfalls hat sich nichts geändert, Bergs Stil ist nur noch ein wenig eigensinniger und vor allem konsequenter im Einhalten der selbstaufgestellten Regeln geworden: eigene Grammatik, kurzes Kommandosprech, staubtrockene Geschosse aus allen Rohren, in alle Richtungen. Innere Monologe mit dem Megaphon, dabei natürlich mit großer Geste verzweifelt. Und sogar auch noch immer mal wieder lustig, diese Protokolle des Scheiterns. Die Helden sind natürlich gar keine, und ob sie nun Tierpfleger, Moderator, Schülerin oder Unternehmensberater sind – ihr Problem ist dasselbe, das Leben selbst und sonst nichts. Das ist natürlich manchmal ein wenig zu laut, kraftmeiernd, auch monoton und simpel sowieso, aber erstens ist das Absicht und zweitens doch ziemlich dicht an der Wahrheit. Das ist ja das Elend, plötzlich fühlen sich allzu viele Leser *verstanden* von ihr, und das hat sie nun davon: „Viele wollen dann auch

Treffen und mit mir reden, weil sie denken, ich verstehe sie; was aber ja Quatsch ist, weil ich ja keinen verstehe." Versteht man.

Viele Schriftsteller waren ausweislich ihrer Klappentexte vor der großen Kunst als „Nachtwächter", „Leichenwäscher" oder (auch immer gerne) Aushilfsirgendwas tätig. Solche Bodenhaftung macht sich immer gut als Antipol zum Elfenbeinturm, und so ist es auch der erste wirklich fröhliche Gesichtsausdruck Sibylle Bergs an diesem Tag, als sie über, ach, damals berichtet, vor dem Schreiben, vor dem Sturm: „Ich habe das ganze Zeug gemacht, das immer in den Stellenanzeigen für Hilfskräfte steht: Servierkraft, Gärtnerin, Köchin. Ich war eine Woche lang tatsächlich Köchin, das war großartig; in einer Berliner Kneipe, Zwiebelsuppe. Da merkte ich, Schälen brennt, ist scheiße, dann habe ich die Zwiebeln einfach mit Schale in den Topf geworfen, gut gewürzt, und dann tierisch begeistert geguckt, wie die Menschen das gegessen haben." Auch schön die Geschichte von den zwei Tagen Lexikon-Verkaufen in der Drückerkolonne: „Ich stand da mit einem Koffer in den Vorgärten und habe mich immer nicht getraut, zu klingeln." Mit einem nur scheinbaren Umweg über die Werbung (denn „Werbung ist eigentlich genauso wie Lastwagenfahren oder Lexika verkaufen") geriet Berg ans Schreiben, vielmehr geriet ihr Schreiben an die Öffentlichkeit, denn sie hatte es schon jahrelang betrieben. Mit einem „Artikelchen hatte ich dann Glück, die *Marie Claire* hat das direkt gekauft, für ziemlich viel Geld, und wollte gleich mehr davon". Und so ist Berg „direkt aus der Werbung rausmarschiert, und seitdem läuft das nun so; wirklich so automatisch, ein bißchen".

Ebenfalls automatisch laufen Bergs Geschichten immer aufs große Gemetzel hinaus: „Ich habe mich da in so einen kleinen Blutrausch reingeschrieben, ist doch klar, daß das Spaß macht.“ Und weil Sibylle Berg ihre Harald-Juhnke-Behauptungen vom Nichtlesen aller Kritiken bloß daherplaudert, grollt die heuer jäh Zurückgewiesene elementar: „Das Schreiben wird wohl auch nicht mein Leben sein, wenn die mich alle weiter so verreißen, dann hänge ich mich ja auf oder erschieße sie alle und komme dann ins Gefängnis.“ Der Blutrausch wieder. „Zuviel Bret Easton Ellis gelesen“, murmeln die einen („die Kritiker“), „junge deutsche Literatur“, jubilieren die anderen, im Moment alleiniglich der Verlag, der um das Buch eine Reihe positioniert, die „lesart“ heißt, was ein tolles Wortspiel ist. Lesart. Lesekunst. Les arts. Heißahussa, Werbung ist wie Lastwagenfahren, da hat Frau Berg schon recht. Und Journalismus eigentlich auch. Nach einer Woche dadaistischer Promotion-Gespräche hat Frau Berg nun wirklich genug davon: „Journalist, was ist jetzt das?“ fragt sie indigniert und antwortet praktischerweise gleich selbst: „Das sind doch alles nur verkleidete Straßenbauarbeiter.“ Und damit nun niemand denkt, dies glaube sie erst, seit die Stimmung einhellig umgeschlagen ist von hui nach pfui, entkräftet sie auch flugs die Lobreden der Vergangenheit: „Ach, Kult und Hype – das ist doch ausgedachte Scheiße, die gar nichts meint.“ Aber beleidigt ist sie schon, wenn ihr wildfremde Menschen („die da ständig irgendeine Intimität herstellen wollen und einen dann doch bloß wieder verreißen“) am Ende eines plänkelnden Gesprächs mitteilen, „wie ich es eigentlich machen muß“. Oder ihr Kassetten in die Hand drücken. Und so ist es vollkommen stimmig, daß sie auf ihrer CD zwischen Textsprengseln ausgerechnet das düster-lodernde Kabarett Rammstein erklingen läßt, das ja auch notorisch blindlings verurteilt wird: „Von ihrer Musik her und wie sie verrissen werden, sind sie mir sympathisch." Schulterschluß der Falschverstandenen? Ja, gewiß: „Weil es so bierernsten Kritikern zu laut ist, zu heftig, muß es ja irgendwie Nazi sein oder was anderes Schlimmes – das scheißt mich halt an." Für all die Kritik ist Frau Berg viel zu sensibel: Da werfen ihr „diese Typen" ständig vor, ihre Bücher hätten viel zu viele Figuren, die sich viel zu wenig voneinander unterschieden, schon behauptet sie nachgebend bis vollgenervt: „Irgendwelche Personen muß es ja geben. Als nächstes mache ich ein Buch über Tiere – da hat es dann keine mehr." Diese Journalisten. Doch verkleidet sich Frau Berg bei aller Geringschätzung für diesen Berufsstand ja zuweilen selbst als Straßenbauarbeiterin: In den Frauenmagazinen, die den Diät- und Orangenhaut-Terror aussäen, in dessen Messer ihre Romanfiguren laufen, sind immer mal wieder großartige Reportagen von ihr zu lesen. Die seien für sie die einzige wirksame Methode, „meinen Arsch hochzukriegen". Also hoch den Arsch und hin zu den Ärschen, andernfalls fahre sie „doch lieber nach Italien und esse was Schönes". Ohne Fleisch natürlich. Essen ist ohnehin ein Problem, das ist in den Büchern so, das scheint bei der Autorin so – und da haken die Journalisten ein, wollen die Kindheit klären, wo kommt der Haß her, wo die Brutalität, was ist mit den Eltern? „Das geht ja nun mal keinen was an", serviert Frau Berg ab.

Es gibt zwei Thesen, die Frau Berg anhängen. Erstens: Sie *spielt* verrückt. Zweitens: Sie *ist* verrückt. Drittens muß man sagen: Das ist ja egal. Aus lauter Angst vor Erwartungen zerdeppert sie am liebsten gleich alles. Lockte auf dem Umschlag des ersten Buches noch ein ansehnliches Foto der Autorin, hingegossen auf ein Bett, mit Zigarette und aufwendigen Frisuraufbauten, so glubscht sie einem aus „Sex II" nun grobgerastert eher als Christiane F. denn als „Kaufargument" entgegen. Daß es ganz bestimmt „auch noch böser geht", wollte sie damit zeigen, klar, und außerdem sei schlicht die Druckqualität schlechter als gedacht, und „bunte Bilder waren halt zu teuer". Aha. Trotzdem ist „Sex II" ein grandioser Titel, zumal für ein Buch, in dem es vollends morbid um nichts als die Abwesenheit von Sex geht. Sibylle Berg schwärmt für Pornokinos, die hätten so schöne Namen, erst neulich habe sie eins gesehen, das hieß „Sperma Casino". Und dazu lacht sie scheppernd.

Die Lesungen waren nicht das erhoffte Heimspiel, da gab es – wie manchmal bei ihr – ein Humorproblem. Sie wollte während der Lesung den „Mister Zürich" wählen lassen, und da hätten dann viele irritiert den Saal verlassen, und eine Züricher Zeitung nannte sie anderntags „die Verona Feldbusch der Kolumne", berichtet sie kleinlaut. „Ich glaube nicht, daß es mein Hobby wird", zieht sie sich pikiert mit Sandkastenlogik zurück – wenn die nicht mit mir spielen wollen, dann spiele ich auch nicht mit denen, basta. Aber eine große Tournee plant sie trotzdem. Obwohl die schon in zwei Monaten stattfinden soll, klingen die diesbezüglichen nebulösen Ausführungen wie das Brainstorming einer rückwärtsgewandten Wohngemeinschaft darüber, wo es denn im Sommer mit dem VW-Bus nun hingehen soll, ohne dabei Interessen und Befindlichkeiten irgendeiner Minderheit zu ignorieren. Das Wort „irgendwie" fällt oft.

Irgendwie sollen (vielleicht!) Autos von Zuschauern (oder Laiendarstellern?) zertrümmert werden. Hm. Mit vollem Mund spricht die Begleitung mal lieber gleich von „keiner Lesung, sondern einer Performance!"

In ihrem ersten Buch dankte Berg dem Leser für die mit dem Buchkauf erfolgte Finanzierung eines Steins „für mein zukünftiges Haus im Tessin". Jetzt hat sie das mal nachgerechnet, und es dauert wohl noch ein bißchen, denn „wenn 1 Stein 1 Franken kostet, dann braucht man ungefähr 450 000 Steine". Dann aber hätte sie ein Haus, und das würde sie auch bloß noch zum Schwimmen im Swimmingpool verlassen. Der Swimmingpool ist unerläßlich, das stellt sie sich dann *irgendwie* so vor: „Dichterschweiß fließt mir überall runter und dann aber mal schnell in den Swimmingpool. Und wie doof, wenn da keiner ist. Springst dann aus dem Fenster, erster Stock – und Scheiße, oder?"

Die Wolkenkuckucksuhr läuft.

97

Antiquariatskunde

Manche Leute kaufen nie etwas gebraucht, weil sie glauben, daß solche Sachen immer stinken und, falls überhaupt noch intakt, schon bald unbrauchbar sein werden. Gewiß ist es nicht zu empfehlen, zum Beispiel ein Auto gebraucht zu kaufen, wenn man nichts von Autos versteht. Denn der äußere Erhaltungszustand („super in Schuß!") verrät wenig bis gar nichts über all die vertrackten, durch Abnutzung und Bedienungsfehler herbeigeführten inneren Verletzungen. Ein Blick unter die Kühlerhaube ist auf jeden Fall eine gute Geste, nur sollte der Kaufinteressent unbedingt auch wissen, was genau er dort sucht.

Geringer ist das Risiko im geisteswissenschaftlichen Bereich: Büchern und Platten sieht man schnell an, ob sie zur Weiterverwendung ästhetisch in Frage kommen, ob noch alle Seiten drin sind, ob die Kratzer im tolerablen Bereich liegen. Inhaltlich, also quasi unter der Kühlerhaube des Kulturguts, ist die Bewertung schon schwieriger, wegen des in der Regel niedrigen Preises aber kann man auch mal ein Experiment wagen. Kauft man CDs und Bücher immer first, nie second hand, schreibt der monatliche Etat einem kleingeistige Scheuklappenauswahl vor. Abseitiges kommt nicht in Frage, und man wird immer langweiliger, und am Ende rennt einem die Freundin weg! Bloß, weil man immer nur das gekauft hat, auf das man schon monatelang gewartet hatte oder was durch eingehende Prüfung und vielfache Empfehlung ein sehr überschaubares Fehlgriffsrisiko darstellt.

Selbst empfindliche Vinylplatten kann man gebraucht und damit günstig kaufen, die wenigen Kratzer und Knisterauslöser hätte man selbst auch irgendwann verschuldet, und sowieso scheinen alle Menschen mit Vinyl-Beständen überaus sorgsam mit dem sensiblen Tonträger umzugehen.

Neben dem erfreulichen Preis-Leistungsverhältnis und der durch beständig wachsendes Repertoire bewirkten Weiterbildung ist an gebrauchten Tonträgern und Büchern nicht nur die Geschichte, die der Interpret oder Autor ihnen zugrunde legte, sondern vielmehr auch die, die der Vorbesitzer durch Gebrauch hinzufügte, interessant. In antiquarisch erworbenen Büchern etwa finden sich oftmals persönliche Widmungen. Oft schenken Männer Frauen ein Buch, weil sie angeben wollen. Andere wollen Freunde missionieren oder Lebenshilfe geben. Ganz selten werden Bücher danach ausgesucht, ob sie den Empfänger brennend interessieren, Hauptmotiv ist vielmehr der eigene Geschmack. Man schenkt sich die Bücher also genaugenommen selbst, meistens besitzt man sie auch selbst. Und damit die beschenkte Person für alle Zeit das geistreiche Werk mit dem (nicht minder geistreichen!) Buchauswähler in Verbindung bringt, schreibt man vorne eine Widmung hinein. Je länger die Beziehung zum Zeitpunkt der Buchschenkung andauert, auch je verfahrener sie ist, desto länger fallen die Widmungen aus. Oft fragt man sich, ob die Leute denn kein Briefpapier besitzen.

Doch auch sich selbst schreiben Menschen manches ins Buch: Menschen, die bestimmt auch T-Shirts bügeln oder während des Urlaubs ihr Telefon abmelden, versehen ihre Besitztümer nur allzu gerne mit Kaufdatum und einer Archivnummer.

Antiquarisch Erworbenes gibt detailliert Aufschluß über Gewohnheiten & Eigenheiten der Akteure vergangener Epochen. So war es offenbar während der 80er Jahre unter männlichen Teenagern guter Brauch, mit Kugelschreiber etwas krakelig Vor- und Nachnamen auf LP-Hüllen (oft zusätzlich noch auf den Labeletiketten!) zu vermerken. Falls mal was wegkommt. Mädchen dagegen verwendeten lieber komplette Adreßaufkleber in glitzerrot, glitzerblau, glitzergrün oder gleich gold. So konnte man anrufen, falls man eine Modern-Talking- oder Madonna-LP im Wald fand. DJs aus eher ländlicher Region verunzierten vor allem Singles durch Aufkleber mit stark komprimierten Zusammenfassungen wie „Hart und geil" oder „Erst soft, geht dann aber ab". Später verramschten sie ihre Platten und texten heute Telefonsexanzeigen. Diese Konnotationen sind keine Wertminderer, sondern wichtige Zeitzeugenaussagen, die dem Antiquariatsbefürworter die Auswahl und historische Einordnung erleichtern. Zwar ist es nahezu unmöglich, ein La-Boum-Vinyl ohne Cola- (Bacardi-Cola wohl!) oder Bierflecken, manchmal sogar Brandspuren, zu finden, aber so war das nun mal, und alles andere ist zumeist gepflegt oder kostet nur 2 Mark, und dann ist es ja sowieso egal.

Da nun diese Dinge so günstig und die Händler zwar oft freundlich, aber ganz bestimmt auch Geschäftsleute sind, ist zu überlegen, welche Motive den Vorbesitzer zum Verkauf des Objekts bewogen – das Geld kann es nicht gewesen sein. Bei Büchern ist eine todesfallbedingte Haushaltsauflösung oder Erblindung des Besitzers oft der Grund für den Ausverkauf. Aber man hofft und man weiß ja, daß gar nicht alle Besitzer von zum Beispiel Pet-Shop-Boys-Maxis schon gestorben sind. Trotzdem sind sie in großer Zahl im Angebot. Wirklich eklatante finanzielle Not oder aber auch geschmackliche Umorientierung sind eine Erklärung. Geschenkte Bücher werden oftmals verkauft, wenn die Beziehung – trotz innigster Beteuerungen auf Seite 3 – dem Gang der Dinge zum Opfer fiel. Denn nicht alles kann man verbrennen, und warum nicht noch ein bißchen Geld verdienen, wenn die Sau schon weg ist?

Wünscht man sich bei 2nd-hand-Kleidung möglichst wenig Querverweise zum Vorbesitzer (Gerüche, Flecken, Löcher!), so sind Spuren, Hinweise und Kommentare auf antiquarischen Kulturgütern so spannend wie hilfreich: Manche Menschen notieren am Seitenrand hilfreiche Bezüge oder unterstreichen ganze Passagen, und dann kann man rätseln, ob das nun aus Unverständnis oder Begeisterung geschah. Nicht selten werden auch praktischerweise Fremdwörter via Fußnote entlarvt. Ein großer Glücksfall ist es, wenn Menschen ihre Lesezeichen hinterlassen: Fahrkarten, Zeitungsausschnitte oder Fotos erweitern das „Kino im Kopf" zum interaktiven 3D-Spektakel. Auch genügt ein Kennerblick auf ein gebrauchtes Buch, und man weiß, bis wohin – oder ob überhaupt – der Vorbesitzer es für lesenswert hielt. Zumindest gebundene Bücher sind da unbestechlich: Wenn die Seiten des aufgeklappten Buches sich aus der Horizontalen erheben, war der Besitzer faul oder das Buch schlecht. Aber man kann die Investition trotzdem wagen, es kostet ja nicht die Welt.

Ilona Christen

Nachdem es ungefähr vier Jahre lang bequatscht, begutachtet und seziert wurde (also „durch" ist), ist das Thema nun auch ein Fall für Ilona Christen: das angebliche Schlagerrevival, Schlaghosen, Koteletten, toupierte Haare. Da mein Name verschiedentlich in einer Fachzeitschrift von und für Rockisten zu lesen war, bin ich für Frau Christens Redaktion automatisch ein „Experte", was mich zunächst verwundert und besorgt. Aber Kompetenz scheint hier keine Expertenvoraussetzung. Am Telefon erfahre ich, daß ich nun also erbitterter Schlagergegner bin – für eine Stunde, „also netto so 46 Minuten". Und weil das brutto so 250 willkommene Mark bringt, geht das in Ordnung. Natürlich kann man auch gleich auf den Strich gehen, werde ich später denken.

Aber erst mal ganz niedlich: Denen werde ich's zeigen, alles kaputtmachen, ordentlich sabotieren und ganz schön gewitzt dastehen. Die 250 Mark habe ich gekriegt, vorher. Der Rest war dann aber Hitze, Demütigung und Verdunklungsgefahr fürs Gemüt. „Der Schlager lebt" heißt das „provokative" (Christen) Thema der Sendung, aufs Podium geladen sind Jürgen Drews, Guildo Horn, Michael Holm und andere Geronten. Der „Aufenthaltsraum" füllt sich, wie die alle so heißen, kann man nur raten. Das kommt gar nicht gut an: Mein freundliches „Hallo, Gottlieb Wendehals" verärgert Michael Holm so, daß er in der Sendung zu mir sagen wird „ich habe jetzt den Namen gar nicht behalten", woraufhin ich „Michael Holm" rufe, und dann ist alles ganz durcheinander. Kurz vor der Sendung geht die Redakteurin noch mal meine Antworten mit mir durch und mit den anderen auch.

Und nun krabbeln sie aus der Kulisse, vollführen Reigen zum Vollplayback und reden über ihren großen Erfolg. Das Expertenteam (wir, ich!) sitzt in der ersten Reihe und schwitzt. Neben mir sitzt Stefan, der „Schlager-Fan", der Zettel mit Notizen dabeihat, aber nicht mal Peggy March kennt. Auch Frank oder so, der ziemlich untalentierte „Rapper", reduziert mein Minderwertigkeitsgefühl ob des mir unterstellten Expertentums. Teddy Hörsch von Viva knurrt dauernd „Scheiße" und „ist das warm", und er hat recht.

Die Ilona („Ilona und Sie, so machen wir das immer, ist das ok?") spielt mir einen Ball zu: Schlager sei ja wohl nicht so mein Ding. Nein, sage ich, ist nicht mein Ding, Sie, Ilona. Weil von den Herren Horn und Holm schon innerhalb weniger Minuten so viele Lügen angehäuft wurden, bin ich leider gar nicht mehr so entspannt wie erhofft und will nun doch mal in der Sache, das aber klappt selbstverständlich überhaupt nicht, ganz blöde Idee, ich rede irgendwas daher, was reicht, Herrn Holm erneut zu verärgern und seinen mäandernden Redefluß vom Humor zum Weltkrieg und sogar zum Niveau zu verleiten. Daß eine nachmittägliche Talksendung der denkbar schlechteste Ort ist, um über Niveau und „Banalität" (Christen, ausgerechnet) zu plaudern, ist eine erneut unbeliebte These von mir, und hier solches zu reden, ist ja auch wirklich schlimm albern, und das Monster hinter mir brüllt mir ins Ohr, daß man meinen „ganzen Scheiß" ohnehin „rausschneiden" werde. Ich hoffe, daß man vielleicht wirklich alles rausschneidet, nur die 250 Mark (Vorkasse!) nicht. Das Publikum möchte mich eigentlich jetzt schon gerne aufessen, aber da kommt Jürgen Drews und singt sein Lied über dieses fucking Bett und – küßt mich auf den Kopf. Ich kann nichts tun. Es ist heiß, und wir werden nachgetupft. Ilona Christen findet Schlager auch ganz schön gut, ich aber ja laut Drehbuch nicht, und langsam reicht es mal mit der Denunziation. Also bringe ich zur Sprache, daß alles ja nur Fernsehen sei und nach Verabredung laufe, und da ist es dann ganz still. Vielleicht kann man das ja auch rausschneiden.

Natürlich schimpft man mich nun „Pseudokritiker". Wogegen nichts zu sagen ist, wurde ich doch als solcher verpflichtet; aus Gründen der Eitelkeit verweise ich auf das Pseudosingen, also Playback, und denke bloß noch an das eine: das Rausschneiden. Rausgehen wäre auch gut, aber das Kabel geht nicht ab. Mir fehle es an Menschlichkeit und Toleranz, höre ich. Und ich sei, der beste Talkshowvorwurf überhaupt, „total subjektiv". Herr Drews raunzt in der Werbepause seinem Schlagertrupp zu, daß es ohne mich aber auch langweilig und alles nur showbusiness wäre. Ja, aber die Menschlichkeit, sagt Michael Holm, und da klatsche ich, denn alles will ich sein – nur nicht der Freund von Jürgen Drews. Aber kaum ist der Werbeblock eingepaßt, nennt mich Korndrews einen „ganz armen Kerl", und das ist ja auch so. Den Herrn Holm bewundere ich nun wortreich für sein Lebenswerk und seine Lackschuhe, jedoch mein „Unterton allein" geht schon mal wieder gar nicht, was das Publikum gerne bestätigt.

Dann gibt es noch Ärger mit dem Udo-Jürgens-Fanclub, eine Dame knickst, kratzt keifend die ihr zur Verfügung stehende Rhetorik zusammen, und weil das so schön frech ist, trampeln wieder alle. Sowieso trampeln alle nur noch. Ich klatsche, schwitze, lobe Udo Jürgens, und Peggy March sagt den süßen Satz: „Ich hatte sehr viel Glück in meinem Platten-Leben.“ Leichtsinnig lasse ich mich auf eine Verkaufszahlendiskussion ein, und Jürgen Drews („IM Kornfeld“) darf von einem großen Erfolg 1989 erzählen, womit in den Augen von Frau Christen und dem johlenden Wischmob sein gegenwärtiger Mega-Erfolg belegt ist. Ich sage jetzt mal lieber gar nichts mehr, klatsche einfach nur noch hirnweich, wenn sie auf mich eindreschen, das zumindest irritiert. Die Menschlichkeit, yeah, und Applaus, ich klatsche, und bald ist alles vorbei.

Hinterher kumpelt mich Jürgen Drews an. Und da kann man nur zurückkumpeln, und ich sage: „Ey, Jürgen, alter Profi.“ Und dann zwinkert und lacht er und sagt „dito“. Er sagt wirklich „dito“. Vor der Tür kotzt jemand. Was ja jetzt ein super ausgedachter Schluß wäre, aber es ist tatsächlich so: Draußen kotzt jemand. Dito.

Jörg Fauser

Zum zehnten Todestag

Ten years after – da darf das alte Lied vom Rotlichtpoeten, vom Junkie und Trinker, vom Cut-up-Epigonen, E- und U-Gipfelstürmer, Song- und Schneemannschreiber mal wieder aus Leibeskräften gesungen werden, die alte Leier vom deutschen Bukowski, vom deutschen Verfasser amerikanischster Kriminalromane. Und dann wird erzählt, wie er – fast wie in einer seiner Geschichten – an seinem 43. Geburtstag, nach selbstredend feuchtfröhlichem Feiern, im – logisch – Morgengrauen überfahren wurde, draußen vor der Stadt. Feucht und fröhlich allerdings ist eine Assoziation, die nur Gelegenheitstrinkern einfallen kann. Fauser war diesbezüglich Profi – nicht fröhlich also.

Wenn jemand tot ist, ist er schnell ein Mythos. 1987: Die Nachrufer kübeln Pathos. Die Vernünftigen übertreiben ein bißchen, manche sehen gleich ganz schwarz für die Gegenwartsliteratur. Fauser konnte für sich zumindest eines reklamieren: Er wurde gelesen. Verstanden gewiß nicht immer. Zwar bezog er deutlich Stellung aus einer Ecke und einem Milieu, eben von dort, wo er sich auskannte – den vielzitierten Bars, Spelunken, Hinterhöfen und Stehausschänken: Orte, die Klischees anlocken wie Scheiße die Fliegen. Aber wenn er über die Menschen dort schrieb, ging es ihm nicht darum, ihr Außenseitertum abzuhandeln. Er sah in ihnen Durchschnittsexistenzen, deren Dasein „man vielleicht als FAZ-Leser als Außenseitertum betrachten kann, aber für meinen Geschmack nicht“. Was zunächst wie beliebige Polemik erscheint, verifizierte sich im FAZ-Nachruf aufs schönste: „Geschichten aus den unwirtlichen Winkeln, dem zwielichtigen Untergrund unserer Gesellschaft" wurden ihm dort wohlmeinend unterstellt. Seine Figuren hätten „alle den Anschluß an die große Welt versäumt und es noch nicht gemerkt". Was aber ist die große Welt? Und was ist dann die kleine?

Wie einfach war es doch, Fauser als den Gossenpoeten mit besonderem Unterhaltungswert fürs Bürgertum abzuheften. So konnte es passieren, daß die Rezensenten nebenbei mal kurz Kokain und Heroin verwechselten, nicht wissend, daß Fauser genau das ausmachte: Der Selbstversuch ging bei ihm an allerlei Grenzen, seine Recherchen hätten einen solchen krimigewöhnlichen Lapsus niemals durchgehen lassen. 5 Kilo Koks und 5 Kilo Heroin sind schon ein Unterschied, das ist nicht einfach nur Lieschen Müllers Währung für Wahnsinn und jede Menge Ärger. Es legt darüber hinaus manche Koordinate fest – Rauschamplitude und -Intention, Kontaktpersonen und Ort der Handlung. Den Nachrufern war's egal: Unser Bukowski, irgendwie bedröhnt, erlebter Untergrund, Dreck.

Vornehmlich Männer schrieben über Fauser, und er schrieb nur über Männer – das Wasser bis zum Hals, das Glas in der Hand und die Bank im Nacken. „Das ist die einzige Welt, die ich kenne", erklärte er einmal, warum seine Frauenrollen nur als Reflektoren zur genaueren Definition der männlichen Charaktere taugen.

Im autobiographischen „Rohstoff" schrieb er Letztgültiges zu Motivation und Drama des Schreibenden. Früh schon sei ihm klar gewesen, daß der Beruf des Schriftstellers „der einzige war, in dem ich meine Apathie ausleben und vielleicht dennoch aus meinem Leben etwas machen konnte". Aber es war sein Dilemma, schreiben zu wollen, weil er gebannt war von der Kraft seiner Vorbilder: „Allerdings waren die guten Bücher schon alle geschrieben, sie standen in Buchhandlungen oder den eigenen Regalen, und so geriet ich zwangsläufig unter den Einfluß solcher Lebenskünstler wie Henry Miller oder Kerouac." Mit allen Konsequenzen. Rauschmittel jedweder Art dienten ihm zunächst zur Flucht, später zur Fortbewegung, dann zu kontrollierten Ausflügen – also die klassische Drogenkarriere: „Wer das braucht, kann nicht sehr gut sein." Schreiben mußte man auch ohne können. Man mußte ohnehin.

Fauser hatte sich Bukowskis lakonische Definition gut gemerkt: „Du entscheidest dich nicht für diesen Beruf – es ist genau umgekehrt." Da lagen die Würfel und die Scherben, und los ging's. Da waren der Ärger, der Schwachsinn, die Frauen, die Drogen (die Revolution nicht so recht) und die Vorbilder: Fausers Frühwerk ist weder eigenständig, woher auch, noch besonders clever kopiert, jeder Satz geprägt vom bemühten Versuchen, vom Nacheifern. Machen heißt zunächst immer nachmachen, die Kunst besteht dann im weitermachen, besser werden, und Fausers Devise führte über rauhe Bahn: „Die Technik kam dann schon, wenn man es nur ernsthaft genug mit dem Schreiben versuchte."

Ernsthaft schreiben hieß für ihn auch, bedingungslos alle Fehler seiner Götter zu wiederholen – learning by dying, beinahe. Vorbilder im eigenen Land waren rar, die tonangebende Gruppe 47 fand Fauser „nicht innovativ" und damit wertlos. „Unser Lebensgefühl war von Amerika geprägt", heißt es in einem für Fauser untypisch sentimentalen Those-were-the-days-Bericht. Doch war dies Amerika zunächst rein hypothetisch: eine Projektion, genährt aus dem Werk der Beatniks und ein schlichter Gegenentwurf zur drögen Heimat. Die lernte Fauser vor allem im unwirtlichen Frankfurt kennen und verstehen: „Wenn schon alles zum Kotzen war, hier zeigte man wenigstens offen, welche Kotze zählte."

Ein Stadtmensch allenthalben. In „Rohstoff" kokettiert Fauser nicht übermäßig beim Loblied auf die Großstadt: „Kaum ein halber Tag auf dem Land, und schon hatte man Sehnsucht nach den Gleisen, den Stellwerken, dem Togal-Schild über den abgestellten Zügen, (...) dem Gesicht der Masse, in der man verschwinden konnte, um sein eigenes Gesicht zu wahren." Dann gehen Fauser und sein Held eine Rindswurst essen. So war das. Später reicht das Geld nicht für die Zeche. „Mit einer Boutique verdient man sicher besser. Aber ich wollte immer schreiben. Und wenn man's dann allmählich in den Griff bekommt, weiß man, warum man es macht." Und vor allem wie. Das Klischee vom einsamen, eigenbrötlerischen Dichter erzürnte Fauser immer. „Teilhabe an der Welt, das ist schon schöner", befand er sarkastisch. Als ob es da eine Alternative gäbe. Schreiben hat vernünftigerweise im Kämmerlein stattzufinden, aber drum herum ruft das Leben – und Fauser brüllte zurück. Doch ohne Ruhe beim Reagieren und Verarbeiten ging's nicht: „und du bist nicht da/und wenn du da wärst/könnte ich das nicht/schreiben."

Daß pointenlos ausgerechnet ein Lkw das beendete, was Fauser recht moralisch nicht nur als bloßes Durchkommen, sondern auch als das „Einhalten bestimmter Spielregeln" verstand, paßt ins Bild. Suff und Junk und Land haben eifrig an ihm gezerrt, und dann kam der Lkw. Einfach so. Wumms. Sein gern zitierter „großer Bang mit allen Stempeln“ war das sicher nicht.

Es ist natürlich die Frage, wie und ob man einen Todestag begeht. Man kann pathetisch ein Glas erheben oder besser gleich eine Flasche. „Der eine verträgt einen Löffel Rohopium, und der andere fällt um, wenn er gegen Pocken geimpft wird“, hat William S. Burroughs zu Fauser gesagt. Angeblich.

Focus vs. Spiegel

Helmut Markwort sinkt schon nach acht Spielminuten zu Boden und raunt: „Das Team ist die Mannschaft", während Stefan vom *Spiegel* nach dem Halbzeit-Tee mit Rum ins Seitenaus torkelt – mit einer Fahne nicht gerade in den Vereinsfarben. Hatte man gehofft. Doch wie immer war das Leben langweiliger als die Vorstellung davon, als *Spiegel* und *Focus* am Hamburger Millerntor ausnahmsweise mal nicht um Marktanteile, sondern einen Ball kämpften. Waren doch beide Teams schon im Vorfeld darauf bedacht, etwaige Unstimmigkeiten als „total konstruiert" dastehen zu lassen. Statt sie immer nur selbst zu sein, konnte man hier endlich mal die „doofe Presse" geißeln.

Samstag ist Orkustag: Da geht es um Sport und um Mannsein, um nichts sonst. Flanken, flanken, flanken und immer an das Leder denken. Das Hinspiel in München war 2:2 ausgegangen, hinterher hatte man sich auf dem Oktoberfest verbrüdert. Auch diesmal mühten sich nicht prominente Redakteure – gut trainierte Leserbriefseitenvolontäre schienen nominiert worden zu sein. Keine Spur von Aust, keine Lache von Helmut Markwort.

Focus in blauen Trikots, der *Spiegel* in Schwarz-Rot und, natürlich, haha, von links nach rechts beginnend. 20 000 Nachwuchskabarettisten hätten sich hier in jeder Beziehung gratis für spätere Bühnenprogramme in Kulturfabriken aufwärmen können, naheliegende, tieffliegende Wortspielzüge aus den Rohstoffen halblinks, rechtsaußen, politisches Abseits, rote Karte, gelb-rot und Doris Köpfs

Eignung als Manndeckerin hätten Schenkelschlagen in noch so mancher Generation parteiübergreifender Sozialdemokraten auszulösen vermocht. Statt dessen aber nur die distinguiert sich sonnende Hamburger Schnöselgegengerade hüben und der debil dauerskandierende *Focus*-Block drüben.

Obwohl als Gastmannschaft angetreten, hatte sich *Focus* ein stimmstarkes Häuflein laut krakeelender Anhänger mitgebracht. Die eigene Geschichte auf den Arm, auf die Schippe und die leichte Schulter nehmend, hielten sie tapfer ein „Kicken Kicken Kicken"-Transparent in die Höhe. Obszöne Hostessen verteilten derweil viel zu viele Rasseln für die überschaubare Zahl des *Focus*-Gefolges, geschlossen in T-Shirts gezwängt, auf denen Gehirntraining und Muskelkater in einen pointenfreien Zusammenhang gerückt wurden.

Focus und *Spiegel* präsentierten sich an diesem Nachmittag als zwei deprimierend kampfunlustige Journale, die den Gegner so lange in Ruhe lassen, wie dieser eben dies tut. Satt und männerbündlerisch wird koexistiert. Auf einer natürlich gemeinsam gemieteten Bande war zu lesen: „Tore, Themen, Tatsachen". Oder so. Vielleicht stand da auch Titel, Thesen, Temperamente oder Tic Tac Toe, ist ja auch egal. Wie so manches – Kohl der ewige Kanzler, wir die ewig und nur im Scherze uns balgenden Nachrichtenmagazine. Zwar obsiegte man *Focus*-seitens auf dem Spielfeld, die höhere Auflage habe aber ja wohl immer noch der *Spiegel*. Ach, kontert da ein schwitzender *Focus*-Mann (Journalist wohl), dafür habe man mehr Abonnenten. Und das *Spiegel*-Hochhaus hat vielleicht mehr Aufzüge als der *Focus*-Bunker oder mehr Anzüge. Auf jeden Fall hat *Focus* mehr Rasseln, was immer das bedeuten mag, und damit zurück aufs Spielfeld.

Natürlich fielen auch Tore. So professionell ausgestattet *Focus* angereist war, so vergleichsweise passabel spielten sie auch. Der leicht dickliche *Spiegel*-Torwart ließ dauernd Bälle runterrutschen, und irgendwann stand es schon 3:2 für die Münchner.

Helmut Markwort, die Speerspitze des neuen deutschen Antisemantismus, hatte seine Kurzsatztruppe perfekt eingeschworen: kurze Bälle, keine Nebenpässe, flach schreiben, hoch gewinnen.

Nach 75 lähmenden Minuten sprangen schließlich vier zu manchem entschlossene Spieler in *stern*-Shirts aufs Spielfeld, schnappten sich den Ball, droschen ihn zwischen des dicken *Spiegel*-Keepers Gebälk und verließen umgehend wieder das Spielfeld. Daß sie für diesen wohltuend destruktiven Akt vom Küppersbuschschen *Privatfernsehen* geheuert wurden, minderte die Würde dieses hübschen Intermezzos kaum. Hier war sowieso alles egal. Und weil Männer Fußball spielen und Fußball SIND, weil Männer auch Bier spielen und SIND – deshalb gab es hernach noch ein dröges „Spanferkelessen“ auf der Kirmes.

Und weil Uwe Seeler so aussieht wie ein Fußball (und IST), muß er immer mittun, wenn Kameras und Fußball in Hamburg einander bedingen. Und der Herr Seeler sagte dann mal, daß er sagt, daß der Sportteil im *Spiegel* zwar kurz sei, aber in der Kürze könne ja auch die Würze und so weiter. Und Fußball sei „gut für den Geist, damit die Artikel in den Zeitungen dann sehr gut werden“. In Deutschland ist Platz für zwei Nachrichtenmagazine, da kann man ganz sicher sein. Uwe Seelers Frau hat’s nachgerechnet.

DIE deutsche Band

Die Fachpresse ist sich einig: Kaum eine Band hat in der letzten Zeit die Geister derart geschieden. Ihr Name ist Programm. Den Mannen um den energiegeladenen Frontmann Brooklyn dürfte mit der neuen Scheibe der endgültige Durchbruch gelingen. 12 Pop-Perlen finden sich auf dem Silberling, brodelnder Groove, bretternde Riffs und wabernde Synthie-Schwaden kommen wuchtig aus den Boxen. Rock vom Feinsten. Bei den Texten lohnt es sich, zweimal hinzuhören. Von bissig-ironisch bis schwärmerisch-naiv ist alles vertreten. Und auch optisch machen die drei was her. Die etwas arg kommerzielle Single ist keineswegs repräsentativ für die grandiose Langrille, die strekkenweise sogar ziemlich kantig, schräg und versponnen rüberkommt. Der Charme liegt vor allem in den teilweise ungestümen Arrangements, live bevorzugt die Combo dann durchaus die etwas härtere Gangart: Im Retro-Look, aber musikalisch voll auf Ballhöhe. Live sind sie der Hammer, magische Bühnenpräsenz ist ihr zweiter Vorname, man darf gespannt sein, Hingehen lohnt sich, der neue Longplayer, den sie im Gepäck haben und der seit Montag in den Regalen steht, ist Pflicht. Denn: Natürlich erfinden sie das Rad nicht neu, trotzdem hat das Ganze durchaus was Eigenes.

Stefan, Riffi & Brooklyn erzählen mal

Warum singt Ihr deutsch?

Stefan: Weil das unsere Muttersprache ist, und darin können wir uns am besten artikulieren. In den 80ern galt es mal zeitweise als uncool, wenn man nicht englisch gesungen hat. Das haben wir immer anders gesehen. Heute ist es plötzlich hip, deutsch zu texten, und da können wir nur sagen: Yo.

Brooklyn: Viele deutsche Texte finde ich allerdings viel zu kopflastig, ich meine, ein Song ist immer nur ein Song, das sollte nicht so sozialkundemäßig rüberkommen. Es ist allerdings cool, daß man jetzt nicht mehr in die rechte Ecke gestellt wird, wenn man deutsche Texte macht.

Stefan: Korrekt. Die Deutschen haben eben ein sehr schizophrenes Verhältnis zu ihrer Nationalität. Das ist halt auch geschichtlich begründet. Und die Medien haben speziell in Deutschland ein unheimliches Problem mit Stars aus dem eigenen Land, das ist doch super hirnig: Erst schreiben sie dich hoch, und dann kippt das, ob das nun Biolek ist, Tic Tac Toe oder Gerhard Schröder – dann finden sie plötzlich alle ein Haar in der Suppe.

Riffi: Die Amis oder Briten haben da einen anderen Patriotismus, das ist unverkrampfter.

Deshalb sind englische Texte bei englischen Bands auch normaler.

Stefan: Ja sicher. Bei englischen Texten von deutschen Bands wird es halt auch schnell peinlich. Viel mehr als „I love you" geht doch da meistens nicht.

Riffi: Gut, das haben die Beatles auch gesungen. Da sagt keiner, das ist banal.

Stefan: Aber da hattest du halt auch noch komplexe Kompositionen und Lennons schräge Metaphern. Das war Ur-Pop. Aber sicherlich rührt das unverkrampfte Verhältnis der Deutschen zu englischen Texten auch daher, daß sie viele englische Texte gar nicht verstehen.

Stilistisch kann man euch nur schwerlich auf einen Nenner bringen, das ist ja schon eine Art Crossover.

Brooklyn: Das ist ja immer der beliebte Journalistensport, aber wir passen partout in keine Schublade. Das hörst du ja auch an unserem neuen Longplayer, da haben wir uns einfach als Band auch enorm weiterentwickelt, da gibt es unglaublich viele Einflüsse, Facetten, Blicke über den Tellerrand. Wir hören uns auch sehr viel verschiedene Musik an, da sind wir in keinster Weise irgendwie engstirnig.

Riffi: Wir würden auch Remixe machen lassen, ja, wenn da einer käme, der sagt, er versteht unsere Sachen, ihm gefällt das, und er fügt dem dann was eigenes hinzu – das ist doch geil.

Zum kreativen Prozeß. Wie entstehen eure Songs?

Stefan: Unsere Songs entstehen im Übungsraum: Einer hat ein Riff, eine Melodie oder einen coolen Rhythmus im Kopf, und dann spinnen die anderen so nach und nach ihren Teil dazu.

Wer hat das Kommando bei euch?

Brooklyn: Eine Hierarchie in dem Sinne gibt es nicht, das läuft demokratisch ab, und das ist natürlich manchmal auch echt ein zäher Prozeß.

Das geht doch bestimmt nicht ohne Reibereien ab!

Riffi: Da kannst du einen drauf lassen, da kommt es schon mal vor, daß man ein paar Tage lang nicht mehr – oder nur noch das Nötigste – miteinander spricht. Wenn der Song dann aber fertig ist, dann kann man das auch wieder vergessen. Dazu kennen wir uns jetzt – mit all unseren Macken – auch lange genug.

Stefan: Klar geht man sich ab und zu auf den Geist, das ist wie in einer Ehe, man sieht sich ja jeden Tag. Da bilden sich dann Fraktionen innerhalb der Band, und das ist ganz gesund.

Also gibt es keine Solo-Pläne?

Stefan: Nee, wir sind eine Band. Wir sind auch keine geklonte Kopfgeburt irgendeines Plattenbosses. Wir spielen schon unheimlich lange zusammen, mit Riffi habe ich schon zusammen in der Schülerband gespielt, und Brooklyn kenne ich auch schon ewig.

Trotzdem: In Zeiten von VIVA und MTV reicht es nicht mehr, bloß Musik zu machen.

Brooklyn: Völlig klar, ohne Video geht gar nichts. Videos sind für uns schon eine eigene Kunstform, also da lernen wir selbst viel dabei, so, was es heißt, sich zu inszenieren. Da kann man schon Akzente setzen, das ist für uns nicht einfach nur so das Filmen von Band mit Instrumenten, dahinter muß irgendeine Idee sein, ein schräger Einfall. Sonst hast du heute keine Chance. Wenn du auf VIVA nicht stattfindest, dann kannst du es im Grunde gleich lassen, das ist heute wichtiger als Radio.

Radio – ein gutes Stichwort!

Riffi: Geh mir weg. Da läuft ja sowieso nur noch Gedudel, also da würden wir auch musikalisch gar nicht reinpassen in diese Formatschiene, das ist wenn dann überhaupt Zufall. Darauf kann man überhaupt nicht setzen, wenn es in den Charts ist, spielen die im Radio alles, aber durch Radio in die Charts, das schaffen nur die Mega-Acts.

Stefan: Na ja und videomäßig: Die Jungs, die uns da für unsere Single in Szene gesetzt haben, die haben das schon gut hingekriegt, also da waren wir schon sehr erleichtert, als das Ergebnis vorlag. Beim Dreh kannst du das ja überhaupt nicht einschätzen, wie das dann später auf dem Bildschirm rüberkommt.

Ihr seid ja eine klassische Live-Band.

Brooklyn: Ja, richtig. Es ist ein absolut phantastisches Gefühl, wenn du so spielst, und die Leute singen deine Songs mit. Das ist unbeschreiblich.

Stefan: Live ist das dann noch mal ganz was anderes, da muß man die Songs teils umarrangieren. Livespielen ist für uns immer noch das Allergrößte und der Hauptgrund dafür, daß wir das Hobby zum Beruf gemacht haben. Diese Intensität, trotz kleiner Verspieler, die kriegst du im Übungsraum einfach nicht hin. Deshalb werden wir auch bestimmt irgendwann eine Live-Scheibe aufnehmen.

Die Tour-Hangover-Depression kennt ihr nicht?

Brooklyn: Die kennt doch jeder. Der Touralltag ist sehr anstrengend, aber es ist auch bei weitem nicht die Dauerparty, das ist ein Klischee, es ist schon richtige Knochenarbeit! Nach einer Tour ist man richtig froh, mal wieder normal einkaufen gehen zu können, selbst was zu kochen. Du wirst auf Tour total unselbständig – alles wird für dich gemacht!

Stefan: Ein anderes Problem ist, wenn abends plötzlich keine Leute mehr da sind und applaudieren, sondern dein Kind zu Hause gewickelt werden will und die Heizung repariert werden muß. Da fällst du echt in ein Loch, das ist schon nicht ganz so einfach, da wieder auf der Erde zu landen, aber alles andere wäre auch ungesund.

Riffi: Wir haben noch genug Freunde aus der Zeit, als uns keine Sau kannte. Die würden uns schon rechtzeitig in den Arsch treten, wenn sie das Gefühl hätten, wir heben ab oder so. Das brauchst du auch – die Leute im Business reden dir nach dem Mund und wischen dir den Hintern, solange sich dein Zeug verkauft. Wenn es mal nicht so läuft, sind sie plötzlich dauernd „zu Tisch" und nicht erreichbar. Da sollte man sehr mißtrauisch bleiben!

Die Luft im Live-Bereich ist unheimlich dünn geworden. Würdet ihr das bestätigen?

Stefan: Absolut.

Brooklyn: Große Acts, die früher dreimal die Sporthallen gefüllt haben, spielen jetzt die mittleren Clubs – und voll sind die auch nicht. Die Leute drehen die Mark zweimal um, mindestens, gehen nicht mehr mal einfach so zum Konzert, das ist auch alles zu teuer. Und deshalb finde ich es auch die Verarsche, wenn man da dann als Superstar oder was so nach 50 Minuten sagt, das war's jetzt. Das hat auch was mit Arroganz zu tun.

Geht denn euer Blick, bei aller Bescheidenheit, auch über die deutschen Grenzen hinaus?

Brooklyn: Klar träumt man auch vom internationalen Erfolg, aber unsere Homebase ist ganz klar Deutschland.

Wo liegen eure musikalischen Roots?

Stefan: Wir haben alle so eine richtige Rock-Vergangenheit. Die frühen Police, die Kinks, Status Quo, aber auch die Doors oder so, das hat einen geprägt. Und Riffi fährt halt voll auf Kiss ab, Brooklyn dagegen foltert uns im Bandbus mit den Ramones und dann, total krank, irgendwelchen Schlagern. Aber Underworld finden wir auch gut. Oder die Chemical Brothers. Die machen echt was Neues.

Seid ihr eine politische Band?

Brooklyn: Wir würden uns politisch auf jeden Fall als eher links bezeichnen. Aber jetzt in dem Sinne eine konkrete Message, so Grönemeyer-mäßig, haben wir nicht. So mit dem Zeigefinger – das ist nicht unser Ding. Und es ist halt irgendwo auch schon politisch, wenn man über sein eigenes Leben singt. Das kaufen einem die Leute auch eher ab.

Riffi: Die Zeiten des Heile-Welt-Schlagers sind eh vorbei, also fließen Sachen wie Umwelt, Krieg, soziale Ungerechtigkeit auch zum Beispiel in ein Liebeslied mit ein. Da sollte man sich hüten, alles über einen Kamm zu scheren.

Ihr seid jetzt bei einer Major-Company. Inwieweit hat sich das auf eure Arbeitsbedingungen ausgewirkt?

Brooklyn: Das ist kein großer Akt. Zunächst mal hieß das für uns, daß wir in Ruhe unsere Arbeit machen konnten und nicht nebenher jobben mußten. Da bist du kopfmäßig schon freier, das ist ziemlich wichtig.

Gibt es kommerziellen Druck von der Plattenfirma?

Stefan: Diese altmodische Kapitalistennummer ist auch so ein typisches Journalisten-Hirngespinst. Wir sehen die Company eher als Partner, mit denen wir aber auch gar nicht so viel zu tun haben, das macht alles unser Manager. Die vertreiben das Ding einfach nur optimal, daran hat es nämlich bei unseren ersten Platten immer gehapert: Wir haben irgendwo gespielt, und die Leute haben hinterher gesagt, geile Musik, aber kann man ja nirgends kaufen. Und das nervte halt auf die Dauer.

Das ist verständlich.

Stefan: Ja, und so Marketing, Promotion, da reden wir schon ein Wörtchen mit, also das ist alles mit uns abgestimmt.

Riffi: Unser Cover, wie die Photos aussehen, die Anzeigen, mit wem wir Interviews machen – das entscheiden alles wir. Ist ja schließlich unsere Platte.

Stefan: Da sind die Labels unserer Ansicht nach auch wirklich sensibler geworden, weil du halt mit Brechstangen-Marketing heute auch nichts mehr reißen kannst, entweder ist ein Bedarf da oder nicht, auf den Markt drücken läßt sich nichts mehr.

Nein?

Stefan: Nein. Entscheidend ist, daß die Leute dein Zeug überhaupt erst mal hören können. Daran scheitert es oft schon. Und deshalb mußt du halt Promoreisen machen, Videos drehen ...

Brooklyn: ... Letztlich halt auch das machen, was wir hier jetzt tun – nämlich ein Interview geben. Aber da wir voll hinter dieser Platte stehen, ist das auch kein Problem für uns. Im Gegenteil: Es ist sogar ganz interessant zu hören, was die Leute so über unsere Musik denken, da werden teilweise Sachen reininterpretiert, da kann ich nur sagen: hoppala.

St. Georg

Ich wohne in einem ziemlich heruntergekommenen Stadtteil. Sagen meine Freunde, sagt meine Familie, sagen alle, die mich kennen. Und nicht hier wohnen. Der Stadtteil heißt „St. Georg", und wenn ich jemandem im Verlaufe einer Standardwohnungskonversation („Ja, im Prinzip suche ich auch, also schon groß und nicht zu laut, aber auch nicht ab vom Schuß, zur Not auch mit jemandem zusammen, aber das wird dann kompliziert, und teuer darf es andererseits auch nicht sein, und eine Badewanne wäre schon super") nach Details wie „Waschmaschine im Fahrradkeller" dann den Stadtteil nenne, macht sich Mitleid breit. Wäre ich ein Fernsehsender, würde ich dann eine Spendenkontonummer einblenden. Ach, die ganzen Junkies und alles so grau und Kriminalität. Da wird man doch nachts, wenn man durch die Straßen nach Hause stolpert und nirgends mehr Bier trinken mag, weil ja überall nur Spritzen herumliegen und sogar benutzt werden, überfallen und abgestochen. Jaja.

Natürlich ist es auch gar nicht angenehm, wenn immer mal wieder blutende Menschen auf der Straße herumliegen. Auch fände ich es in Ordnung, wenn Spiegel TV nur EINMAL einen anderen Stadtteil wählte für einen Film über Drogen, Prostitution usw. Und ich bin auch nicht so neospießig, den „Sozial-Realismus" zu schätzen, das „wahre Leben" und den vermeintlichen Kontakt zur Basis bzw. das Empfinden, selbst Basis zu sein. Das Heim bestimmt das Bewußtsein, meinetwegen auch der Stadtteil. Aber nur, weil man sich keine Wohnung in einer teureren Gegend leisten kann, windig zu behaupten, das sei nun das einzig Wahre, ist natürlich auch eher armselig. Trotzdem wohne ich gerne in St. Georg.

Ich habe mich schon in so mancher großen, hellen Wohnung mit „Gartenmitbenutzung" (ein Wort, das für mich in einer Reihe steht mit dem Ewig-Schocker „Sammelumkleidekabine" – dann also lieber keinen Garten) und reichen Nachbarn stark gelangweilt. Und ich gehe auch sehr gerne abends in leicht zweifelhafte Trinkstätten, die „Tschüß, mach's gut" oder „Handballbörse" heißen. Das ist nicht nur billiger, sondern häufig auch lustiger als angestrengte Modern-Bars, deren Personal und Kundschaft von der Richtigkeit ihres Tuns, Redens und ihrer Kleidung so durchgängig überzeugt sind. Und das Bier ist dasselbe. Auch kann man in diesen modrigen Ausschänken herrliche Jukebox-DJ-Sets hinlegen und wird nicht genötigt, komisches Soundgetüftel zu genießen vorzugeben. Komisches Soundgetüftel suckt zuweilen ganz schön. Es spricht wirklich nichts dagegen, sich beim Biertrinken von Sinatra, A-ha, The Prodigy und Hildegard Knef (ruhig in dieser Reihenfolge, da sagt keiner was!) begleiten zu lassen.

Unverzichtbar sind mir auch die merkwürdigen Läden, zumeist von Türken geführt, in denen zu stündlich wechselnden Preisen Schmuck, Fladenbrot, Kartoffelschälmesser, Glühbirnen, Schwarzwaldkuckucksuhren und Keyboards angeboten werden. Daß mein Supermarkt mal in der *Zeit* im Zuge eines nachdenklichen Artikels als „Deutschlands schlimmster Supermarkt" tituliert wurde, macht mir auch nichts. Schlimm allein das Fehlen von Altpapier- und Altglascontainern: Weil ich es bedenklich finde, Altglas in den normalen Müll zu geben, stelle ich Leergut seit meinem Einzug immer auf den Balkon. Da kommt in einem Jahr einiges zusammen – und Besucher und benachbarte Balkonbesitzer dürften einen verfälschten Eindruck vom Grad meiner Trunksucht haben. Doch eben weil der Balkon direkt an einer sehr lauten Straße liegt, lädt er ohnehin nicht zu bürgerlichen Geranien- und Kaffee-Freuden ein.

Meine schwulen Gegenüber-Nachbarn sehen auch das anders. Und es ist eine große Freude, ihnen bei der circa zweistündigen Balkonfrühstücks-Präparation zuzusehen. Jeden Sonntag. Überhaupt kann man herrlich verpflichtungslos am Leben der Mitmenschen partizipieren, weil eben alles viel enger und geballter ist. Sozusagen mehr Mensch pro Quadratmeter. Neben der Schwulen-WG wohnt eine Oma, deren Raucherhusten über die starkbefahrene Straße bis in meine Zimmerflucht vordringt. Das ist beachtlich. Diese Oma steht JEDEN Morgen von 9 bis 12 Uhr im kurzärmeligen (ob's regnet oder schneit!) Oberteil auf dem Balkon und hustet griesgrämig. Ein Mahnmal, das ich allzu stark rauchenden Gästen morgens gerne als Weckruf präsentiere. Ich selbst rauche nicht. Ich nehme nicht mal Heroin, beeile ich mich auch oft zu sagen, wenn ich den Namen meines Stadtteils preisgegeben habe. Nicht auszuschließen ist also, daß ich auch bei einschneidenden Vermögensänderungen nicht in einen Stadtteil umsiedeln werde, wo zwar alles seine Ordnung hat, aber nur wenig seinen Reiz.

Aha, handelt es sich also um eine sogenannte Multikulti-Gegend, in der man sich vor lauter Straßenfesten mit Unesco-Reispfannen, Toleranz-Straßentheater und Einandergrüßen gar nicht retten kann? Nö. Hier wohnen nur extrem viele Menschen, die entschlossen „Ja“ sagen zum Alkohol und dessen Freunden. Und dafür oder deshalb ist den Menschen hier vieles andere ziemlich egal. Ich sage zum Alkohol unentschlossen „Eventuell“. Was natürlich für die anderen Leute vollkommen in Ordnung geht, da ihnen ja eben vieles egal ist. Noch nie hat sich jemand über meine laute Musik beschwert. Und ich hüte mich, der Oma frühmorgendliches Husten zu untersagen. Vieles also ist hier erlaubt. Da kann man auch mal auf den Teppichboden aschen. Aber ich rauche ja nicht.

Götz Alsmann

Natürlich wohnt Götz Alsmann nicht in Hamburg oder Berlin. Seine kokett inszenierte Schrulligkeit und Seltsamkeit wird komplettiert durch seinen Wohnort, der – selbstredend! – identisch ist mit seinem Geburtsort: Münster. Eine Stadt wie Göttingen oder Freiburg und all die anderen; hier versucht man es im Hauptbahnhof noch mit moderner Kunst, und die „berühmten Söhne der Stadt“ sind mit einer Hand verlesen und Gemeingut. In Münster sind das Götz Alsmann und der Fallschirmspringer Jürgen Wurst Möllemann. Alle beide. Beide etwas abseitig im Genre plaziert und mit Volkes Vokabular betraut, für den ganz großen Wurf aber nicht eben geeignet – zu gut vielleicht der Alsmann, zu zweifelhaft gewiß die Wurst.

In Städten wie Münster ist auch immer Stadtfest. Bei einem Stadtfest ist die Fußgängerzone für Autofahrer gesperrt. Dazu gibt es Zerstreuung, Kleinkunst und Musik vom Band und von Bands. Götz Alsmann wird am Abend auch spielen vor einer Kirche, mitten in Münster. Und er wird Münster-Witze machen, woraufhin alle lachen, weil sie diese Witze schon kennen. Mithin ein guter Grund zu lachen.

Aus Wumsmusik, Pfannengezisch und Gebrabbel heraus schwingt eine sonore Stimme eine Eloge auf irgend etwas, Menschen lachen, und die Stimme surrt immerfort, die Sätze fließen ineinander. Es ist aber nicht Götz Alsmann und auch nicht Möllemann, obwohl beide so klingen, von weitem. Von nahem ist es aber nur eine Art Wolfgang Petry, der hinter einer unseriösen Tapeziertischanordnung Rostentferner feilbietet. Dann fängt es an zu regnen, weil es ja ein Stadtfest ist.

Als der Regen fort ist, beginnt „die wunderbare Götz-Alsmann-Band, meine Damen und Herren". So freundlich und schelmisch ist immer nur Götz Alsmann, so oft sagt kein anderer Schaumeister in Deutschland „meine Damen und Herren". Und er und seine Band tragen extra unmoderne karierte Sakkos, die vor einigen Jahren eigens für einen unterhaltsamen öffentlich-rechtlichen Musikfilm geschneidert wurden. Vielleicht wurde aber auch das Drehbuch eigens wegen der Sakkos geschrieben, das läßt sich nicht mehr ermitteln. Jedenfalls lachen nun alle Zuschauer dauernd, und da kommen die Sakkos gerade recht.

Die Musik von Götz Alsmann ist so epigonal wie nett (wie er). Das swingt, das groovt, und dazu singt er ein wenig affektiert, doch stets vergnügt, und das ist ja auch das Wichtigste bei solcher Musik, solcher Unterhaltung. Götz Alsmann macht Fernsehen wie andere Leute Reispfannen auf Stadtfesten – zack, die nächste, alle lecker, mal brennt was an. Ein Wurschtler vor dem Herren, die große Samstagabendpfanne können andere. „Es wird immer eine Form der Nische bleiben", mutmaßt Alsmann. Zwar spricht einiges für seine Unterhaltungstheorie (Rückbesinnung auf wenige bewährte Entertainmentelemente, klassisch, billig, versendbar), doch wollen die Konzeptmenschen ja immer soviel Unsinn und Prominente und brennende Sonstwasse. Götz Alsmann will nur „unbekannte, aber skurrile" Gäste, am besten aus Winsen an der Luhe und „Weltmeister im Rückwärtssingen, großartig". Meine Damen und Herren.

Clowns sind auch toll, aber bitte nicht „die Hermann-van-Veen-Clowns, die traurig Luftballons balancieren, sondern die lustigen mit kaputter Trompete und zu großen Schuhen".

Mit offensichtlicher Lust am Produzieren versteigt er sich in allerlei Projekte und Tätigkeiten: Studium der Musikwissenschaft, diverse Radioshows, allerlei Schallplatten, fortwährendes Geturne über Kleinkunstbühnen – Alsmann moderiert hier und auch da und erzählt auch immer einen Witz. Mit Gästen, ohne Gäste, mit Publikum oder auch ohne, allein oder zu zweit, mit Erfolg (oder auch ohne), im Dritten, im Ersten. Selbstverständlich auch auf Vox. Und immer wieder Stadtfeste. Die zwei Leitmotive dieser Biographie sind die Unterhaltung (nicht immer der anderen) und die Musik.

Als 1985 der WDR-Hörfunk auf regionales Vollprogramm umstellte, bewarb sich der 28jährige Alsmann um eine Jazzsendung. Aber „eine ohne Kleistsche Schachtelsätze, was Fröhliches eben". Die bekam er gleich „am nächsten Tag, ja, so war das damals". Das klingt nach Nachkriegsfirmengründung.

„Ich habe in der Mensa immer gesagt, oh, es sieht nach Regen aus – ist aber Kaffee." Solche Witze erzählt Götz Alsmann auf und auch ganz ohne Knopfdruck, all die Kalauer, die jedermann bekannt, aber niemandem präsent sind. Alsmann aber schon – was Fröhliches eben.

Götz Alsmann ist das, wofür fälschlicherweise immer nur Harald Juhnke gehalten wird – der große, altgeschulte Entertainer, der swingt und lacht und Bierzelte wie Festsäle unterhalten kann, der selbst die Show ist. Die Trinkepisoden haben Juhnke zum zwar unantastbaren, aber eben auch unnützen Schlachtschiff werden lassen. Fortlaufend unterhalten muß uns deshalb Götz Alsmann, und ihm ist es ein Vergnügen. In *Zimmer frei* beim WDR und der *Götz-Alsmann-Show* beim NDR, im Radio, auf dem hüftlahmen Musiksender VH-1, wo im *musikalischen Quintett* Alsmann der einzig Erträgliche ist. Alsmanns Witze sind besser und wollen doch nur Witze sein. Eine anspruchslose Übersollerfüllung, die sonst wohl nur noch Harald Schmidt hinkriegt. Ein Vorbild? „Nein, kann er ja gar nicht sein. Der ist ja gleich alt und ungefähr gleich lang dabei." Die Logik eines Nostalgikers.

Alsmann ist jetzt 40. 14 war er, als er als „Banjospieler in einer Dixielandband" begann. Alt oder besser noch tot müssen seine Vorbilder schon sein, Kuhn, Kuhlenkampf und all die Amerikaner. Und erst recht die Horde von Jazzmusikern, die außer ihm keine Sau kennt. Und dazu das Outfit, die Tolle, die Anzüge, der Stiernacken, die Fünfziger. Ja, sagt Alsmann, „danach fragen immer alle zuerst". Alsmann meint, daß es in der TV-Unterhaltung „gar nichts neues Gutes mehr geben" könne. Und daher auch nicht müsse. Natürlich geißelt auch er „die Überflutung, den täglichen Dreck", das Fehlen „wirklich großer Shows". Er kann nicht mal sein Videogerät programmieren, die eigene Show nehmen ihm andere auf. Und den Rest sieht man oder nicht. Meist aber doch. Alsmann guckt gerne Fernsehen, trotzdem.

Sein letzter Scherz ist verklungen, das Stadtfest löst sich auf. Jetzt geht Münster schlafen, morgen ist Montag. Das war nicht der große Samstagabend, sondern der kleine Sonntagspätnachmittag. Mehr wäre zuviel. Für alle.

Deutschrock-Anna

Laß mich rein: Anna ist ein schöner Name. Kurz und klassisch und sehr schön rhythmisch verwendbar. Vielleicht heißt auch nur die Telefonistin der Gema so oder eine besonders nette Garderobendame in irgendeiner Rockhalle – weiß man nicht. Was man aber weiß: Wenn deutsche Sänger Frauen hinterhertexten, nennen sie die gerne Anna. Herbert Grönemeyers Frau zum Beispiel heißt so. „Anna, es fällt mir furchtbar schwer, alle Beschreibungen wirken leer" – Grönemeyers Anna ist „einfach unbeschreiblich/ ich brauch dich". Aha. Zur ungefähr selben Zeit besang auch Herr Niedecken eine Anna, viel mehr ist da für Nichtkölner wie immer nicht zu verstehen, nur soviel – Anna soll sich nicht umdrehen. Auch sei sie eine „komische Frau/ und das weißt du genau", aber warum nicht umdrehen? Steifer Hals, zu lang „nackt im Wind" gelegen? Wenn schon nicht die Frau, so kann man zumindest den Namen umdrehen und wenden wie man will, da passiert gar nix, wie die Gruppe Freundeskreis aktuell beweist: „Von hinten wie von vorne". Dieser HipHipHopHop-HitHit von Freundeskreis ist der wohl beste Beitrag im langjährigen Anna-Bemühen, das vor drei Jahren mit der Interpretation der unsäglichen Schröders einen kaum mehr zu unterbietenden Tiefpunkt erreichte.

Die Schröders kommen aus Bad Gandersheim, haben laut gern erzählter Schnurre ihren Bandnamen „aus dem Telefonbuch" und die bedauerliche Lyrik dann wohl aus den Gelben Seiten: „Du bist nicht so geil wie Eva, die ist ohne Worte“, wird geröhrt, als gelte es, auf einem Schützenfest die Wahl der Miss Sauerkraut voranzutreiben. Ganz früher – liebe Kinder, bitte nachmachen! – bestach Stefan Remmler minimalistisch und gekonnt wie keiner und wollte von Anna rein- und gleichzeitig rausgelassen werden. Überhaupt hatte Herr Remmler die zwangloseste Beziehung zur ominösen Dame, wird im Liedverlauf aus ihr doch zunächst mal Bertha, dann aber nicht Cäcilie, sondern gar Dieter. Ging es Remmler beim Reinraus um Sex? Oder um bloße Ewigdichotomie, ich lieb' dich nicht, du liebst mich nicht, dadada?

„Wie war das mit Dada?“ fragen auch – und so schließt sich der – Freundeskreis, eine schöne „Annalogie“, würde nun vielleicht Wolle Niedecken vom Wortspielmannszug BAP schmunzeln, denn der ist sich erfahrungsgemäß für gar nichts, also auch für das Besingen eines „Annachronismus“, zu schade, und die Schröders tragen immer noch zerrissene Jeans und halten das wohl für „Fun-Punk“.

So unterschiedlich erfreulich die Versuche über die Anna auch ausfallen, so scheint allen Annas doch eines gemein: Einfach sind sie nicht, und eine Beziehung mit ihnen ist alles andere als ein Heimspiel. Der Freundeskreis muß „immer, wenn es regnet“ an Anna denken, und Grönemeyers Anna zwingt ihn sogar zu an Selbstkritik grenzende Reflexion: „Anna, meine Poesie/die mochtest du noch nie/jetzt siehst du/was du davon hast“.

Unentschuldigt fehlen Kunze & Lage. Und wieso haben Die Toten Hosen noch nicht die Annarchie ausgesungen? Die Ärzte die Annale Phase? Wigald Boning: Anna Waffel? Freundeskreis' gelungene „Anna“ scheint leider noch nicht das Ende vom Lied. Laß mich raus.

Gottschalks Moderationszettel

Servus, hallo, schönen guten Abend! Servus auch zu Ihnen nach Hause, hier aus Mannheim. Und auch ein vorweihnachtliches Grüezi in die Schweiz und Grüß Gott nach Österreich, liebe Zuschauer! Das ist ein Mistwetter draußen, aber jetzt dürfte Ihnen augenblicklich warm werden, wenn ich Ihnen sage, wer heute abend bei uns zu Gast ist. Ach, da, nein, das ist putzig, können wir das mal rasch einfangen, da sitzen die Nikoläuse, ihr seid aber zu spät, was? Ach, Weihnachtsmänner, na, dann zu früh. Seid ihr auch mit dem Schlitten da? (Riesenlacher)

Jessas, da fühl ich mich in meinem Samtsakko ja fast wie Knecht Ruprecht, ist auch nicht schlecht, oder?, immerhin, die Farbe stimmt. Heute abend, meine Damen und Herren, und jetzt halten Sie sich fest, wird hier Fernsehgeschichte geschrieben. Das sagt sich immer so leicht, aber ich denke, wir haben da heute allen Grund zu.

Steffi Graf wird heute hier sein, Johannes B. Kerner, Pierce Brosnan, oh, là, là!, Sie wissen, sein Name ist Bond, James Bond. Nadja Auermann, die Frau mit den Beinen bis zum Himmel und zurück, wird heute da sein, jaha, auch was für uns Männer. Für Sie zu Hause, wenn also Ihre Frau bei Pierce Brosnan durchdreht, bleiben Sie ruhig und freuen Sie sich auf Nadja Auermann. Und der Kerner ist ja so ein Schwiegermütterschwarm, wir haben also, Sie merken es, für jeden Geschmack etwas.

Ja, was schreit ihr denn so, Mädels, das ist ja wie bei Take That! Nun laßt den Onkel noch kurz den Karl Lagerfeld ankündigen, dann kommen wir ja auch zu den Backstreet Boys. (kreisch) Jessas, da bin ich schon ein bißchen beleidigt, daß ihr bei mir nur so höflich klatscht. (kreist mit den Hüften, ahmt Boygroup nach, falls großes Gelächter: unschuldig gucken, Stirn runzeln und keuchen: „Ich sehe es ein.") Bin jetzt schon außer Atem, also, wie die das ein ganzes Konzert durchhalten, ist mir schleierhaft, aber die müssen ja auch nicht singen dabei. (kleiner Lacher) Spaß beiseite, Karl Lagerfeld also, der Mann, der den Schwanz ausnahmsweise hinten trägt ... Moment, Moment, den Pferdeschwanz, also wirklich.

Janet Jackson, die Schwester von Michael, wird da sein mit ihrem brandneuen Hit, Elton John wird uns hier den Adventskranz anzünden, hoffentlich keine „Candle in the wind", und dann haben wir die Starbesetzung vom großartigen „Die Schöne und das Biest"; Sie können erleichtert sein, ich werde nicht die Rolle des Biestes übernehmen, wir haben sie alle beide da, haha!, und dann kommen sie, meine Damen und Herren, liebe Kinder – die Spice Girls. Die verstehen sich noch gut, nicht wie bei uns Tic Tac Toe, die ja jetzt nur noch TicTac heißen, aber deutlich mehr als zwei Kalorien haben! Ich persönlich finde ja, Sporty Spice und Baby Spice und wie die alle heißen, Old Spice jedenfalls nicht, also ich finde sie alle umwerfend, und schon am Nachmittag haben sie die ganze Bude auf den Kopf gestellt, aber jetzt sind sie brav ... (Spice Girls kommen reingerannt, küssen Gottschalk, winken, schlagen Purzelbäume, essen die Gummibärchen weg und schütteln Hände in der ersten Reihe) Ja, also, Mädels, nun aber doch bitte mal, also was, ja, muß man euch denn festbinden? (Riesenlacher, Mädels wieder ab, G. wischt sich die Stirn) Puh, das ist also Girl Power, ich könnte ja deren Vater sein, bin aber ganz froh, es nicht zu sein. Na, Emma, nun bist du aber ruhig, marsch in die Garderobe, oder muß der Papi erst schimpfen?

Natürlich haben wir auch Wetten heute abend für Sie vorbereitet bzw. Sie für uns, und wir kommen nun zur ersten, und das ist diesmal wirklich, also, muß schon sagen, Räschpäckt. (Wetten verlesen, mit üblichen Füllseln längen)

Die Gästeliste

Elton John

Elton, schön, daß du da bist, ja, das ist ein Applaus, was? Nun warst du ein enger Begleiter von Lady Di, hast bei der Beerdigung vor Milliarden Zuschauern gesungen, uns zu Tränen gerührt, mußtest selbst mit den Tränen kämpfen, wie geht es dir, und hast du Kontakt zu Charles und seinen Kindern? Nun hast du heute für uns ein Lied dabei von deinem neuen Album (so weiter).

Steffi Graf

Und jetzt freue ich mich auf die Grande Dame des weißen Sports, der weißen Röcke, hier ist – Steffi Graf! Hallo, Steffi, komm zu mir, hier auf die Grundlinie! Mensch, das sieht phantastisch aus, also in den weißen Röckchen gefallt ihr mir sowieso immer gut, aber heute ganz elegant, muß schon sagen, na, na!, wer pfeift denn da im Publikum, hä? Hübsch brav bleiben, die Herren!

Karl Lagerfeld

Auch im Winter mit Sonnenbrille, Deutschlands Modepapst – Karl Lagerfeld. Herr Lagerfeld, wie beurteilt der Fachmann meinen Aufzug heute? (Lagerfeld sagt irgendwas wie „ein bißchen ordinär, aber das muß ja nichts Schlechtes sein, es ist auf jeden Fall nicht so mausgrau, Sie trauen sich was, die Schuhe sind allerdings nicht sehr elegant".) Hm, hm, aha, na ja, gut. Hat aber meine Frau ausgesucht.

Johannes B. Kerner

Johannes B. Kerner, liebe Schwiegermütter, wo bleibt er denn, noch hinten in der Torwand, vielleicht mit den Spice Girls, mein lieber Johannes, oh, ja isses denn die Möglichkeit, da hat er die Mel B. im Schlepptau, B&B – das paßt ja. Servus, Johannes! (Riesenapplaus) Finger weg, Mel, der Johannes ist vergeben!

Pierce Brosnan

Sein Name ist Bond, meine Damen und Herren. James Bond. Sein brandneuer Film „Tomorrow Never Dies", Der Morgen stirbt nie, kommt nächste Woche in die Kinos, heute abend ist er hier bei uns. Hallo, Pierce, setz Dich zu uns, jawohl, erst die Dame, so ist's recht! Du bist zur Zeit auf Promotionreise mit dem neuen Bond, Begeisterung allerorten, ist das so, daß in Deutschland Bond besonders beliebt ist, ich habe so das Gefühl!

Nadja Auermann

Sie wurde einst im Café entdeckt, das Café macht seither einen gigantischen Umsatz mit Mädchen, die sich den Kaffee in den Bauch warten, ich spreche von Nadja Auermann – sie war auf allen Titeln, verdreht weltweit Männern den Kopf, meist nach oben, weil sie so groß ist, sie hat ein Kind gekriegt und ist dadurch noch schöner geworden, Herzlich willkommen, Nadja Auermann!

Ballermann

Im Kino gewesen. Gebiert. Das Kino heißt Cinedom. Das heißt so, weil es ganz groß ist, fast wie ein Parkhaus. Und da fahren die Menschen rein, gut angebunden, das Ganze, und dann wird sich gekümmert um die Menschen. Servicekräfte in T-Shirts und unter Mützen mit Logos erledigen alles alles, bleibt noch: sitzen und gucken und Mund auf und zu und runterschlucken. Mehr wollen die meisten ja sowieso nicht. Die sanitären Anlagen sind nicht sauber, sondern rein, das Licht freundlich und die Handtücher auch, nämlich extraweich.

Solch ein Kino gibt es in allen größeren Städten. Das ist wie mit McDonald's in Duisburg oder Moskau. Schmeckt alles gleich, sogar die Seife, und man weiß gar nicht, wo man ist, wenn man blöd ist, und man ist ja blöd, meistens. Nur heißt Cinedom anderswo dann Cinemax mit zwei x oder Cinegiga, Cinemega oder Cinemaxi. Ist auch eigentlich kein Kino. Ist eher so ein Erlebnispark, der dafür sorgt, daß man nicht auf dumme Gedanken kommt. Oder überhaupt auf Gedanken. „Freizeitfaschismus!“ rufen die einen, „Eine kleine Cola!“ die anderen. Am Wochenende jedenfalls kommen alle angeparkt und halten Händchen (Mausi) und Tütchen (Popcorn) und Fläschchen (sie Cola, er Bier). Manchmal auch beide: Sekt. Die Sessel sind sehr bequem, und die Beine wissen gar nicht wohin bei soviel Freiheit. Auf jeder Seite zwei Armlehnen, das ist nobel und erübrigt selbst diese Standarddiskussion. Schon bei der Werbung geht es zu wie im Stadion. Fühlt sich so an und riecht auch so. Zunächst schüchterne Zwischenrufe, macht Spaß, kommt an, keiner guckt böse, und dann schreien sie sich gegenseitig hoch und laut. Wird immer lauter, Film kann beginnen.

In der vorangehenden Werbung für Zigaretten, Bier und Freiheit (Jeans auch) geht es mehr denn je um Sex. Sex in seinen verblüffenden Facetten. Das sind die Krisenerektionskräfte, die da greifen.

Der Film heißt „Ballermann 6". Der ist von und mit Tom Gerhardt, und Mallorca findet in diesem Film zu sich selbst oder zu uns, was aufs selbe rauskommt. Ein Italiener (gespielt von einem Türken, soso) und Tom Gerhardt, gespielt von Tom Gerhardt, sampeln langmütig alle Klischees, die wir in jedem Sommer von RTL 2 und Pro 7 übersendet bekommen (Wiederholungen im Winter) und die wir wohl glauben müssen, wenn wir nicht selbst hinfahren. Samt ihren verklemmten Reportermagazinen schwenken diese Sender nach Mallorca oder senden gar gleich von dort. Unvergessen Biggie Schrowange mit sabbernden Blubberaffen im Hintergrund, die „Jürgen Drews ist homosexuell" sangen, mitten drauf auf die schöne Melodie vom „Yellow Submarine".

Mallorca hat, bitte sprechen Sie mit, schöne Ecken – und jener Film, doch doch, eine gute Stelle. Da kommen Tom und der Ausländer an den Ballermann, und da stehen all die Suffköppe, und Tom sagt „Endlich normale Leute". Schlechter Film, wenn das schon die beste Stelle ist? In der Tat. Mehr solcher Witze, und man hätte ein schlechtes Polt-Remake. Doch Eichingers Prollwerk will nicht kritisieren, will nicht entlarven, will nicht huldigen, will gar nichts, nur Geld und Lacher. In Hamburg gab es pflichtschuldig Ärger, weil Besucher sich so freuten über diese ihre frisierten Urlaubsdias, daß sie die bequemen Sessel aufschlitzten und ein wenig in die Gänge vomierten. Im Leben wie im Film, könnte man sagen. Aber wird in Rambo-Filmen geschossen, gab es in „Trainspotting" Methadon für alle, und wurde in „Basic Instinct" kopuliert? Vielleicht danach. So hat der Ballermann-Film eine schöne Unmittelbarkeit, die Inkubationszeit dauert einen Schluck kurz.

Sogar schon vor dem ersten Rülpser (also noch während der Werbung) rufen die Leute vernehmlich „Eimer!". Vielleicht hatten sie davon gehört, daß in Leverkusen Tom Gerhardt höchstselbst Sangria in Eimern an die Menge verklappt hatte. Super Stimmung.

Der Deutsche im Urlaub. Der will dann immer Sauerkraut und Bier und spricht deutsch. Man. Genau. Und während der Jahresarbeit ist er wieder faul und trinkt Sekt im Büro. „In nur 12 Wochen" hat Tom Gerhardt das Drehbuch geschrieben, wundert sich der *Spiegel*, den es allerdings auch dreiseitig wundert, daß „eine merkwürdige Faszination für Mallorca die Deutschen jeden Sommer immer wieder auf die Insel" spült. „Nur 12 Wochen" ist gut. „Jeden Sommer immer wieder" ist aufwühlend. Hatten wir aber auch schon von RTL 2 gehört.

Über die Wirklichkeit wissen wir kaum Genaues. Aus dem Film aber kann man berichten: Tom Gerhardt sitzt mit seinem Italo-Türken kurzbehost im Sonnenmilchbomber und – „uiuiui". Das rufen die Eimerbrüller in Cinesonstwas immer, wenn Gefahr im Verzug ist. Und Gefahr ist oft im Verzug. Zum Beispiel Muskelmann vs. Muselmann oder zwei Zuhälter vs. zwei Zuhälter; und die anderen, die sind jeweils ganz schön, also echt, sauer. Oder auch der Ehemann von der heißen Blonden und die Turbulenzen im Flugzeug, wo dann natürlich gekotzt wird, lauter Gefahren. Und alles wendet sich zum Schlechten: Da steht also ein Eimer, und es ist dann völlig klar, der fliegt gleich jemandem auf den Kopf, oder es tritt zumindest jemand hinein. Alle Körperöffnungen dürfen was sagen in dem Film. Und aus den Sesseln schallt es zyklisch „uiuiui", „o-o" oder „Eimer". Zum Schluß steht es ungefähr 65 (Eimer) zu 48 (o-o). „Alter, ist das Scheiße", rufen die Leute begeistert, immer wieder. So wie sie das sagen, so meinen sie das.

Irgendwann wird es Versuchsreihen geben: Menschen in Kinocentern eingesperrt. Zum Versuchsreihern, aber auch einfach so zum Leben. Und sie werden den Ausgang nicht suchen. Was zu beweinen war.

Barschelexegese

Sterben kann man schließlich, wenn man tot ist. Und zwar so richtig schön: mysteriös, dramatisch, widernatürlich und immer wieder. Guter Tod will Weile haben. Uwe Barschels Heimgang wird dieser Tage – ganz einfach, weil das nun auch schon wieder zehn Jahre her ist – episch „aufgerollt". Und so wird gegenwärtig manch großes (Roloff!) und kleines (der ausgespülte Flachmann!) Mysterium kompostiert, wie ja zeitgleich auch der Auslöser der Spekulationen. Und muffig riecht beides. Große Aufsätze (und Serien!) erklären es in *SZ*, *Spiegel*, *stern* noch einmal, für alle zum Mitsingen: So war das im Hotel, so und anders, kann also gar nicht, war also Mord. Vielleicht. Andererseits. Vorgeblich sensationelle Neuigkeiten, die jenem Aktenzeichen 705 Js 33247/87 (bitte merken!) zugeführt werden, sind wie ein neues Rolling-Stones-Album: immer derselbe Quatsch, und alle fallen drauf rein, und sei es mit ebendieser Feststellung, ich also auch.

Die Tabletten, das Handtuch, die Badewanne, das „Treffen mit R.", Stasi, Waffenhandel. *Stern*-Chefschnäuzer Werner Funk, dessen Blatt das hübsche Badewannenfoto damals druckte, spricht konsequent vom „vorerst letzten Barschel-Bericht" und bereitet so das Feld für eine nimmerversiegende Detail-Exegese. Denn auch nach 20 Jahren wird ja wohl nichts dagegen sprechen, den „Beaujolais Le Chat Botté, 1985" noch einmal einzuschenken und im Zimmer 317 (Beau Rivage, 3. Stock, Genf!) staubzusaugen. „IB 554", Barschels Flugnummer von Las Palmas (ab:

10.30!) nach Genf (an: 15.15!), jedenfalls sollte man schon draufhaben. Das zerbrochene (aber ausgespülte!) Glas und die (seit 10 Jahren!) unauffindbaren Arzneiverpackungen sind Standard, und bald kann man eine „Trivial Pursuit"-Sonderedition herausgeben. Und in zehn Jahren allerspätestens wird auch Fräulein Dianas Tod vor solch gut ausgeleuchtetem Hintergrund erstrahlen, samt offener Fragen: Hat Dodi mit Landminen gehandelt, warum hat der Fahrer Schnaps getrunken, wohlwissend, daß da Alkohol drin war, wo war eigentlich Camilla Parker Bowles, als Roloff mit dem Fiat den Unfall provozierte? Marktlücke? Funk-Loch? Wohlan, Werner!

CD-Werbung

Menschen kaufen sich Schallplatten. Die Gründe dafür sind einfach: Musik ist da drauf, und wenn genau diese Musik den Leuten so gut gefällt, daß sie die oft, öfter, immer hören möchten, dann kaufen sie das Ding. Oder sie sind dem Interpreten verfallen und kaufen sowieso einfach blind alles Neue und Alte und Seltsame. Alles eben. Denn sie lieben den Musiker, und Liebe heißt Vertrauen, das zumindest steht auf der handgewebten Fußmatte von Peter Hahnes Kellerwohnung. Wie aber erfährt der Mensch überhaupt von Neuveröffentlichungen? Aus Fachzeitschriften, aus dem Radio, aus dem Fernsehen, auf Konzerten, von kompetenten Händlern, Freunden, Plakaten, aus Anzeigen. Marktforscher haben herausgefunden, daß zumeist mehrere dieser Komponenten zusammenkommen müssen, um zur Kaufentscheidung zu führen, dann ist das Ding „penetriert", so sagen diese Leute, und der Etat ist verantwortungsbewußt und zielsicher „gesplittet" worden: mehrmals im Radio gehört, schönes Video gesehen, prima Interview gelesen, begeisterte Kritik obendrein, Werbespot gesehen oder gehört, am Plakat vorbeigelaufen, und die Nachbarn schwärmen auch schon. Dann aber los. Kein Mensch jedoch wird allein Anzeigen in Musikmagazinen zu Rate ziehen und den Anzeigentextern den wahnwitzigen Blödsinn glauben, den sie Musikern und ihren Werken hinterherdichten. Ein Blick nach England zeigt wie immer: so geht es auch, elegant, informativ, cool – und niemals peinlich. Dort bestehen Anzeigen gerade mal aus

Cover und Erscheinungsdatum. Guter Brauch ist auch die Fortsetzungsanzeige, dem Vorab-„Teaser“ folgt zwei Wochen später der „Reminder“ mit der höflichen Ermahnung „out now“. Meint: Jetzt aber wirklich draußen, also – ab in den Plattenladen. Versteht jeder. Häufig sind noch nicht mal die Cover abgebildet, lediglich Bandname und Datum und fertig. So sollte es sein.

Wenn deutsche Plattenfirmen werben, schleudern sie mit Superlativen umher und verfassen unwürdige Textchen, die guten Bands nicht selten manches von dem rauben, wonach sie mit ihrer Musik trachten (Ästhetik, Würde, Eleganz, Coolness). Die recht famose (aber ganz bestimmt nicht „sensationelle“) Gruppe 16 Horse Power zum Beispiel muß folgenden Schlachtruf ertragen: „Jetzt kaufen, bevor es später alle cool finden!“ Derart ausformuliert klingen Visionen von Marketingstrategen noch banaler, als sie sind. Zwar ist Coolsein der Jugend erste Bürgerpflicht, doch weiß ja die Jugend genau, daß das so einfach nun auch wieder nicht ist – später finden das alle cool, ich jetzt schon, also Umkehrschluß: ich jetzt schon cool, mal besser schnell kaufen gehen! Und wer garantiert einem das Eintreten der durchaus kühnen Behauptung, daß später alle mal 16 Horse Power cool finden? Und wer überhaupt sind „alle“ – alle Menschen? Alle Leser? Alle neune? Und wer, verdammt, wer sind überhaupt 16 Horse Power? Die Anzeige ist immerhin schon einige Monate alt, und flächendeckend als „cool“ akzeptiert ist die Band bei weitem noch nicht und auch morgen nicht, das ist mal sicher.

Gerade neue Bands, die also „etabliert“ werden sollen, müssen oft die allerdreistesten Lobpreisungen ertragen. Wenn das Projekt sich amortisiert hat, die Investitionen eingespielt sind, der „break-even“ erreicht, gilt eine Band als „gebreakt“, also gebrochen. Vorher wird mit Pressestimmen wie „phantastische Songs, überzeugende Backgroundvocals“ oder einer schlichten „Meisterwerk!“-Lüge aus mit Freiexemplaren bestochenen Zentralorganen des Pop wie der *Osnabrücker Zeitung* oder komplett unbekannten Musikmagazinen („von und für Musiker“) geworben oder sonstwie fatal dahergeschwafelt. Vielleicht kennt niemand die „Hundsbuam“, aber seit kurzem wissen wir zumindest aus mancher Anzeige, daß sie „inhaltlich nichts mit scheinheiliger Rustikalromantik am Hut“ haben und immer so weiter. Das freut uns inständigst, aber deshalb werden wir die Platte trotzdem nicht kaufen.

„Die Sensation ist perfekt“ wird der Umstand stereotyp bejubelt, daß eine Schallplatte entstanden ist. Die Besichtigung eines Preßwerks, zum Beispiel bei PolyGram in Hannover-Langenhagen, zu der man alle Anzeigentexter zwingen sollte, beweist schnell: ist ganz normal und unsensationell. Inflationär auch die ungeschützte Verwendung des Wortes „Hitsingle“. Lange vor ihrem Erscheinen wird vorauseilend die zumeist irrige Annahme „incl. Hitsingle“ manifestiert. Wenn dann mal etwas ein Hit ist, dann ist es erstens auch ein Hit, und zweitens kann man dann elegante Sticker auf die CDs kleben. „Including soundso“, das geht gerade noch und ist manchen tatsächlich Kaufentscheidungshilfe, wenn denn der Hit einer ist. Die bloße Behauptung „Hit“ aber ignoriert, daß neben dem intendierten Sensations- und Coolness-Erwerb der Käufer die Möglichkeit nicht außer acht läßt, die Platte dann sogar auch hören zu wollen. Nichts gegen die Corrs, wer immer sie sind, bestimmt in Ordnung, aber „Pop in absoluter Vollendung“ ist erstens ein seltenes Phänomen und zweitens auch immer eleganter als Behauptung Dritter. Und wenn die M-People auch manches sind, so ist „Sex für die Ohren“ ganz bestimmt übertrieben und auch eine gar unschöne Metapher. Und wie wird Gott wohl dereinst über Fools Garden befinden, deren so nutz- wie harmlose Musik heuer doch tatsächlich groß und durchaus auch breit mit einem gewiß anfechtbaren „das beste Album“ beworben wurde? Was meinen die Marktschreier? Das beste Album aus dem Raum Stuttgart? Das beste Album dieser Band, also besser noch als das schon sehr schlechte erste? Und wer mag in solchen Niederungen unterscheiden? Aber wahrscheinlich ist ja doch einfach das beste Album überhaupt gemeint, und man will nicht übermäßig subjektiv oder auch besserwisserisch sein, zumindest aber doch besserwissend, und es gibt sicher manchen, für den Fools Garden vielleicht nur das zweitbeste Album gemacht haben, und noch viel wahrscheinlicher ist folgende Meinung: „Die schlechteste, die langweiligste, die am uncoolsten gekleidete und sowieso unbedeutendste Band seit Supertramp oder noch länger“. Das wäre „ehrlich, direkt, Rock pur“ (Werbung für Uwe Ochsenknechts CD „O-Ton“, ächz). Das wäre Sex für die Ehrlichkeit in absoluter Vollendung, die Sensation wäre perfekt. Doch Werbung darf ja so nicht sein. Werbung muß ja übertreiben, lügen und Musik *greifbar* machen und detailliert erklären wie die Vorzüge einer Bohrmaschine, glauben diese Verrückten. Folglich wird die neue Platte von Greenday für „auf'n Punkt, unangreifbar und ein komplett eigenes Ding“ erachtet. „Unangreifbar“ ist gewagt und auch ein lustiges Endziel für Musik, zumindest von den Textern der Plattenfirma nicht angreifbar, ist klar, und ohnehin ist jene Platte nicht weniger als „ein Eckpfeiler der unnachahmlichen Ästhetik der Band“. Neben „laut“ und „schnell“ sei ein weiterer Vorzug dieser Platte, sie sei „kurz“. Das allerdings ist dann richtig. Fast schon neue Sachlichkeit.

Fachpressenvokabular – Musiker sind:

Neutöner
Freigeist
Querdenker
Querkopf
Oberguru
Urgestein
Säulenheiliger
Bilderstürmer
Lichtgestalt
Rollenspieler
Chamäleon
Grenzgänger
Melancholiker
Düsterer Magier
Multiinstrumentalist
Legende
Kultstar
Gitarrengott
Frickelmeister
Gottvater des (Punk, Liebesliedes,
Gitarrensolos, irgendwas)

D. T. Heck zum 60. Geburtstag

Wenn der raumgreifende Juvenilitätsterror sein Ziel erreicht hat und alles Kind im Jungbrunnen liegt, werden letzte Insignien des trotzigen Rentnerdaseins um so kräftiger erstrahlen: „Ihr Zett-deeh-eff", das Zweite Deutsche Fernsehen, die große Familiensoße, das Altenteil mit seinem Sinnstifter Dieter Thomas Heck. Der wird heute, was sein Klientel schon lange ist: 60.

Eine tolle Sache. Bei Dieter Thomas Heck ist alles eine tolle Sache: die Spendenergebnisse, die armseligen Liedchen vergammelter Singsänger, die Stimmung natürlich und die Hilfestellungen von der DNA-Vorlage aller Maren Gilzers, Monika Sundermann, die Heck kostümiert und bräsig lächelnd Karteikarten reicht und ansonsten ergeben schweigt. Was hast du denn da, danke, liebe Monika, Monika ab. Sie kommen aus dem Nichts (genauer: aus der Kulisse, was beim ZDF aber dasselbe ist), und sie sind das Nichts, und die tolle Sache ist – das macht nichts. Denn einer ist alles: Dieter Thomas Heck, der ist immer und auch ewig großes Fernsehen. Unterhaltungstrampel, jede Silbe betonender Schnellsprechautomat und garantiert immer frisch und abstrus frisiert. Heck trägt Tanzlehrerpomp, Sekretärinnenbrillen (manchmal mit Zuhälter-Blaustich), gekrönt durch jene rosa oder hellblauen Hemden mit weißem Kragen, wie man sie nur in Banken sieht oder in Düsseldorf. Ob die Welt eine Modekollektion von Verona Feldbusch benötigt, ist ungewiß, eine von Dieter Thomas Heck braucht sie nicht. Denn der trägt ohnehin nur das, was das Volk erträgt und gerne trüge: Mann-von-kleine-Welt-Schick, stets so bieder, daß niemand an versteckte Konten denkt, höchstens an versteckte Kamera, weil das ja auch großes Fernsehen ist, wie Heck. Die Goldkette am Handgelenk ist ehrlich erarbeitet.

Dieter Thomas Heck war früher Autoverkäufer, und dieses leicht devote Da-kann-man-beim-Preis-noch-was-machen-Entgegengekomme ist sein Hauptwesenszug. Schulterklopfend moderiert er sich durch Schlager und Quiz. Bewundernswert und verdienstvoll, daß Heck noch nie etwas peinlich war; in diesem Punkt griff er der Evolution des Nullnullmediums vor. *4 gegen 4, Die Pyramide, Die goldene Stimmgabel, Melodien für Millionen, Die Glücksspirale* und immer so weiter – man fragt sich, ob es überhaupt noch andere Shows und Moderatoren dieses immergleichen Genres gibt oder gab, zumindest solche von Belang. Die Antwort ist nein. Nichts gegen Johannes B. Ohrner und ähnliches Guten-Abend-Gewürm, aber Unterhaltung, das ist, das möge bleiben: „Zett-deeh-eff" mitsamt Dieter Thomas Heck und seinen Handbewegungen, die den eigenen, stets imposanten Redefluß nachzeichnen, ach, dirigieren!

Daß er stolz darauf sei, ein Deutscher zu sein, und diesbezügliches Herumgeeier mit Kopfschütteln registriere; daß Steuerflucht Volksverrat sei und heimatliches Liedgut beachtlich; daß das Land manch schöne Ecke, z. B. den Schwarzwald, aber eben auch die Nordsee habe – so tönt Herr Heck, und das geht in Ordnung. Heck ist die gerechte Strafe für ein Volk, das sich unglücklich ruckend ohne Unterlaß beschwert und fettwerdend „Luxus, Luxus" denkt, sobald etwas ein bißchen feudal daherkommt: egal ob Ferrero Rocher, Discount-Lagerfeld-Gewänder von Quelle oder die A-Klasse.

Hecks Umfeld quillt über vor lauter pompöser Fassade. Das macht sein Wesen schlüssig. Heck ist eine Kompaktanlage, ein All-inclusive, ein Zwei-zahlen-drei-mitnehmen. Die Mann-von-der-Straße-Prinzipien pflegt er, wie kein Mann von der Straße es je täte – die Schwiegeranwärter müssen, erzählt er gerne, erst mal mit ihm Dornkaat trinkend Manneshärte belegen. Und bevor er sich mal ein Hemd kaufe, wird Heck niemals müde zu bedauern, renne er „dreimal ums Geschäft“ – was weder den Einzelhandel noch die Sozialhilfeempfänger besänftigen wird, aber es klingt auf jeden Fall ehrenwert und biegt Sozialneid um in kollektive Bewunderung für allerlei Lametta. Denn Heck ist blutsverwandt mit dem Fürstengeschlecht zu Ysenburg und Büdingen, seine Frau heißt Ragnhild, die Kinder Saskia Fee Isabell und Rolf Niels, sein Barockschloß Aubach, und sein Bundesverdienstkreuz baumelt am Band.

Vielleicht ist auch alles umgekehrt, und das Schloß heißt Ragnhild, die barocke Frau sieht aus wie eine Pyramide, und *Melodien für Millionen* ironisiert die öffentlich-rechtliche Entlohnung. Das, Herr Heck, war Ihr Leben. Eine tolle Sache und: Alles Gute!

Literaturkanon

Einerseits: Die Sorge um die richtige Ausbildung. Probleme, den richtigen Partner zu finden. Der Ärger mit der Steuererklärung. Der Wunsch nach mehr Männlichkeit. Oder gar Bildung. Probleme, die uns bewegen und auf Trab halten.

Andererseits: Der große Universitäten-Test in *Focus*. 1000 legale Steuertricks in jeder Bahnhofsbuchhandlung. 100 Singles zum Verlieben in *Amica*. Heiner Lauterbachs Männlichkeitspillen-Empfehlung in *Bild*. Und schließlich: ein neuer Literatur-Kanon. In der *Zeit*, natürlich.

„Bis zu 90 % derer, die ein Germanistik-Studium beginnen, kennen den ‚Faust' nicht", hat *Die Zeit* herausgefunden, und nun wird's eng: „Die kulturelle Überlieferung bricht ab, das Gespräch über Literatur versiegt." Alarmiert von der Aussicht, die Erstausgabe daheim könne auch die letzte sein, wurden Experten und Prominente und prominente Experten nach jenen „3 bis 5 literarischen Werken der deutschsprachigen Literatur, die ein Abiturient im Deutschunterricht gelesen haben muß" gefragt.

Erwartungsgemäß groß war das Gezeter und die Sorge um die Jugend: 3–5, das sei natürlich bei weitem zu wenig, Edzard Reuter etwa wurmte die „grausame Kürze", auch Joachim Kaiser quälte sich, „gezwungen, mich auf 5 zu beschränken", zuverlässig feuerspeiend hielt Marcel Reich-Ranicki den anfragenden Redakteur gleich für „einen Barbaren, bestenfalls für einen Spaßvogel" (also Artgenossen), und Peter Gauweiler forderte „eher 20 bis 30 einschlägige

Werke", und das klingt doch gleich schon mal schön nach Kasernenhof, und wer jetzt noch Lust zu lesen hat, mag wohl die härtere Gangart und kann ja gerne „ein Jahr lang jeden Tag morgens und abends ein Gedicht lesen" (Michael Krüger, Verleger). Natürlich notierten alle Befragten mehr als 5 Bücher, „billiger mache ich es nicht", keift RR, am Ende seiner „Mindestration für Gymnasiasten" angekommen. Elke Heidenreich besorgt das „ganze Surfen im Internet", Ulrich Holbein salbadert über „Disco-Kids", die grundgütige Inge Meysel ist „wenn ich mit den zwei Schülern, die mir bei der Gartenarbeit helfen, manchmal über Literatur spreche, erstaunt, was die alles nicht kennen". Nichts gegen Empfehlungen, und gewiß sollte man „Faust" gelesen haben, wichtiger jedoch als ellenlange Listen ist, wie die Schriftstellerin Brigitte Kronauer weise anmerkt, „die Qualität der Vermittlung".

Denn im besten und anzustrebenden Fall ist ja Literatur eben keine strenge Frühsport-Disziplin, sondern eine Welt, die nach einmaliger Verführung selbst zu locken versteht. Die dann beginnende selbständige, ja freiwillige Recherche ist durch keinen Lehrplan zu ersetzen, macht einen Kanon überflüssig, und ein überflüssiger Kanon ist ein guter Kanon. Es ist erfreulich, daß Peter Gauweiler all die Bücher von „Goethe, Schiller und Lessing ... diese drei Giganten" gelesen hat. Für die Hoffnung, daß ein besserer Mensch, eine bessere Welt deren Lektüre nach sich zöge, ist er der lebendige Gegenbeweis. Ein solcher Kleingeist, aber von Brecht schwärmen, daß es kracht: dieser vermittele „die Diktion, welche man braucht, um im Deutschland von heute als kritischer Mensch zu gelten". So einfach ist das eben, gelten statt sein und lesen statt begreifen.

Gerne wäre man so männlich wie Heiner Lauterbach, gerne nutzte man alle Kniffe des Steuerrechts, und allzugerne fände man endlich die richtige Freundin. Auch nach Bildung strebt man. Deshalb liest man ja all die Tips und Tricks in den verschiedenen Gazetten. Und eine sich daran anschließende Diskussion ist sicherlich nicht überflüssig. Doch geht es natürlich nicht nur darum, das vorhersehbare Endergebnis zu verifizieren (Goethe deutlich vor den ebenfalls starken Kafka, Thomas Mann, Büchner und Brecht, dicht gefolgt von Schiller und Kleist; Heine, Rilke und Fontane mit Chancen auf Uefa Cup-Plätze, Böll und Dürrenmatt sowieso auch dabei) – „ich meinerseits vermute, es geht um Deutschland", schwant es Peter Hacks, der an anderer Stelle mal treffend erkannte: „Nach dem Kunstwerk als solchem besteht kein wirksamer Begehr." Daran anschließend gibt es zwei Möglichkeiten – entweder man läßt sich wie Peter Gauweiler oder Antje Vollmer („Endlich kommt mal jemand drauf!") zum Glück oder zumindest zum Buch zwingen, räumt einige wenige lästige Klassiker zur Seite, stellt sie ins Regal und nennt es später Bildung. Oder man zäumt das Pferd hinterrücks auf, lernt zunächst, das Lesen zu lieben. Erst das Vergnügen und dann die Arbeit, die einem dann gar nicht mehr als solche erscheint.

Wie sinnvoll es wäre, jene gerade in jungen Jahren eichhörnchengleiche Sammelwut zu nutzen, wenn einem an einer „Bestandssicherung" (wogegen rein gar nichts spricht!) wirklich gelegen ist. Zum Beispiel Britpop. Vielen der von der *Zeit* Befragten wird man erklären müssen, was das nun schon wieder ist. Nun, liebe Antje, lieber Marcel, das greift zurück auf die Beatles, Paul Weller und die Kinks und so weiter, und gewiß sind 5 Platten viel zu wenig, um auch nur annähernd einen Ein-, ja Überblick zu erhalten, aber Oasis, Blur, Pulp, The Stone Roses und Suede solltet ihr wirklich kennen. Und plötzlich hat man einen Kanon und Peter Gauweiler 5 gute Platten. Der Rest geht von selbst: Mit welcher Akribie Britpop-Neuentdecker sich, einmal angefixt, auf die Suche machen nach Referenzgruppen, Epigonen, seltenen Singles, Live-Outtakes, wie sie um Tickets Schlange stehen, Fahrgemeinschaften zu Konzerten bilden, Anthologie-Kassetten zusammenpuzzeln, Fremdsprachenkenntnisse mit Lektüre hipper Magazine und dem Auswendiglernen von Texten verbessern, welche Textsicherheit und Historienkenntnis und welch stürmende und drängende Begeisterung am T-Shirtstand und in der ersten Reihe sie entwickeln!

Übergeben die Eltern einem mit glänzenden Augen ihre Sgt.-Pepper-LP, bedankt man sich und geht Thunderdome X hören. Oder so. Wenn aber Noel Gallagher die Beatles allüberall kniefallend erwähnt und Paul Weller ehrfurchtsvoll die Hand schüttelt, man selbst wiederum Noel und Oasis verehrt, dann wird man automatisch auch nach den Beatles Ausschau halten. Zur Not auch im elterlichen Plattenschrank. Dann geht es nicht mehr um Abgrenzung gegenüber Vorgesetztem oder -ten, dann geht es um Leidenschaft. Und die kann alles. Als konstruktive Anleitung, als ein Aufsgleissetzen sollten Deutschlehrer ihre Aufgabe begreifen. So gesehen nutzt ein Kanon wenig – Harald Schmidt über den Graben zwischen Theorie und Praxis: „Böll hat ja seinen Nobelpreis, da sollte man Koeppen wenigstens lesen."

Es gibt eine CD namens „Punk & Wave – The No Future Generation – aus der TV-Werbung". Wer die hört, kennt danach je ein Lied von The Clash, den Sex Pistols, auch The Jam, den Ramones sowieso. Doch weiß er kaum etwas über Punk. Die schönsten Sätze von Goethe muß man sich schon erlesen, zitable Kalendersprüche sind dem Verständnis nicht zuträglich. Eine Punkplatte gilt es durchzustehen, so auch Faust. Beides kann Spaß machen, wenn man erst mal vernünftig auf die Fährte gesetzt wurde.

Ich habe mein Deutschabitur über Effi Briest geschrieben. Das Buch hatte ich nicht gelesen, die kleinkopierte Inhaltsangabe aus dem Literaturlexikon aber unterm Pullover, und daran entlang rang ich auf mehreren Seiten blumig nach Worten. Es hat gereicht. Meiner Faulheit allein mag ich heute die Schuld an der Dreistigkeit nicht geben. Für Bücher begeistert hat mich erst ein Job als Kartenabreißer bei Lesungen, als ich im Irish Pub Harry Rowohlts Tasche halten, Douglas Adams vom Flughafen abholen, für Max Goldt an der Tankstelle Mentholzigaretten kaufen mußte und Hans Wollschläger um seine unglaublich hübsche Begleitung beneidete. Da dachte ich, die sind ja ok, und dann las ich ihre Bücher, und die waren auch ok. Inzwischen habe ich sogar Effi Briest gelesen. Gutes Buch, eigentlich.

Mädchen im Bad

Morgens erledigt man andere Dinge im Badezimmer als abends. Und abends vorm Ausgehen betätigt man man sich dort natürlich noch einmal gänzlich anders als vorm bloß Schlafengehen. Bei Frauen und ihrem Make-up ist es ungefähr so: Vor dem Weggehen muß ganz viel drauf aufs Gesicht, wenn man wiederkommt, muß erst alles wieder ab und dann noch was anderes wieder drauf. Dann ist das Gesicht fertig, und man kann gehen beziehungsweise schlafen.

Wenn man mit seiner Freundin zusammenwohnt oder sie mal zu Besuch ist oder aber man dort zu Besuch ist, dann gibt es Momente, in denen man nicht mit ins Bad kommt. Nicht unbedingt, weil einer von beiden oder gar alle beide verklemmt sind, einfach nur, weil da schon recht komplizierte handwerkliche Anwendungen stattfinden, bei denen Mädchen einem meistens nichts zu sagen haben beziehungsweise sich auch jeden Kommentar oder jede hübsche Geschichte verbitten. Man macht sich eben nicht so nebenbei fertig, das ist Präzisionssache. Soviel habe ich schon begriffen, nicht jedoch, warum es anders ist, wenn zwei Mädchen zusammen im Bad sind. Das geht nämlich, und dann wird merkwürdigerweise auch geredet, ja – man sagt es nicht gerne –, da wird sogar gegackert. Na ja, anderes Thema.

Wir wollen also ausgehen, haben schon ein bißchen Wein getrunken und moderne Musik gehört, der Abend hat gut angefangen. Aber jetzt kommt das retardierende Moment. Eigentlich ist es spät genug, jetzt ist sogar in

Schnösel-City ein Großteil der coolen Menschen bereit, das Nachtleben mit sich zu bereichern, und am liebsten würde ich mir kurz durch die Haare fahren, irgendwas Gutriechendes auf mich sprühen und raus auf die Straße, unter die Leute, in das Vergnügen. Aber nun geht die Dame ins Badezimmer, und die nun folgenden Vorbereitungsmaßnahmen gehen selbstverständlich weit hinaus über meine kargen Durchdiehaarefahr-Pläne. Eine halbe Stunde ist absolutes Minimum, nicht selten sogar ungefähr erst Halbzeit. „Ich mache auch ganz schnell", sagt sie trotzdem rührenderweise jedesmal. Und klappert dabei mit den Augen, diese Mädchentricks halt. Obwohl man es besser weiß, freut man sich und glaubt das sogar! Und dann sitzt man da, und es kommt dieser blöde Moment des Beschwipstseins: Wenn man kurz allein ist, wird man wieder halb nüchtern und bemerkt dabei erst, daß man schon halb betrunken ist. Dann wird in alten Zeitschriften geblättert. Das aber reicht als Beschäftigung nicht aus, so nervös und tatendurstig ist man. Musikhören (keine Platte annähernd zu Ende!), noch ein Glas, der Fernseher läuft. Und als reiche das nicht aus, telefoniert man sogar noch! Ist ja auch klar, eben noch verliebt und küssend und trinkend und tanzend, in Vor- und Daseinsfreude taumelnd – und jetzt allein gelassen. Man darf bloß nicht den Fehler machen, Frauen zur Eile zu mahnen oder gar taktierend „Du siehst doch auch ohne all den Aufwand wahnsinnig gut aus" zu schmeicheln. So was wollen Frauen nicht hören, und man setzt mit so unsensiblem Gerede manches aufs Spiel. Frauen können einfach mehr an sich verändern und optimieren, und davon machen sie Gebrauch, ist ja auch klar, würde ich auch machen. Also gedulde ich mich.

Was sie da genau macht, kann man nur erahnen. Sicher ist: Das Gesicht ist ganz wichtig. Da wird grundiert, abgedeckt, betont, gepudert und weiß der Teufel was. Die Augen brauchen auch noch mal lange. Eigentlich gehören ja die Augen zum Gesicht dazu, aber beim Fertigmachen sind die Augen ein ganz eigenes Kapitel. So, sagt das Mädchen, und jetzt noch die Augen. Der Trick bei alldem ist: Am meisten Zeit braucht man dafür, hat mir mal eine Freundin erzählt, all das so aussehen zu lassen, als sei kaum etwas gemacht worden. Verrückt, aber nachvollziehbar bei solcher Argumentation: „Man will doch nicht wie eine Nutte aussehen!“ Und natürlich will ich auch nicht mit einer Nutte ausgehen, so gesehen.

Und deshalb wartet man, und dann ist schon fast eine Stunde vergangen. Ich koche mir zu Beginn des Wartens meist einen Kaffee, denn weiterhin ausschließlich Wein zu trinken, wäre ziemlich fatal, da man ja allein in einem anderen Tempo trinkt, vor allem, wenn man sich langweilt. Alles schon dagewesen: Dann nämlich ist die Freundin irgendwann fertig im Sinne von jetzt aber los und man selbst fertig im Sinne von jetzt geht aber gar nichts mehr. Das gilt es zu vermeiden. Also einen Kaffee. Der Fernseher läuft, und man bedauert, wenn gerade Samstag ist, all die Quotenmenschen, die durch ihr bloßes Einschalten dieses grausige Terrorgequatsche namens „große Samstagabendunterhaltung“ erst ermöglichen. Ganz fassungslos bin ich da immer, was die Leute sich so bieten lassen. Da lasse ich mir doch lieber ausuferndes Warten bieten – denn der Unterschied ist ja, daß danach noch was passiert.

Trotzdem, es macht einen fertig, das Fertigmachen. Manchmal kriege ich währenddessen auch ein schlechtes

Gewissen, gucke an mir runter, und je mehr Zeit verstreicht, desto unzureichender gestyled komme ich mir vor. Diese Rollenverteilung behagt mir gar nicht – sie wahnwitzig zurechtgemacht (und zwar so wahnwitzig, daß man es kaum bis gar nicht bemerkt!) und ich – zwar nicht gerade schäbig, aber eben auch völlig unspektakulär – einfach angezogen. Dann reiße ich ganz viele Sachen aus dem Schrank und halte sie an mich ran vor dem Spiegel, so wie Frauen das in Werbefilmchen für Kreditkarten machen. Meist habe ich danach Kombinationen an, die ich für waghalsig und aufregend halte, und meine Freundin fragt dann (wenn sie endlich wieder da ist!) gerne mal „Wie siehst du denn aus?". Das hat man dann davon.

Bizarr ist die Kommunikation durch die Badezimmertür. Meistens kriegt man gar keine Antwort, oder aber die Stimme ist ganz verzerrt, weil gerade irgendwas mit den Lippen gemacht wird. Das klingt dann ein bißchen wie „Around The World" von Daft Punk. Es ist sehr reizvoll, ein Gespräch durch die Tür zu erzwingen. Das kann ein sehr einsamer Vorgang sein. Pluspunkte und Reaktionen wie Beifallsgekreisch oder gar Intermezzoküsse (Tür auf!) sind am leichtesten durch charmant servierte Kaffeetassen auf der Waschbeckenkante (dann aber schnell wieder raus!) oder sehr laut abgespielte Pophymnen zu provozieren. Wenn man schon etwas länger mit der Freundin zusammen ist, ist es auch zunehmend durchaus ok, sich angezogen in die Badewanne zu legen und geistreiche Einbahnstraßenkonversation zu betreiben. Das macht dann allen beiden Beteiligten Spaß.

Meistens jedoch wartet man besser auf der anderen Seite der Badezimmertür. Wenn dann – Stunden später, so scheint es – sich die Tür öffnet und die Freundin rauskommt, ist es streng verboten, die Bemühungen mit einem schmachtenden „Siehst du toll aus“ gutzuheißen. Nein, stundenlanges Gemale, Getupfe und Gebürste soll nicht kommentiert werden! Aber natürlich möchte man die Geliebte küssen und herzen, weil man doch so lang allein war. Ein barsches „Du verwischt ja alles“ jedoch lehrt einen schnell, daß eine Umarmung zunächst ausreichen muß, den Kopf streckt sie dabei asymmetrisch fort. Aber Hauptsache, man ist nicht mehr allein.

Heino

Neben zweifelhaften Telefonseelsorgeinstituten („Zusammen stöhnen", „?? Minute fertig" oder „Hausfrauen wollen sich mit dir treffen") werben in *Bild* vor allem Medikamentenhersteller, die dem überwiegenden, übergewichtigen Teil der *Bild*-Leserschaft Hämorrhoiden, Blasenschwäche und derlei mehr unterstellen und Abhilfe versprechen.

Auch des Lesers Potenz besorgt jene Firmen. Genau wie der Sozial-, so wird in *Bild* auch der Penisneid in einem Abwasch geschürt und verarztet. Prominente Ganzkerlmänner sagen in Anzeigen gerne „Nimm diese Pille und sei so geil wie ich". Und geil meint hier geil. Heiner Lauterbach tat es vor einigen Monaten. Und kürzlich erst sah man ein neuerliches Beweisfoto: auf dem Cover von *TV Spielfilm* beim Umklammern zweier nicht eben kleiner Brüste. Diese gehörten Jenny Elvers, einer drallen Quarktasche, die kaum was kann und doch alles tut. Der *stern* nannte Elvers „Schauspielerin", was unbedacht oder sehr zynisch ist.

Bei Heiner also alles ok, und auch um Heinos Potenz muß nicht länger gebangt werden. Zwar flog ihm neulich sein Adler davon, doch alles andere ist noch da (übrigens auch der Adler wieder), und er (Heino) wurde „jung und fit durch Super-Kapsel". Die Super-Kapsel wurde natürlich streng wissenschaftlich entwickelt. Der englische Biologe Prof. Dr. Mitchell hat nämlich das „Coenzym Q10" entdeckt. Und davon wird alles wieder besser. Es steigt sogar die „Chance auf ein Leben, das bis ins hohe Alter aktiv, gesund und lebenswert ist“. Und da Heino selbst die heikle Vokabel in die Diskussion wirft, wird die Nachfrage erlaubt sein: Ist das Leben als sonnenbebrillter Toupet-Träger, der unschöne Liedchen knarzt, dicke Torten für dicke ältere Damen in seinem Café in Bad Münstereifel zusammenschmiert (gelernt ist gelernt) und darüber hinaus auch noch seit zehn Jahren frei erfunden behauptet, bei der Jugend schon beinah beängstigend „angesagt“ zu sein – ist so ein Leben „lebenswert“?

„Mir wurde klar, so konnte es nicht weitergehen“, sagt Heino heute. Das muß so zur Zeit des „Enzian-Raps“ gewesen sein oder der unseligen McDonald's-Werbung. Peinsame Momente sind in seiner Biographie ja nun nicht gerade rar gesät. Und da ist dann noch Hannelore. Und seine Tütenessen-Edition. Dann aber die Pillen, das Coenzym. „Jetzt will sie jeder“, prahlt pro natura. Schon der Name der Firma gemahnt an die windigen Unternehmen, vor denen Eduard Zimmermann jahrzehntelang zu warnen nun doch müde wurde. Aber – „jetzt will sie jeder“. Solche Nachfrage macht Heinos generöse Geste leicht verstehbar, „gemeinsam mit der Vertriebsfirma“ an jeden Q10-Aspiranten „eine Probepackung gratis abzugeben“. Vielleicht will ja nicht nur sie, sondern auch Sie dann jeder. Glaubt man, hofft man. Und schluckt „das hochwertige Original – Q10 aus Japan“. Was passiert dann? Nichts natürlich, aber wenn man Q10 und Heino Q10 und Heino sein läßt, könnte es sein, daß nichts mehr geht, denn „ohne Q10 kann keine Zelle im Körper arbeiten“. Mit Q10 kann Heino super arbeiten. Muß er auch – „Ich bin in einem richtigen Interview-Streß, seit ich diese Energie-Kapsel nehme.“ Fürwahr, in nachgerade jeder Wissenschaftsbeilage oder -rubrik von *Zeit* bis *Funk Uhr,* von „Plus Minus“ bis „heute journal“ beschäftigten sich mehrseitige beziehungsweise mehrminütige so einfühlsame wie sachkundige Heino-Features mit Q10. Jetzt will ihn jeder, Hausfrauen wollen sich mit ihm treffen.

Fahrradläden in Studentenstädten, die wirklich so heißen:

Rad & Tat
Gutes Rad
Drahtesel
Auf (D)Rad
Freilauf
Radschlag
Radgeber
Radhaus
Gegenwind
Stadtrad
Sattelfest
Fahr Rad Laden
Rad ab
Kein Rad Au
Fahr Rad (ich dir)
Fahrraden & Verkauf
Radelführer
Räderwerk
Zentralrad
Fahrradies

Die Toten Hosen = Hans Meiser

Wenn etwas zur Gewohnheit gerinnt oder in Vergessenheit gerät, ist eine großangelegte Jubiläumsjubelei gut geeignet, Phlegma und Patina fortzupusten. Silberne Hochzeit, Marshallplan, Deutscher Herbst, Persil, die Bundesrepublik, Udo Lindenberg. Was, so lange schon? Und vor allem: immer noch?

Hans Meiser und Die Toten Hosen senden auf ihre Art seit – eigentlich immer. Was kam eigentlich vor Meiser und Gefolgschaft nachmittags im Fernsehen? Und wer hat vor Campino den Clown gemacht in der deutschen Unterhaltungsmusik?

Nun wird sich Hans Meiser sendenderweise zum 1000. Mal zwischen die Gesetzmäßigkeiten von Diskussion und Diskretion begeben. Und einen Tag später brüllen Die Toten Hosen zum 1000. Mal über Opelgang, Schnaps und Scheißnazis. Im Düsseldorfer Rheinstadion, ganz große Sache. Und weiter geht's.

All der Schelte wegen fahren beide auch gerne mal weg, raus aus diesem Land – jedoch immer nur, um die Erlebnisse vorher, währenddessen und hinterher hierzulande effizientestens zu verbreiten. Hans Meiser sendet aus Mallorca, Die Toten Hosen senden aus Italien, Thema Fußball. Thema aber eigentlich egal. Nun will Hans Meiser gar vom Mond senden, und Campino nahm im Kloster eine „Auszeit", doch kaum war die Kutte abgelegt, nutzten die dort gewonnenen Banalst-Erkenntnisse („Glauben schon irgendwie, Kirche aber doof") zur Promotion einer Platte, die „Opium fürs Volk“ hieß und nach Bedeutung roch, aber nicht klang.

Inzwischen haben wohl auch Hans Meiser und Die Toten Hosen eingesehen, daß ihre Witzeleien am Kanzler und auch sonst nix ändern werden. Ihr neuester Witz ist die Gleichsetzung mit dem Kanzler. „Aussitzen, den Scheiß.“

Das durch nichts beirrbare Kalkül beider hat in der Tat jeden Kritikansatz fortgesessen. Meisers Themen sind egaler denn je, wie auch die Akkorde der Toten Hosen. Meiser erzählt in *Bunte* von seinem Eheschiffbruch, Campino geht mit der Koksbeichte hausieren, und wenn er mal wieder einen Kubikmeter Trinklieder verkaufen möchte, kalauert er auch ohne zu zögern mit Knallköpfen wie Jochen Busse und Mike Krüger bei *7 Tage-7 Köpfe*. Und Hans Meiser beweist seine distanzierte Gewitztheit, indem er bei RTLs *Samstagnacht* schelmisch am Xylophon steht. Die toten Meisers haben sich selbständig gemacht und befolgen so exemplarisch Herzogs Trümmerfrauenaufruf. Macht Arbeit, nicht frei! Künstler in die Produktion! Meisers Produktionsfirma „creaTV“ und Hosens „JKP“ sind angetreten, den Apparat zu unterlaufen, Unabhängigkeit zu schaffen – und Steuern zu sparen. Das ist Gründergeist.

Beide sind in ihrem Genre Marktführer. Die Toten Hosen singen laut und simpel genug den großdeutschen Schützenfesttango, und Hans Meiser ist so unsexy und übergewichtig wie der Mann auf der Straße, und der wird ja auch nicht weniger.

Natürlich erntet Hans Meiser alle verleihbaren Preise für seine Wurstsendung: Die heißen „Goldene Kamera“, „Bambi“, oder „Goldenes Kabel“, und die verleiht die Fernsehindustrie der Fernsehindustrie dafür, daß sie die Fernsehindustrie so toll ernährt. Zu sehen: im Fernsehen. In der Musikbranche gibt es so was auch und heißt dann „Echo" oder „Comet", und Die Toten Hosen bedanken sich bei den regelmäßigen Verleihungen nicht, sondern pöbeln, weil das Punk ist und erwartet wird. Dann wird Playback gesungen, auch eine Art der Verweigerung. Also doppelt Punk.

Campino ist stolz auf Lob von den Ramones, Meiser auf Zuspruch von Hajo Friedrichs, der Meisers Debüt einst lobte, 1000 Jahre mag das hersein. Solch Profi-Höflichkeit deuten beide natürlich stolz um, also sind wir Punkrocker, also bin ich ein ernstzunehmender Fernsehjournalist. Und dann geht es weiter. Send, send, send.

Die Toten Hosen veröffentlichen andauernd Platten, mal live, dann best of, dann englisch, immer denselben Prollrotz, und dazwischen moderieren sie ohne jedes Talent eine Radiosendung, geben viele Interviews, schicken sogar Urlaubskarten, auf daß man sie nicht aus den Augen verliere. Und Hans Meiser denkt sich immer neue Sendungen aus, hofiert mal Kohl oder Copperfield, hängt grotesk an Helikopterkufen und stellt menschliches Elend, je nach Sichtweise, nach oder dar.

Wie auch Hans Meiser scheinen Die Toten Hosen getrieben von einer nimmermüden Gier, sich anderen nicht vorzuenthalten. Keine Atempause, Geschichten werden gemacht, damit auch alle schön an Bord bleiben. Ein öffentlich ausgetragenes Ehezerwürfnis mit reumütiger Rückkehr beschert Meiser breitestmögliche Anteilnahme, und Die Toten Hosen lassen sich Jahr um Jahr neue Späße einfallen, ob Eishockeyspiel gegen die Leningrad Cowboys, Fortuna-Düsseldorf-Spende oder ein Konzert im

Wohnzimmer von Ernst Albrecht. Gibt es Ärger, gibt's Artikel.

Man kann diese Menschen nichts mehr fragen, sie nicht mehr ausbremsen, man kann nur noch hoffen, daß sie sich selbst irgendwann erübrigen. Was natürlich ein naiver Wunsch ist. Das 2000ste Konzert kann Campino sich sehr wohl vorstellen, weil er just den Spaß an körperlicher Fitneß entdeckt habe, und wenn Meisers Eheunglück bereinigt ist (sieht gut aus, sagen „gute Freunde" in *Bild*), wird auch er weitersenden.

Die Keyboardzeitschrift

In der ausgesprochen heiter stimmenden *Okey! Die internationale Zeitung für Orgel- und Keyboard-Freunde* gibt es Lösungen satt. Handeln statt reden ist hier an der Tagesordnung, und davon können andere Key-Medien sich gerne eine Scheibe abschneiden: „Das eine oder andere Orgelkonzert mehr könnte viel zur Aktualität des Instruments beitragen." Ein Freund, ein echter Keyboard-Freund, das ist das Schönste, was es gibt auf der Welt, hin zum orgelschen Staat.

Gewiß ist Keyboardfachwissen Minderheitenspezifikum. Viele werden sich darob nun ausklinken wollen, Individualisierung und so weiter, deshalb schnell bunt und allgemeingültig werden, denn „die meistens ad. Lib. gespielten Einleitungen sollten eigentlich neugierig machen auf das, was nachfolgt. Die Möglichkeiten sind schier unerschöpflich. Jeder kann hier tun und lassen, was er will; nach Geschmack, um sich mit den paar Takten bereits einen Stempel aufzudrücken. Die Geschmäcker sind ja verschieden – gottlob!" weiß *Okey*! um die Gunst eines schnellen Führungstors. Deshalb möchte ich den Aufsatz von Prof. Johannes Zopp („Digitale Sakralorgel – nah gesehen") nun nur noch auf ausdrücklichen Wunsch einer ausführlichen Exegese unterziehen, viel lieber aber der Monothematik adieu sagen.

Wenden wir uns der Lösung bohrender Alltagsfragen zu. Wie spart man eigentlich Zeit, Fett und Strom gleichzeitig? Frank Züge, Greifswald, weiß die Antwort. Frank

Züge, Greifswald, kann – im Gegensatz zur Gesellschaft – bezüglich der Anzahl von Fragen und Antworten immerhin ein Unentschieden vorweisen. Denn eigentlich gibt es mehr Antworten als Fragen, wenn wir die analoge Sakralorgel Eugen Drewermann da richtig verstanden haben.

Nun aber ist es Zeit, Fett und Strom zu sparen. Und das geht so und nicht anders: „Wenn man Buletten dreieckig statt rund formt, passen viel mehr in die Pfanne." Für die Bereitstellung dieses Spezialwissens bekam Frank Züge von *Bild am Sonntag* 25 Westmark. Inclusive Zeit, Fett und Strom kommt da ein hübsches Sümmchen zusammen – ganz bestimmt gibt es in den neuen Bundesländereien noch etliche Bürger, die ähnlich viel auf der Pfanne haben.

Frank Züge hat hier mit einem einfachen Trick gezeigt, wie vor allem Familien Sparen und Genießen problemlos verbinden können. Das ist toll. Wer allerdings alleine lebt – und für eine stetig wachsende, schweigende Mehrheit ist dieser Trend zum Cocooning leider bittere Realität –, der brate weiterhin runde Buletten. Zur Auflockerung des Alltags kann allerdings auch gerne geometrisch herumexperimentiert werden – vielleicht mal eine Raute oder ein Trapez? Und wer, auch dies ein Trend, nicht nur zum direkten Verzehr, sondern parallel vorausschauend gar noch *zum Einfrieren vorkocht*, der ist herzlich eingeladen, das Buletten-Bulletin wahr und seine Buletten dreieckig werden zu lassen. Ein anderer Weg aus der Einsamkeit ist das Erlernen des Orgelspiels. Das spart zwar weder Fett noch Zeit, und Strom schon gleich dreimal nicht, aber es ist ein schönes Hobby. Unbedingte und ausschließliche Hingabe ist jedoch Voraussetzung. Unentschiedenes Getändel, wie wir es vom Schauspieler Ralf Bauer kennen, der in *Bunte* mal äußerte, eventuell „einem Porsche-Oldtimer-Club beitreten“ zu wollen, „obwohl ich Clubs eigentlich gar nicht mag“, ist nicht erlaubt. Des Unbegabten Abgewäge wäre bei der Orgelentscheidung undenkbar. Curt Prina („zweifellos über die Orgelkreise hinaus einer der weltbesten Musiker, außerdem spricht er unzählige Sprachen fließend“) mahnt in *Okey!* vorschnelle Orgelaspiranten: „Dominiert Ihr Wunsch, Orgel zu spielen, über all Ihre anderen Hobbys?“

Wenn das der Fall ist, rät er aber dann, „umgehend eine Orgel anzuschaffen, denn hinter solch einer Begeisterung steckt meist auch ein gutes Stück Musikalität. Also nix wie ran, auch im hohen Alter.“ Die Geschmäcker sind ja verschieden – gottlob! Wer nun also anschaffen geht, der kann in seinem Umfeld viel zur Aktualität des Instruments beitragen. Andere Hobbys kann man ja einfrieren.

5 000 000ste Musical-Besucherin

Musicals sind dazu da, Menschen davon abzuhalten, einander mit Atombomben zu bewerfen. Zumeist kommt ein Musical *aus der Feder* von Andrew Lloyd Webber, und dann geht es entweder um Fabeln, Fahnen oder um Fantasie. Und immer: Liebe. Die Musik ist egal, deshalb heißt es ja auch verniedlichend Musical; voluminös und dramatisch tönt es. Menschen, die sich „Klassik zur Entspannung“-CDs kaufen oder „Best of Rock“-Sampler, sind froh, daß es Musicals gibt.

Und die Musical-Macher sind froh, daß es diese Menschen in großer Zahl gibt, denn die ermöglichen, daß der Freude an Gigantomanie eine Rollbahn geebnet wird. So gleichen Verlautbarungen von Musical-Betreibern immer Einladungen zu Viehversteigerungen oder Rundschreiben an *Focus*-Inserenten. Das „Phantom der Oper“ in Hamburg etwa ist schon deshalb ziemlich irre, weil 624 Scheinwerfer, 450 maßgeschneiderte Kostüme, ein Mischpult mit 78 Eingangskanälen und 130 Lautsprecher die stets zu 95 Prozent ausgelasteten 1832 Plätze vollmatschen. Und am Dienstag dann wurde die fünfmillionste Besucherin erwartet. Das sind sechs Nullen hinter der fünf und wie immer 37 Nullen auf der Bühne (aus ganz vielen Nationen). Die Betreibergesellschaft hatte geladen und glatt gelogen, „Katja aus Berlin“ ahne „nichts von ihrem Glück“. Stellt sich Katja dann aber so vor: „Wir hatten ja vor zwei Wochen telefoniert.“

Katja ist ein bißchen wackelig auf den Beinen, weil jetzt

alle Nullen hereinschweben und aussehen wie russische Matrjoschka-Figuren auf einem Ramschmarkt in Ostberlin. Das Ensemble singt mehrstimmig „Zum Gewinn sehr viel Spaß“ und drängt sich um Katja herum, so daß ein Fotograf „Die Katja mal 'n bißchen mehr nach vorn!“ krähen muß. Darsteller sind immer sehr eitel und Katjas immer sehr schüchtern, so ist das nun mal. Überhäuft wird Katja alsdann mit allerlei Quatsch mit Logo drauf.

Pressebetreuerinnen und Pressebetreute begrüßen sich so: „Hallo Verena, na?“ – „Hallo Matthias, na?“ Nach dem „Na“ verebbt die Unterhaltung zumeist schlagartig. Weil man ja auch arbeiten und Spitzenberichterstattung gewährleisten muß – mit solcherlei Fragen: „West- oder Ost-Berlin?“, „Was machen Sie beruflich?“ und natürlich niemals ohne „Wie fühlen Sie sich jetzt?“.

Katja arbeitet im öffentlichen Dienst und fühlt sich jetzt doch ganz schön aufgeregt. Sie ist zwar schon zum fünftenmal da (das ist normal bei Musical-Besuchern), heute jedoch zum fünfmillionstenmal, was seltener ist, aber nicht minder erfreulich für den Geschäftsführer: „Toll, daß wir einen richtigen Fan da haben, ich hoffe und gehe davon aus, daß Sie uns auch weiterhin die Treue halten.“ Das will Katja unbedingt. Davon kann man also ausgehen.

Draußen vor der Tür fahren derweil viele Busse vor, auf denen „Müller Reisen“ oder so steht. Die Busse sind vanillesoßefarben und haben klassische weinrote Streifen. Die Insassen eigentlich auch – jetzt machen sie Tupperdosen zu, drängeln raus und gucken sich in der Glasbushaltestelle noch mal an. Sieht gut aus, also zumindest so wie geplant. Für Notfälle steckt ein Kamm in der Hosentasche, die gewöhnlich eines Mannes Portemonnaie beheimatet. Der öffentliche Dienst auf Reisen. Immer wieder, jede Woche, Dienstag bis Sonntag. Und niemand hilft Katja, all die unnützen Gewinne in den Saal zu tragen. Denn jetzt kommt ja noch das Musical. „Ach“, sagt eine Musical-Firma-Frau, „da haben Sie jetzt das Problem mit den ganzen Sachen.“ Und geht weg. Katja aus Berlin. Ganz allein in der Stunde ihres Sieges. Also Osten.

Radio-Soap

Im unterirdischen Hörfunklabyrinth des Westdeutschen Rundfunks flimmert Neon und Schreie gellen, irgendwo wird ein Baby ermordet oder zur Welt gebracht, vom Band natürlich, keine Angst. Eine Gruppe von Menschen sitzt herum, die aussehen wie eine Bürgerinitiative. Offenbar warten sie darauf, von der Polizei weggepustet zu werden wegen irgendeines Parkplatz-vs.-alter-Baumbestand-Konflikts. Aber es sind nur die Sprecher der neuen WDR-Radio-Soap *Schräges Leben – Schönes Lieben*. So also kommt die Soap heim, schließlich kommt sie vom Radio, alles andere ist fernsehkategorische Geschichtsfälschung.

Bereits 1949 beschrieb Charlotte Kaminsky, damalige Sendeleiterin des Hessischen Rundfunks, dem Intendanten in ihren Anmerkungen zum amerikanischen Radioprogramm das in Amerika just aufblühende Genre Seifenoper als geeignetes Format für Hausfrauen. „Die Probleme des täglichen Lebens" würden „auf sentimentale Weise behandelt". Umgehend wurde daraufhin mit der „Familie Hesselbach" die hessische Version aufs Radiogleis gesetzt, als Fortsetzung des Familiengemäldes und bürgerlichen Rührstücks gewissermaßen. Bis 1956 durfte sich die Sippe streiten, vertragen und fortpflanzen. Dann griff das Fernsehen zu, und fortan ging es auf dem Bildschirm weiter. Die Seife war ins andere Medium geflutscht, dort gab es mehr Möglichkeiten und mehr Geld.

Nun ist die Soap zurück ins Radio gekommen. Das geht schon ein bißchen länger so: Formatradios entdeckten in den Achtzigern die Radiocomedy für Deutschland, bald wurden Miniserien draus. Die WDR-Soap unterscheidet sich darin, daß sie wesentlich aufwendiger produziert wird. Mit Drehbuch und so.

Gut sieht sie aus, die Soap, hat sich kaum verändert! Das Radio schon. Früher empfing das Volk, heute fängt man das Volk – wie, ist egal. Entweder mit Hundertmarkscheinen in Fußgängerzonen, mit gruseligen „Party-Patrol"-Kommandos oder mit den angeblich „größten Hits der 70er, 80er, 90er". Die Hörer hören das nebenbei, und was liegt da näher als eine Radio-Soap? Jetzt läuft sie – auf WDR 5. Und weil man die Pastellpappe nun mal nicht sehen kann, muß man sie eben um so deutlicher hören: Die Charaktere scheinen von Ernst Barlach geschnitzt, und sie turnen durch Beziehungen, Werbeagentur und Modelcasting.

Der Tontechniker fragt: „Was heißt umtriebig, viel Betrieb?" und reibt einen Apfel am Pullover ab. Sauber, weiter, umtriebig. Drinnen krakeelt Lisa munter weiter „Herbert, Herbert ist kein schöner Name!". „Danke", sagt der Toningenieur, heißt wohl Herbert, und jetzt aber den Apfel. Mit der da drinnen habe er sowieso Probleme, die spräche ja immer immer am Mikro vorbei.

Weiter geht es in Tierheim, Agentur und Redaktion, dazu noch Anweisungen, die dem Trivialen eindeutigst den Weg weisen: „langsam sauer" oder „total durchgeknallt". Aber nur in Klammern, im off. So muß es und so soll es denn sein.

Herbert mobbt leutselig irgendeinen technischen Spezialtrick durch die Beamtenseuche: „Für die Jungs von der Spätschicht besser die 3/4 auf der 15, sonst müssen die nachdenken.“ Lachen, Szenenwechsel, Kaffee, ein mittelböser Blick für Lisa. Die lacht.

Im Vorraum des Studios wartet die Sprecherkolonne auf ihr Rotlicht. Sie erzählen sich ältliche Witze und blättern im Stundenplan. Heute ist Nachtschicht, und drinnen ruft die Regisseurin: „Keine bedeutungsschwangeren Pausen!“ Und bitte, weiter im Text. Blablaballaballa. Es geht um Unterhosen und Männerpos (ja doch!). „Noch ein bißchen netter, das mit dem Po, Lisa. So: ‚Den kauf’ ich mir‘, als hättest du ein saftiges Steak da liegen.“

Hier muß alles verbal materialisiert werden. Ist ja Radio. Sei „sogar witziger als gedacht“, sagt Lisa Adler, die im schrägen Leben Vicky Hummel heißt, selbige natürlich laut Kurzbeschreibung, hoho, „im Hintern“ hat und außerdem Torschlußpanik, auch irgendwo da unten.

Konkrete Reaktionen habe sie bisher noch keine bekommen, aber das sei ein gutes Stichwort, das wollte sie sowieso mal wissen, da wird sie sich später mal erkundigen. Und dann geht es weiter. Mala Pop und Henry Grün, auch Guido Wunder hangeln sich durch Petitessen vom Blatt. Und dann gibt es wieder Kaffee, und dann geht es wieder weiter, hat ja gar nicht aufgehört, knallhart, „Knochenarbeit“, logo. Die Jungs von der Spätschicht haben nichts zu lachen. Aber die 3/4 auf der 15, wenigstens das. Jeden Tag um 11 Uhr 40: die Welt in 6 Minuten. Der Rest steht dann im Internet.

Fußball-WM 2006

Das bayerische Fernsehen trailerte schon vorab endsiegessicher „diesmal wollen wir wieder alles“, und wer angesichts solcher Allmachtsphantastereien zurückweicht, kann ja gerne Bergsteigen. Deutschland bewirbt sich momentan um die Ausrichtung der Fußball-Weltmeisterschaft 2006 und ist beim Festakt im Prinzregententheater in München durch Waldemar Hartmann und Franz Bekkenbauer wirklichkeitsnah repräsentiert. Jedoch, welch unzureichende Präsentation: Statt alles über Deutschland wurde eben doch nur „Deutschland über alles“ ausgerufen. Transportiert wurde dieses Anliegen mittels einer sprödlilettantischen Halbwegsgala mit Schiller-Zitat am Anfang, Faust-Zitat am Ende, schlimmer Kunstkacke mittendrin, vielen Kindern obendrein und gutmütig bebenden Doppelkinnen im Publikum. Die wichtigsten Thesen und Beobachtungen im Überblick:

Dem Ämterhäufer Beckenbauer zuliebe wurde das Superamt „Präsident des Bewerbungskomitees“ erfunden. Die Wiedervereinigung bedeutet unendlich viel. Deutschland ist der friedliche Mittelpunkt Europas. Fußball ist die größte gesellschaftliche Bewegung in Deutschland; die Vereine haben mehr Mitglieder als die Gewerkschaften. Wir brauchen mehr Stadien. Eine Utopie ist etwas anderes als eine Vision. Franz Beckenbauer war als Präsident des Bewerbungskomitees sogar schon in Kuala Lumpur.

Der Sohn von Berti Vogts kann schon lesen, sein Vater sitzt dabei auf dem Sofa und guckt sich selbst in einem

Bildband von 1974 an. Im Fußballverein lernt man ein bestimmtes Sozialverhalten. Franz Beckenbauer spielt mit Kindern in Zeitlupe und Sonnenschein Fußball, und deshalb nehmen die Kinder danach keine Drogen. Ein ICE braust durch den Be-Werbefilm, und das steht für umweltverträglichen Hightechfortschritt, denn umweltverträglicher Hightechfortschritt ist stets die Kernthese in Werbefilmen, durch die ein ICE braust; meist ist Herbst in den Filmen, weil der Kontrast braunes Laub/weißer Schnellzug total geil und friedlich ist. Steffi Graf freut sich indes auf ein „ganz tolles Weltfest". Die Bundesliga ist Heimat zahlreicher Ausländer. Christian Ziege sieht nur aus wie ein jugendlicher Kirchenanzünder, in Wahrheit schenkt er sogar Rollstuhlfahrern sein Trikot.

Die Bundesliga steht tausendprozentig hinter der Bewerbung, was ja wohl das Tüpfelchen auf dem ICE ist. In der Begleitbroschüre äußern sich auch Scharping und Joschka Fischer wohlwollend, „alle tragen das also", sagt Waldemar Hartmann und rechnet dann so: 79 Prozent aller Gesamt-Deutschen befürworten die Bewerbung, 9 Prozent ist das egal, also können die dazugezählt werden (!), und die restlichen 14 … – na ja, die können halt zum Bergsteigen fahren, sagt wieder Beckenbauer, und damit sind wir zwar nicht bei tausend, wohl aber bei 102 Prozent Bevölkerungseinmischung, also quasi Überbevölkerung. Die einzelnen Segmente des Logo-Balls symbolisieren das Miteinander der Nationen. August Everding läßt Schauspielschüler fechten und Schwerwiegendes aufsagen, dazu wird percussioniert, und ein Junge bolzt eine Weltkugel ins Publikum. Trainer Vogts ist ein bißchen aufgeregt, wenn er neben Teamchef Beckenbauer steht, leiert eine dialektverseuchte Streberei herunter und läßt dabei mitunter der Kohärenz verpflichtete Satzbausteine weg, was Form und Inhalt aufwühlend gegeneinander aufhetzt.

Nachdem jedenfalls NSDAP und RAF hierzulande kaum noch Mehrheiten zu rekrutieren vermögen, ist Deutschland wieder reif und bereit für ein unbedenkliches Sportgroßereignis. 102 %ig.

Sampler dieser Welt

Stimmungs-Sampler

Fetenkult 98 – Die volle Winterladung
Frozen Heart – 20 heiße Wintertracks zum Abfeiern
Baggerhits 97 – Die Baggerparty
Fetenhits – The Real Classics
Saugute Hits zu Schweinepreisen
Keine Feier ohne Meier – Tanzen bis die Füße qualmen
Echt kultig, echt cool – Der deutsche Party-Mix
Ich will Spaß!
Die stärksten Rockhits zum Abfeiern
Party Police – 39 ultimative Fetenklassiker
Mallorca Party Hit-Mix
Bäääärenstark!!! Balu's Schlager-Hitparade
Die Kulthits der 70er zum Tanzen und Abfeiern!
Schafe Hits – mit den Määhga-Hits

Liebes-Sampler

Schlager-Balladen – 40 gefühlvolle Kultschlager
Rock'n'Romance
Soft Rock 2
Heart Rock – Rock für's Herz
Herzschmerz – The Real Sad Songs
Burning Heart
Ich hab dich gern
The Fever of Love
Game of Love
Nighthawk – 35 Songs zum Hören & Fühlen

Politik-/Generationen-/Geschlechter-Sampler

Lesbian Favorites – Women Like Us
Now Is The Time – Wir helfen Kindern
Sixties Rebellion
Teenage Rebellion
Arsch Huh Zäng ussenander – 100 000 Kölner gegen Rassismus und Neonazis
Generation x-ed – Protest & Survive
BRD-Schlachtrufe
Songs für Kids – Rotznasen, die was zu sagen haben
Zensur!? Die Benefiz Compilation
Crossing all over!
Drogen für die Ohren
The No Future Generation
Wavepop Generation
The Best Girl Power Album Ever
Music For The Alternative Generation
Wild Hearted Women

Bekenntnis-Sampler

Lars Ricken's Hot Shots
RTL-2-Starpower – Die Charthighlights
Just Fun 2 – Die stärksten Hits aus den RTL-Serien
Michael Schumachers Powerformel
Thomas Gottschalk: Let's Have A Party
Kristiane Bakers Dance Party
Tic Tac Toes Backstageparty – Mit diesen coolen Tracks feiern Tic Tac Toe
Verona Feldbusch: Die erotischsten Songs aus Peep
Oliver Bierhoff: Ich steh auf Rock
Reinhold Beckmann: Ich steh auf Rock

Genre-Sampler

Unvergeßliche Evergreens
Feel The Bass
Schlagerkult
Rapper's Paradise
Tunnel Trance Force
Reimgold – Reim aus Prinzip
Black & Beautiful – The Power of Soul-Music
Future Trance
Houseverbot
Houseparty
The World of Techno
Super, Super, SUPERGUT war die neue deutsche Welle
Clubism – 30 Freaky Club Anthems
The True Story of Glamrock
That's Country, My Friend
Rock Classics
Best of Rock
Rock SuperStars
Melodic Rock

Saison-Sampler

Voll cool – die Schnee-CD
Frozen Heart – 20 heiße Wintertracks zum Abfeiern
Samba, Samba – best of Caribic

Sampler-Sampler

Doppelt gut – die erste

Robbie Williams

„Verurteile mich – jeder tut es!“ steht ungelenk filzgeschrieben auf einem Pappschild, solch einem, auf dem sonst „Suche 2 Karten“ steht. Das Schild aber hängt am T-Shirt-Stand, übersetzt die englische Inschrift und prognostiziert somit das Alter der Robbie-Williams-Fans. Das ist schon fast arrogant, denn denen muß man keinen Text, nicht mal den eines T-Shirts für satte 45 Mark, übersetzen. Kennen die alles auswendig. Und ahnen die Bedeutung, was auch daran liegt, daß allzu vertrackt die Gedanken von Herrn Williams nicht formuliert sind. Große Themen, aber eben auch großer Abwasch: Liebe, Eltern, Drogen, Freunde, Einsamkeit. Auch von Gott ist die Rede.

Robbie Williams hat bei der ersten, einzigen und besten Boygroup Take That gesungen. Und getanzt natürlich. Und gelächelt. Damit war dann Schluß und kurze Zeit später auch mit Take That. Mädchen sagen einfach nur „TT“ – Jungs denken dann an Tischtennis, so ist das in dem Alter. Ja, TT, das waren die besten. Wenn man die Beatles mal als ohnehin mit nichts vergleichbar (außer mit Jesus, vgl. J. Lennon und N. Gallagher) aus dem Rennen nimmt. Und die New Kids On The Block kann man wegen Geringfügigkeit nun wirklich ignorieren.

Take That waren die größten, und größer ging es eben nicht. Man muß sich dann auflösen – Beatles, Abba, Police, Wham. Der immense Erfolg der Spice Girls läßt denen ebenfalls keine andere Möglichkeit. Man liest und hört schon so manches, und auch Tic Tac Toe sollen sich schon besser verstanden haben. Und Michael Jackson löst sich ja auch auf, nur anders. Robbie Williams jedenfalls hat es richtig gemacht, damals. Er hat sich abgelöst, der Auflösung vorgegriffen. Das war cool: Ein Jahr lang hat er daraufhin gelernt – zu rocken. Richtig zu rocken. Übereifriger Amateur, der er war, hat er sich mit dem Teufel eingelassen in dessen putziger Variante Noel & Liam Gallagher. Nach so vielen Jahren mit Bodybuilding und Tanzunterricht war das Kopieren von deren waghalsigem Lebensrhythmus natürlich fatal. Endstation Entzugsklinik, dann aber – und das ist dann Rock! – Comeback und plötzlich: Rock auch in der Musik. Als Ouvertüre das handzahme, aber richtungsweisende George-Michael-Cover „Freedom". Sollte heißen: Was ich singe (was ICH!! SINGE!!), das bin ich auch, das meine ich auch. Die nächste Single, die nächste Ansage: Robbie Williams hoffte doch bitte schön sehr, noch old zu werden, bevor er stürbe. Nach dem Entzug schien dies zumindest wieder möglich. Und absolut nötig, kreischten die Fans, die zwar etwas weniger, dafür aber auch älter geworden waren. Nicht „mit ihm gealtert" zwar, das wäre zu gefährlich gewesen und auch auf natürlichem Wege (und ohne die Gallaghers!) gar nicht machbar. Aber eben älter. Bhs statt Teddys. Die Predigt von ernsthaftem Songwriting und der Abkehr vom „synthetischen Teenie-Pop" konnte beginnen.

Innerhalb eines Jahres hat Robbie gelernt, wie Rock geht. Rock heißt: Tu Schlechtes und rede darüber – am besten aber erst hinterher. Stichworte: Kartharsis, clean, schwarzes Loch, das große Nichts zuvor, nun aber die neue Lust zu leben, alles wieder im Griff. Natürlich heißt Rock auch Übertreibung. Robbie Williams springt auf die Bühne, und die Mädchen kreischen, er ruft: „I am, I am, I am." Und noch mal. Dann seinen Namen. Ich bin es, Robbie, und vor allem: Ich bin. Es gibt mich – wieder. Und noch. Und nöcher. Das sind große Gesten, und deshalb geht man zu Konzerten, keine Frage. „Let me entertain you", bietet Herr Williams an, aber die Beschlußlage lautet ohnehin schon: hüpfen, schreien, Transparente hoch. Here we are now/entertain us.

Robbie Williams ist ein grandioser Entertainer. Er beherrscht auch schon all die Rock-Koketterien – hören will er uns, lauter, war das alles, dieser Song ist (und zwar ausschließlich!) für uns, sogar in dieser Stadt geschrieben. Wir sind auch das beste Publikum. Köln ist immer was Besonderes. Kann ich Feuerzeuge sehen? Ist kein Problem.

Robbie Williams ist gelandet. Das tat weh, und jetzt macht es Spaß. Besessen, all das zu tun, was ihm das strikte Boygroup-Reglement verboten hatte, wirkt er pubertär. Und echt, endlich. Trotzdem göttlich. Manch Auflehnung und Schrittgriff ist zwar deutlich als kalkulierte Splitterbombe wider die Vergangenheit erkennbar. Doch es rockt. Der Rest ist sprunghaft, manchmal anstrengend, immer aber amüsant. Und, ebenso wie in der Pubertät: Die Außenwelt ist geduldig und hofft auf baldigen Übertritt in die nächste Phase. Robbie Williams könnte ein Rockstar nicht nur werden, geworden sein, sondern auch sogar einer bleiben. Das wäre doch schön. Einstweilen spielt er in einem Rockstall, keiner Mehrzweckhalle mehr, kleiner ist es hier, Bier statt Cola und neben Gekreisch auch Gleichaltrige, immerhin ist Williams ja erst 24. Und hat schon alles gesehen, alles erlebt. Der Rock an sich ja auch. Den schockt auch so ein Robbie nicht. Rock ist ergiebig und geduldig.

Muß man nur zitieren. Und so ist die Musik der große Spaß, die Sause, die eingängige Melodie, das verbotene Haareschütteln und die Gitarre, die lächerlich ist oder von Gott kommt, kann man sich aussuchen. Und jetzt alle. Zusammen mit Williams Gehüpfe, Körpergebiege und Mikrophongeklammer geht der über weite Strecken belanglose Rock in Ordnung und steht auf aus Rudimenten. Dazu bratzen Musiker mit teurem Equipment, klassische englische Rennbahn-Jünglinge, die vom Fußball kommen und zum Fußball gehen werden. Mit den Seitensprüngen Musik und Frauen. Williams dazwischen gibt uns und sich ziemlich genau Mario Basler: talentiert, aber verschnöselt und faul, dabei jedoch so effizient sporadisch genial wie keiner, dadurch eindrucksvoll. Gerne greift er sich in den Schritt, immer wieder. Problem ist, im Gegensatz zu Michael Jackson ist die Andeutung eine Tat in Ganzheit und Echtzeit, mit anderen Worten: Er scheint etwas zu finden da unten. Da sind die Mädchen, auch die Älteren, dann doch etwas erschrocken. Rock eben. Wegen so was wird noch keiner verurteilt.

96

Kassettenmädchen

Jungs haben mehr Platten und CDs als Mädchen. Was später in manches Mannes Leben das Auto ist, das ist vor der Volljährigkeit und meistens auch danach noch die Plattensammlung. Natürlich ist es oft die Liebe zur Musik oder schlicht Sammelleidenschaft, die Jungen zu CD-Wärtern werden läßt, manchmal auch nur Angeberei, getürmt in sogenannte „CD-Ständer“ oder „Disc-Tower“. Dann sieht jeder Besucher sofort, aha, viele gute CDs. Falls Mädchen zum ersten Mal zu Besuch kommen, zählt ein großer Haufen CDs zu den großen Attraktionen des Rendezvous. So eine Sammlung bürgt für stundenlangen Gesprächsstoff. Und wenn es gut läuft, fragt das Mädchen beim Tschüßsagen, ob es nicht mal eine Auswahl der schönsten Lieder überspielt bekommen könne, sie selber habe ja nicht so viel schöne Musik. „Mal sehen“, sagt man lässig, und sobald sie verschwunden ist, macht man sich an die Arbeit. Solche Kassetten müssen zu ungefähr gleichen Teilen aus wohlbekannten Hits einerseits und potentiellen Mädchen-Erfreu-Liedern andererseits bestehen. Wenn man dem Mädchen auf diese Weise auch nur ein einziges neues Lieblingslied beschert, hat man schon gewonnen. Mädchen, die viele solcher Köderkassetten besitzen, nennt man Kassettenmädchen.

Zum erstenmal entdeckt ein Junge Kassettenmädchenkassetten meist auf einer Party. Diese Kassetten zeichnen sich dadurch aus, daß sie, falls Hüllen da sind – auf keiner vernünftigen Party bleiben Kassette und Hülle lange beieinander –, vollgekrümelt sind mit Keksteilen, Asche und gerne auch ein bißchen Alufolie, die am Bierflaschenhals dranklebt und die man vor allem am Anfang einer Party zum Ziele der Nervositätsreduktion leidenschaftlich wegknibbelt. Außerdem sind solche Kassetten meist komisch beschriftet. Es gibt eindeutige Beschriftungen wie „Denk-an-mich-Mix“ oder „I-Herz-U-Mix“, aber auch kryptische wie „Sand-im-Schuh-Mix“ oder „Kribbel-Krabbel-Mix“. Was da wohl für Lieder drauf sind. Der Verliebte ist abgelenkt, und so kann es zu lustigen orthographischen Wirrnissen kommen: Jamiroquai darf man als Junge jederzeit falsch schreiben, ein bißchen heikler ist es, wenn aus dem gemeinten „Ohrkuß-Mix“ abgelenkt vom Sinnenrausch der „Orkus-Mix“ wird. Also – aufpassen!

Für die Zukunft schlußfolgert man, daß Kassetten offenbar ein probates Mittel zur Flirtintensivierung darstellen. Die dann bald folgende erste selbstgemachte Kassette vergißt ein Kassettenjunge nie. Auch Kassettenmädchen können noch Jahre und viele Kassetten später die exakte Reihenfolge der Lieder ihrer ersten Kassettenmädchenkassette runterrasseln. Diese erste Kassette ist in ihrer Prägnanz dem ersten Kuß beinahe ebenbürtig. Selbstverständlich existiert zu beinahe jedem verwendeten Lied eine individuelle Geschichte, eine schillernde Erinnerung. Bei einer anständigen Kassettenmädchenkassette verändert das Kassettenmädchen sogar bei jedem Lied seinen Blick! Richtige Kassettenmädchen rauchen, trinken Bier aus Flaschen und haben ihre Jackentaschen vollgestopft mit Müll, Werbezetteln von Jeansläden und alten Bonbons. Ihre Kassetten beziehen richtige Kassettenmädchen NUR von Jungs, sie besitzen kaum CDs, nur wenige von Simon &

Garfunkel, Cher und Lenny Kravitz aus der Zeit VOR ihrem Kassettenmädchendasein. Kassettenmädchen bewahren ihre Kassetten meist in extra zu diesem Zweck bunt beklebten Schuhkartons auf. Ich hege den Verdacht, daß Mädchen an Abenden, an denen sie ihren Freunden sagen, heute mal „von Frau zu Frau sprechen" zu wollen und nicht gedenken, am Gang in örtliche Amüsierinstitutionen zu partizipieren, sich prustend gegenseitig ihre Kassettenmädchenschuhkartons vorführen. Dann machen sie sich bestimmt über die eifrig überspielenden Jungs lustig. Besonders pikant gerät dies, wenn sich ein bestimmter Junge um beide Mädchen mal bemüht hat und – da die beiden Mädchen sich früher gar nicht leiden konnten – unbesorgt gewisse Doppelungen in der Gestaltung und Liedauswahl vornahm. Und jetzt haben die beiden Mädchen sich, wie das bei Mädchen nun mal so ist, wider Erwarten vertragen, sind jetzt womöglich sogar beste Freundinnen, und schon hat man den Salat. Abgelegte Liebhaber werden, falls zwar der Typ sich als doof erwies, seine Musikauswahl aber durchaus angenehm geriet, mit Coververlieren gestraft. Das ist schon gemein, denn die Gestaltung dauert bei einem Jungen, der es ernst meint, auch eine ganze Weile. Noch übler ergeht es allerdings Jungen, deren Kassetten in der Retrospektive genauso öde erscheinen wie die gemeinsamen Nachmittage im Stadtpark. In diesem Fall nämlich genieren sich Mädchen nicht, lustigen Bandsalat zuzubereiten oder gar, unfaßbar eigentlich, dem nächstbesten Jungen das Band in die Hand zu drücken mit den koketten Worten: „Du hörst immer so tolle Musik, kannst du mir nicht mal ein bißchen was hierdrauf überspielen?" Dazu dann noch Augenklimpern und Haare aus der Stirn pusten

– natürlich wirft der so Angesprochene jegliche Jungen-Solidarität über Bord und rast gen Tape-Deck und überklebt mit Tesafilm die vom Konkurrenten einst sichernd weggebrochenen Kopierschutzlöcher.

Es gibt jedoch auch Fake-Kassettenmädchen, denen kein Junge Kassetten aufnehmen will. Diese Mädchen sind aber leicht zu erkennen, weil ihre Kassettencover in der Regel aus Ausschnitten von Parfümreklamen aus Modezeitschriften bestehen oder aus zurechtgestutzten Schwarzweiß-Postkarten, für die jedes Mädchen mal eine Zeitlang schwärmt. Auf denen ist dann James Dean, ein süßes Baby, ein hübsches Pärchen im Oldtimer oder ähnlicher Unsinn abgebildet. Irgend jemand müßte sich mal erbarmen und diesen Mädchen eine anständige Kassettenmädchenkassette mit allem drin und dran zusammenstellen. Es kann doch nicht angehen, daß junge Damen mitten in den 90er Jahren immer noch bei „She's like the wind" in Verzückung geraten. Es gibt haufenweise Pizzaservice, Weckdienste, ja sogar Frühstücksbringdienste, doch noch niemand ist auf die Idee gekommen, das Erstellen von Kassettenmädchenkassetten zu kommerzialisieren. Das wäre mit Sicherheit eine lukrative Marktlücke, doch weiß jeder Marktlückensucher, daß RICHTIGE Kassettenmädchenkassetten nur aus Leidenschaft entstehen können. Gefühle kann man eben nicht kaufen, nur sich anbahnende oder schon ausgebrochene Liebe ist imstande, aus einem normalen Jungen einen feurigen Kassettenjungen zu zaubern. Alles andere hören Mädchen sofort raus.

Mein letztes Kassettenmädchen habe ich im Januar beschenkt. Alles stimmte, tolles Cover, tolle Lieder, gerade genug persönliche Bezüge, aber eben auch schön unverfänglich, die Zusammenstellung hätte auch jedem Nicht-Insider Spaß gemacht. Auf der Fahrt zum Rendezvous legte ich noch mal kurz die Kassette in den Rekorder, mit der lächelnd-prüfenden Grinserei, mit der man gelungene Klassenarbeiten nebst euphorischem Lehrerkommentar ein ums andere Mal wieder gerne überfliegt. Doch streichelten nicht wie erwartet erlesene Popklänge mein Ohr, denn das Tape-Deck hatte versagt und damit auch ich. Übersteuert! Nur schepperndes Geknarze. Also mußte ich ohne Kassette imponieren, was natürlich nicht klappen konnte, da ich mich die ganze Zeit über mein technisches Unvermögen ärgerte. So was kann, darf aber eigentlich nicht passieren. Kassettenmädchenkassetten müssen unanfechtbar gut sein. Schließlich knüpft man auch gewisse Erwartungen an die Auswirkungen einer solchen Kassette. Bei aller Liebe, kein Junge setzt sich ohne Hintergedanken mehrere Stunden fiebrig vor sein Tape-Deck.

Doofe Kassettenjungen tun es der Industrie gleich und nennen ihre Pop-Tentakel „Emotional Music", „Heart-Attack" oder ganz spröde „Love Songs". Das geht natürlich nicht. Wenn ein Kassettenmädchen da nicht mit Ablehnung reagiert, dann muß es ohnehin schon ziemlich verknallt gewesen sein, und dann war die Kassette ja sowieso ganz umsonst. Gute Kassettenjungen legen sich bei der Produktion ordentlich ins Zeug, vor allem, wenn sie befürchten, daß noch ein anderer Überspieler um die Gunst des Kassettenmädchens buhlt, also spult. Kein Mädchen würde eine so wichtige Entscheidung tatsächlich vom Vergleich zweier Tonträger abhängig machen, das nicht, aber zum einen beeinflußt es sicher die Entscheidung, und zum anderen denken Jungs das eben manchmal. So ist das nun mal, wenn man verliebt ist, man tut und denkt ja auch ansonsten ziemlich merkwürdige Dinge in diesen Zeiten, man duscht mehrmals täglich, liest Bücher, die man sonst niemals lesen würde, oder legt sie sich zumindest dekorativ neben das Bett.

Doch zurück zur Kassettenproduktion. Bei der Covergestaltung ist ausschweifende Kreativität gefragt. Der ungestüme Umgang mit Farbstiften, Zeitungsschnipseln und Fotofragmenten verspricht gute Erfolgsaussichten.

Am beliebtesten sind seit jeher bunte, zeitlose Collagen. So man sich für eine Auflistung der einzelnen Titel entscheidet, ergibt sich ein sensibles Problem: Die Schrift soll erwachsen und reif, aber auch lässig, fahrig und ein bißchen nebensächlich wirken. Auf gar keinen Fall darf zu Schreibmaschine oder gar Computer gegriffen werden, das finden Mädchen nämlich „langweilig" oder gar „uncool". Sie denken dann wohl, daß man den ganzen Nachmittag am Bildschirm hockt und Telespiel-Rekorden nacheifert. Natürlich tut man das auch gelegentlich, aber die Mädchen dürfen und müssen das ja nicht gleich zu Beginn erfahren. Viele Jungs sind übrigens dem Irrglauben verfallen, Kassettenmädchen machten sich etwas aus Sternzeichen. Doch die meisten Kassettenmädchen können eher sämtliche Fußballmeister seit Bestehen der Bundesliga aufsagen als das Sternzeichen ihres Kassettenfreundes, was überaus erfreulich ist. Folglich ist auf den Covern jegliche Verwendung von astrologischen Metaphern zu unterlassen. Statt dessen sollte man niemals vergessen, die einer kauffrischen Leerkassette beigefügten Klebeschildchen ins Konzept mit einzubeziehen, indem man sie direkt auf die Kassette pappt. Zwei oder drei prägnante Worte mit hohem Wiedererkennungswert erhöhen die durchschnittliche Lebensdauer einer Kassettenmädchenkassette um ein Vielfaches. So kann die Kassette nämlich auch nach einer Party wieder zurücksortiert werden oder im andernfalls aussichtslosen Kampf gegen leere Gummibärchentüten und Erfrischungstücher im Handschuhfach eines Kassettenmädchenautos bestehen. Bei allen Vorgaben gibt es aber auch eine gute Nachricht: Die Auswahl der Musik unterliegt keinerlei stilistischen Beschränkungen. Mädchen denken nicht wie viele Jungen in einengenden Kategorien wie „Punk ist gut, Pop aber doof, es sei denn, er kommt aus Englands Untergrund". Mädchen unterscheiden nur zwischen guter und schlechter Musik. Für den Jungen bedeutet dies, daß er auf einer Kassettenmädchenkassette alle seine Lieblingslieder unterbringen darf, lediglich Heavy Metal gilt es sparsam zu dosieren. Auf diese Weise kennen Kassettenmädchen immer die neusten Hits und können im Club immer ganz genau im Takt tanzen, denn Kassettenmädchen tanzen für ihr Leben gerne. Das wirkt dann in der Regel derart stimulierend, daß sich gleich wieder zwei neue Kassettenjungs in sie verlieben. Und so geht es immer weiter, bis das Mädchen mehr Kassetten als Lippenstifte hat. Dann wird es Zeit zu heiraten.

Als Junge sollte man darauf achten, eine Frau mit exzessiver Kassettenmädchenvergangenheit zu heiraten. So hat man auf einen Schlag genug Tonkonserven zu Hause und kann endlich mit der kostspieligen CD-Kauferei aufhören. Bis dahin aber wird noch viel Zeit vergehen. Oder in der Sprache von Kassettenjugendlichen gesprochen: Bis dahin ist noch so manche 90er zu füllen.

Westernhagen

O Mann, ihr seid die Größten, ich habe echt schon einige Texte geschrieben, aber ihr, Leser, gerade jetzt, heute, hier, ihr seid echt die Allergrößten. Ihr seid wahnsinnig, waaahnsinnig, unglaublich, diesen Text werde ich wirklich nie vergessen, danke schön, o Mann.

So was glaubt einem doch kein Mensch. So was glauben einem nur achtzigtausend auf einmal. Und dann glaubt man es sich wohl auch selbst.

Mit 18 rannte Marius Müller-Westernhagen in Düsseldorf rum, war Sänger in 'ner Rock-'n'-Roll-Band. Seine Eltern nahmen ihm das immer krumm, er sollte was Seriöses lernen, ja, ja, ja; jetzt will er zurück auf die Straße, will wieder singen – nicht schön, sondern geil und laut. Denn Geld findet man bekanntlich im Dreck, und Straßen, weiß Westernhagen, sind aus Dreck gebaut – Mundharmonika à gogo. Mit 47 nun rennt Westernhagen gar nicht mehr, er stolziert, gewandet in Armani-Anzüge. Er hat geheiratet, ein Model, natürlich. Er hat Häuser und Autos und Kinder. Für Drogen und Alkohol scheint er inzwischen zu eitel, hat ES geschafft und nicht er, der Rock, ihn, den Marius. Immer ein spannender Kampf.

Von null auf eins und Abermillionen verkaufter Platinschallplatten und Auszeichnungen und ausverkaufte Stadien, erfolgreichster Deutschrocker sowieso und alles super. Und alles in Deutschland. Dabei ist Deutschland eigentlich böse und spießig und kleingeistig – eben deutsch, sagt Marius, der, sobald kritisch befragt, Ansichten und

Argumente gerne „jetzt aber sehr deutsch" findet. Und weil Marius Müller-Westernhagen so herrlich undeutsch zu sein glaubt, hat er seine „für deutsche Verhältnisse" jenseitig teuer produzierte Großspurtournee auch noch verfilmen lassen, denn einer muß ja die Meßlatte anheben, die außer ihm zu überspringen sowieso keiner aus der Bagage in der Lage ist.

Weil man „nur mit Risiko weiterkommt" und „alles andere langweilig" ist, gibt es nun, was es noch nie gab – zumindest nicht in Deutschland – eben zur Tour einen Film, und zum Film zur Tour gibt es auch eine Platte (ha, ha, Platte sagen ja wohl nur die allerdeutschesten Spießbürger, bei Westernhagen ist es mal gleich ordentlich und ohne zu kleckern eine „Live-Soundtrack-Doppel-CD"). Und wo findet das einzige Westernhagen-Konzert in diesem Jahr statt? Nun, unter dem Motto „Rock & Race" auf dem Hockenheimring, und drum herum wird irgendein dummes Autogeschnatter übertragen, und der andere deutsche Rennfahrer, Heinz-Harald Frentzen, der nicht Schumi ist und den deshalb immer alle vergessen, der wird mit einem Helikopter eingeflogen, und das gab's ja wohl noch nie.

Das alles gab's noch nie. Denn man muß auch mit seinem Erfolg wachsen. Und lieber nach oben und unten als in die Tiefe. Natürlich handelt es sich beim „einzigen Konzert 1996", bei Film und Platte um ein „einmaliges Joint Venture in der Unterhaltungsbranche". Sagt die Plattenfirma. Daß ausgerechnet D. A. Pennebaker und Chris Hegedus mit der Verfilmung dieses Spektakels betraut wurden, ist nicht verwunderlich (größer ging's nicht, und Steven Spielberg hatte keine Zeit), verwunderlich allein ist, daß diese, die sich mit entlarvenden Filmen über

Bill Clinton, die Kennedys oder F.J. Strauß einen Namen gemacht haben, daß eben deren Verfilmung von Westernhagens 95er-Tour nicht viel mehr geworden ist als ein eher langweiliges On-the-road-Movie, das Westernhagen zeigt, wie er selbst sich gerne sieht: als entertainende Großmacht Westernhagen einerseits und als sensiblen, unsicheren Marius andererseits, der sich im Schoß seiner Frau Romney verkriecht und weinend zusammenbricht wegen zuviel oder zuwenig Applaus.

Die Banalität kennt keine Grenzen, keine Dramaturgie, wenn Westernhagens Tourleben sich tatsächlich so langweilig darstellt wie seine Musik; wenn vor dem Konzert (nach dem Konzert, während des Konzerts!) gealbert wird, wenn im Proberaum gejammt wird („I think, we should do it as a reggae, more so dumdatschabeldobauauauauau, yeah, it works"), wenn die Fans heulen und Westernhagen schließlich nachts im Bademantel (ja!) am Klavier (gewiß!) im Hotel (wo sonst!) seiner Frau (und nur ihr!) ein Lied vorsummt. Eine der wenigen aufschlußreichen Filmpassagen zeigt Westernhagen nach einem Konzert samt Frau im schnellen Wagen davonflitzen (laßt euch nichts von Bandbussen erzählen, Rockfreunde!): Da ruft jemand an (es ruft überhaupt den ganzen Film über andauernd jemand an) und sagt, daß die Menschen immer noch schreien, und das findet Westernhagen „amazing", da müsse man „noch einen drauflegen". Macht man aber natürlich nicht. Und Romney bemerkt pragmatisch, daß „wenigstens die Straßen leer" seien, weil eben noch alle schreien.

Womit auch schon Wesentliches zur Musik gesagt ist, denn die ist egal bei Herrn Westernhagen, schon lange. Aber das merkt man manchmal nicht, auch die Journalisten nicht, durch sehr geschickte Produktverknappung im Vorfeld nämlich (die Plattenfirmenpersonal zu so herrlich absurden Verlautbarungen bringt wie: „Wollt ihr Fotos? Wir haben SUPER Fotos. Aber es gibt noch nichts zu hören, sorry!") wird suggeriert, daß Spannung berechtigt sei. Auch darf man nicht mit ihm sprechen, allenfalls einige wenige und die auch nur ganz kurz (und die kriegen dann wieder ihr Deutschsein um die Ohren gewetzt). Auf diese Weise wird den Menschen weisgemacht, Westernhagen habe was zu sagen. Oder zumindest etwas zu bedeuten – und wenn es schon nicht rechtzeitig die neue Platte zu hören gibt, so wird eben gerne „das Phänomen beleuchtet".

Und dann gibt es auch wieder Interviews, und Westernhagen darf salbadern, wie „wahnsinnig komplex die Beziehung zwischen Künstler und Publikum" sei. Und wie nach einigen Sekunden am Mikrophon „alle Nervosität verfliegt". Und wie toll das ist, wenn hunderttausend *deine Songs* singen, „und zwar jede Zeile". Musikalisch wie auch in Interviews gibt es, wenn es sie denn gibt, ohnehin nur Phrasen: Schnöd-regressiver Normalrock eines sich jaggersch Gerierenden, der beständig davon faselt, sich „immer weiterentwickeln zu müssen" (was super wäre!) und nicht stehenbleiben zu wollen, „was ja sehr einfach wäre, aber das bringt mir ja nichts". Natürlich nicht. Und so werden Veröffentlichung von Film und Platte „eng gestaffelt", und die Plattenfirma darf „auf Kooperation und Synergie" setzen, was mal wieder schwer bahnbrechend und global klingt.

Der Film heißt wie die Platte heißt wie die Single heißt wie ein alter Hit heißt wie es gekocht wurde: „Keine Zeit". Aha. Synergie. Die Platte ist eine Westernhagen-Platte, Rezension, Baby? Nö.

Im preßwehenartigen Titelsong moniert Herr Westernhagen das Fehlen von Zeit hinsichtlich der Verrichtung folgender Tätigkeiten: für ein Versteck, für 'nen schmutzigen Trick, für 'ne Religion, für 'ne Diskussion. Soviel keine Zeit muß sein. Dazu sind natürlich die Bilder sehr schnell geschnitten, weil halt keine Zeit ist. Wie auch Boris Becker hat Westernhagen auf dem Weg nach oben eine exotische Frau aufgelesen (irre undeutsch!), und da gebietet es die gute Kinderstube, daß man sich im Alltag (meint: in der Limousine, hinter der Bühne, in der Suite, beim Soundcheck) mittels eines munteren Hanseatenanglosprech mitteilt: Da kann es schon mal passieren, daß Marius sich freut, daß die „chemistry all right" ist. That's schon okay.

Der Trick ist: Alles noch größer, alles noch doller und lauter, und dann gibt es keine Parameter mehr, und Qualität wird plötzlich in merkwürdigen Maßeinheiten gemessen – vermeintliche Undeutschheit (die natürlich das genaue Gegenteil ist), Anzahl von Sattelschleppern zur Beförderung des Tourneezubehörs, Kilowattstunden verbrauchter Energie für Licht und Ton, Anzahl von hintereinander ausverkauften Abenden im selben Stadion, von Wurstbrötchen für die Aufbauhelfer, Millionen Platten und immer so weiter. Bis dann alles egal ist. Bis dann einer einen Hut aufsetzen darf, eine Platte „Affentheater" nennen und einfach so, ohne rot, aber nicht, ohne reich zu werden, Beckett, Brecht und Kafka als Interpretationshilfen anbieten.

Und bis dann auch die *FAZ* kriegsberichterstattend frohlockt: „Mobilisiert in wenigen Tagen über achthunderttausend Zuschauer, das schafft kein anderer deutscher Künstler" – gerade so, als beweise dies nun irgend etwas. So gesehen kann es gar nicht sein, daß „Keine Zeit" kaum Distinktionsgewinn bereithält: Immerhin wurden „insgesamt 60 000 Meter 16mm-Material" verfilmt; macht pro Zuschauer im ausverkauften Frankfurter Waldstadion einen Meter Filmrolle, man kann damit außerdem fast die Straßen von Hamburg bis Bremen pflastern, was ja gar nicht so weit ist. Aber: Westernhagens „Horizont endet ja nicht an den Grenzen Deutschlands wie offenbar der Ihre", wie er kürzlich einen *Spiegel*-Redakteur anfauchte. Und nicht zuletzt, da es die Journalisten nicht tun („Na ja, Kritiker!"), lobt sich jemand wie Westernhagen natürlich beständig selber, und wenn er sich mal sanft zu kritisieren scheint, so ist das nur sein größtes Selbstlob: Ein „krankhafter Perfektionist" ist er natürlich. Da helfen keine Pillen.

Und so ist es, alle Bösdeutung nimmt er vorweg und röhrt in „Schweigen ist feige" auch affirmativ „Ich bin der deutscheste Deutsche", also doch, aber hoppla, das war ja wohl wieder ironisch. Dafür sind im Film an dieser Stelle nun ganz zufällig Barbara und Boris Becker in den Proberaum eingefallen und singen begeistert mit. Beide Ehefrauen tanzen (exotisch, spontan, Quelle der Inspiration!) und rufen immerzu „Oh, really", als die Männer aus der großen, langweiligen Welt erzählen. Und als man sich gerade fragt, wann denn endlich Roberto Blanco und Rudolph Mooshammer auftauchen, da leuchtet sie auf, die Parallelität der Universen: Die allgemeine Angeberei kulminiert in der heißen Story, daß Marius seine Mundharmonika beim Konzert immer nach dem Solo ganz vorsichtig ins Publikum wirft und Boris aber schon mal mit einem ins Publikum geworfenen Tennisschläger einen Fan getroffen hat, was einen Prozeß nach sich zog. Oh, really. Und nun will Marius in Zukunft seine Mundharmonikas noch vorsichtiger werfen.

Ein einziges Mal ist Westernhagen im Film das Arschloch, das er wohl in Wahrheit ist: „Quatsch, das habe ich nicht erlaubt; das war aber so nicht abgesprochen. Nur 15 pro Nummer!“ bellt er ins Limousinenhandy. Ja, was wohl nur 15 pro Nummer? 15 Sekunden fotografieren? 15mal dasselbe Riff? 15tausend Kilometer Filmmaterial? 15mal das Kostüm wechseln? 15mal lügen?

So, und jetzt will ich euch hören, alle, da oben auch, kommt.

St. Pauli – Karlsruhe: 1:1

Das war kein Spielfeld, das war ein Kartoffelacker! Kein Wunder, daß das runde Leder sich da auf ganz eigene Wege begab und so recht nicht dem Willen der Kiez-Kikker folgte. Obwohl sie zumeist goldrichtig standen, hauten sie doch so manches Mal schlicht über den Ball hinweg.

Mit letzter Kraft retteten sich die Paulianer in die Winterpause, jenseits von Gut und Böse, im Mittelfeld. Die sprichwörtliche „rote Laterne“ ist aber nur vier ganze Punkte entfernt. Daß da mal nichts anbrennt und der Verein von der sündigsten Meile der Welt nicht alsbald dem Ruf einer „Fahrstuhlmannschaft“ gerecht wird und, schneller als ihm lieb ist, das Zeitliche in der obersten Spielklasse segnet. Doch man hat sich teuer verkauft; seine chronische Heimschwäche sollte der FC St. Pauli allerdings langsam mal abstellen.

Chaos dann in der siebten Minute: Flanke von Metz, Kirjakow ließ die Abwehrreihen der Hamburger einmal mehr nicht gut aussehen. Das heillose Durcheinander und auch der Umstand, daß man seitens des FC St. Pauli kein wirksames Gegenmittel gegen die agil beginnenden Badener fand, waren die Gründe, daß der Russe fast unbehindert einlochen konnte. 0:1! In der 15. Minute war es wieder Kirjakow, der nur durch den – wie ja fast immer – glänzend aufgelegten Thomforde (dem die Nordkurve immer wieder seinen Vornamen zurief – Superstimmung!) mit einer Glanzparade an seinem aus Hamburger Sicht „unseligen“ Handeln gehindert werden konnte.

Dann über weite Strecken ein schier unerträgliches Gestochere im Mittelfeld.

Langsam fanden die St. Paulianer dann aber doch noch zu ihrem Spiel und erkickten sich einige Möglichkeiten. Nowotny säbelte, eindeutig nicht den Ball spielend, Becker um, als der gerade ungestört auf den Kasten donnern wollte. Jubel bei den Fans, denn alle dachten: klarer Elfmeter. Aber es kam, wie es kommen mußte: Wie schon eine Woche zuvor beim Lokalderby gegen den HSV gab es Elfmeter-Pech. Diesmal nur umgekehrt – ungerechte Fußballwelt! Doch die Mannen von Coach Uli Maslo ließen sich weder unterkriegen noch aus dem Takt bringen, den sie mittlerweile gefunden zu haben schienen. Aus gut fünfzehn Metern war es nach einer halben Stunde Driller, der nach guter Vorarbeit von Scharping kein Pardon kannte und mit einem Sonntagsschuß den verdienten Ausgleich besorgte. Dann gab es noch einige weitere gefährliche Situationen, Scharping und Sobotzik konnten jedoch nicht reüssieren, da gab es kein Vertun. Zur Pause hieß es 1:1.

Das belanglose Gekicke nach dem Wiederanpfiff konnte einen Steinwurf von der Reeperbahn entfernt niemanden vom Hocker reißen, bis in der 67. Minute unter dem Jubel der vielen tausend Zuschauer Publikumsliebling Leonardo Manzi eingewechselt wurde. Sobald er in die Nähe der Kugel kam, ging ein Raunen durch die Ränge.

Nicht unerwähnt soll bleiben, daß der Karlsruher Bähr in der 70. Minute vorzeitig zum Duschen geschickt wurde. Zahlenmäßig war St. Pauli jetzt in der Überzahl und konnte sich in der Folge mehr und mehr Spielanteile sichern, jedoch schlug sich die Überlegenheit nicht in einem weiteren Treffer nieder, das war ihnen nicht vergönnt.

Zehn Minuten vor Schluß traf der gestern mit dem nötigen Selbstvertrauen zu Werke rückende Driller nur das Gebälk, woraufhin Manzi, der einfach kein Zielwasser getrunken hatte, mit einem artistischen Flugkopfball nur knapp das Ziel verfehlte. Alles in allem ein leistungsgerechtes Remis, doch das Abstiegsgespenst schwebt wie ein Damoklesschwert über dem Millerntor!

Metallica mit Schlips

Neulich hatten wir einen Disput über Heavy Metal-Musik und die 80er Jahre. Heavy Metal-bezüglich hatten wir alle ungefähr fast gar kein Fachwissen, aber immerhin doch jede Menge Meinung beizutragen, bei „den 80ern“ war es genau andersherum.

Das ist aber auch ein Antagonismus: Heavy Metal = T-Shirt; und 80er = bestimmte Art Anzug. Bier gegen Cocktail, Schweiß gegen Chrom-Neon. Solche Diskussionen müssen ja auch mal sein. Spaßmindernd war eigentlich nur, daß nach kurzer Zeit wir alle zu glühenden Heavy Metal-Apologeten wurden und sorgsame Abgrenzungen gegenüber „dem Schweinerock“ vornahmen und uns der Gegner verlustig ging, was Diskussionen schnell fad macht. Zu den 80er Jahren fiel uns zum Schluß eigentlich nur noch ein, daß wir genau seit 1990 nicht mehr die genauen Jahreszahlen der Fußballmeister aufsagen können, wohl aber sämtliche deutschen Meister UND Pokalsieger der 80er Jahre. Das mag mit einstigem Leistungsdenken einerseits und mit neuer Unübersichtlichkeit andererseits erklärbar sein.

Mit einem 3er-Destillat dieses lustigen Debattierclubs machte ich mich dann am Wochenende auf in die Hamburger Sporthalle zum Metallica-Konzert. Und weil man ja auch immer mal wieder so tun muß, als führe man ein originelles Leben, zogen wir uns Anzüge bzw. Abendkleider an, was in erster Linie sehr warm war. Und in zweiter Linie kaum komisch, denn Metallica-Fans sind zwar üble

Rauf- und Trunkenbolde, aber im Gottesdienst benehmen sie sich unerwartet distinguiert und sind an poppistischen Abgrenzungsritualen nicht interessiert.

In einer wogenden Masse zu stehen, die wirklich und wahrhaftig DURCHWEG schwarze T-Shirts überm schwitzend wippenden Körper aufgespannt hat, ist nicht sehr komisch. Und wegen all der 80er-Reminiszenzen darf man auch mal wieder mit dem Wort COOL umherfuchteln – COOL war das leider gar nicht mit den Anzügen, weil man in ständiger Angst war vor Bier, Asche und Fremdschweiß. Selber schuld. Dumm müssen wir aus unserer vornehmen Wäsche geschaut haben, dumm auch, weil das entweder gar kein Heavy Metal war oder aber wir unsere sorgsam gehüteten Klischeevorstellungen teilrevidieren müssen; und das zählt nun mal nicht zu unseren Lieblingsbeschäftigungen.

Ein stark zertobtes Mädchen erfreute mich am Bierstand mit den Worten: „Du siehst ja geil 80ermäßig aus." Und ging weg. Ich blieb da und trank alkoholfreies Bier, denn nur das gab es, und jeder weiß, wie schnell man eine Lebensfreude-Bringschuld anhäuft, wenn man alkoholfreies Bier zum Anlaß nimmt, ein wenig herumzureflektieren. Meine Freundin hatte nach dem Konzert irreversible Flecken auf ihrem schönen Kleid zu beklagen. Mein Anzug riecht nachhaltig nach Bier. Der Anzug meines Freundes ist von zigarettenverursachten Flecken und Löchlein in Mitleidenschaft gezogen, denn dieser dumme Junge ging schnurstracks direkt vor die Bühne und dachte, das sei nun metalimmanenter Protest oder so.

Ich bin gar nicht sicher, ob ich uns nicht verhauen hätte, wenn auf meinem schwarzen T-Shirt „Load" gestanden hätte und silbriges Metall meinen tätowierten Körper bewohnen würde. Wohl aber weiß ich, daß wir hernach noch einmal auf die 80er Jahre zu sprechen kamen. Und daß Metallica ein außerordentlich unterhaltsames Konzert gaben. Daß wir uns wirklich, also ganz ehrlich, über das alkoholfreie Bier echauffierten, ist „ja wohl jetzt super 80er“. Schnaps ist Schnaps und mein Anzug in der Reinigung.

Kalender

Man kann das nächste Jahr nicht planen. Was weiß man über das nächste Jahr? Wird man sich verlieben (neu, alt, Mann, Frau, Kind, Schallplatte, Land oder was denn überhaupt); wird man umziehen, wird man mehr Geld verdienen oder gar keines mehr? Hat man noch Termine oder so viele, daß man sie erstens aufschreiben muß und dafür zweitens sogar ziemlich viel Platz braucht, an fast jedem Tag, dazu aber drittens eigentlich gar keine Zeit hat? Fragen, die das Jahr beantworten wird. Aber nicht früh genug, der Ärger ist: Man muß das Jahr erst leben, erleben, daran führt überhaupt kein Weg vorbei.

Einen Kalender aber muß man vorher besorgen, sonst bricht die sogenannte Infrastruktur zusammen, und Mahnungen aller Art tadeln die Versäumnisse. Geburtstage müssen bedacht werden, Arztbesuche geplant, terminiert und notiert werden; Ferien, Exkursionen, Besuche, Fristen, Einladungen, Zahlungsfristen, Erscheinungsdaten – der Kalender sagt ja nicht nur uns, was die Stunde schlägt, auch wir müssen es ihm sagen, es in ihn hineinschreiben, denn dann merkt er es sich, weil wir das nicht tun. Fortan genügt ein Blick, dafür ist er ja da, der Kalender.

Es gibt viel zu viele verschiedene Kalender. Deshalb, so ist es ja immer, gerät man wohl überhaupt erst in maßlose Überlegungen. Es gibt

- Wandkalender
- Tischkalender
- Taschenkalender

Es gibt sogar noch mehr. Aber einen perfekten Kalender gibt es nicht. Mit dem Datum des Tages kann uns der Nachbar, die Tageszeitung oder zur Not das Radio aushelfen. Der Kalender jedoch muß ordnen helfen. Geldinstitute verschicken eine Menge Kalender, damit wollen sie ein Jahr lang präsent sein und sich als verläßliche, präzise Dauermacht einprägen. Gute Idee. Aber: immer scheiße, die Sparkassenkalender. Gummiertes Pseudoleder mit peinlichen Motiven oder Slogans („Spar dich durchs Jahr!") beprägt und als Superextraausstattung macht dann alles kaputt: ein Stiftkondom, da kommt er rein, der Billigkuli, den sie gleich mitliefern, und der eine Weile schreibt, dann nicht mehr, aber trotzdem noch klecksend auslaufen kann. Macht der garantiert. Die Burschen sind bekannt.

Ein Wandkalender ist klasse, wenn man am Telefon sitzt und weit ausschweift – wenn man im Januar über den kommenden Sommer fabuliert oder im Herbst den Frühling rekonstruieren möchte. Doch niemand wird ernsthaft ein ganzes Jahr lang konsequent den Wandkalender benutzen. Er hängt da so, die letzte Eintragung ist und bleibt ein Tag, der Wochen schon, bald Monate her ist. Dann geht eine Stecknadel verlustig, und müde und ranzig lappt eine Ecke von der Wand. Und dann weg damit.

Und so oft sitzt man ja auch wieder nicht am Telefon und schweift aus. Zumindest nicht in Schreibtischnähe. Und auf Reisen, soll man ihn dann einrollen und in einer braunen Papprolle spazierentragen? Zweitkalender, sagen Sie? Der Anfang allen Endes, sage ich. Klappt drei Wochen, dann wird einer der beiden bevorzugt, darauf noch mal kurz der andere, schließlich sind beide nicht mehr zu gebrauchen.

Ein Tischkalender paßt ja auch in keine Hosentasche. Und in die Hosentasche paßt sowieso nur der Sparkassenkalender, aber da kann man neben „Fronleichnam" gerade mal noch schreiben „Zahnarzt" oder vielleicht „Rosen für Uschi", wie man es immer wieder in Anzeigen für Versicherungen und Banken liest. Die werben immer mit den aufgeblätterten Kalendern hübscher Menschen. Die hübschen Menschen nennen die Dinger „Planer" und behandeln sie wie Steuerklärungen: alles sauber rein da. Sie müssen dann, so steht es dort zu lesen, um „15:30 Squash" spielen, haben vorher „13:00 Lunch mit Dr. Müller" und davor noch „meeting", ganz klar, und dann kommt der private Teil: „20:30 Theater mit Elke und Andreas". Der Schönling, den zu sicher strafmilderndem Tagessatz einmal eine Bausparkasse seinen Kalender öffnen ließ, hatte meinen bisherigen Lieblingstermin „21:00 neue Kalkulationen und Projektplanung", woran besonders schön war, daß er sich ziemlich hetzen mußte, da um „19:00 Saxophonunterricht" anberaumt war.

Meine Kalkulationen mache ich grundsätzlich vor dem Saxophonunterricht, denn erst mach dein Sach, dann trink und lach, und spiel halt andernfalls auch gerne Saxophon.

Noch schlimmer als Sparkassen, deren Kunden Saxophon spielen und das in nichtledernen Plastikmäppchen vermerken, sind selbstgebastelte Kalender mit persönlichen Sprüchen, Fotos oder gar trockengepreßten Blättern und Blüten. Auch wenn da hundertmal in schön runder Kinderschrift mit Silber-Edding „Februar" steht – gebrauchen kann man den Kalender nicht. Eine Tante von mir muß, um sämtliche Teile der Großfamilie bei spontanem Besuch nicht zu brüskieren, an jedem Monatsende siebenundvierzig Kalender umblättern. Ein schönes Leben ist etwas ganz anderes.

Ein taschenrechnerartiges Minibüro vielleicht, ist das ein Leben? Es ist nicht.

Die DIN-A5-Ledermappen mit jahrelang weiterverwendbarem Adreßteil und einem nach Jahreswechsel aktualisierbaren Kalenderteil ist in Ordnung. Aber auch zu dick, um handlich zu sein. Paßt in keine Jacke. Und wenn man einzelne Blätter herausnimmt und ins Portemonnaie steckt, ist der Untergang nicht mehr fern, und später weinen am Grab Chronisten, weil im Mai Neunzehnhundertsoundso einige Tage fehlen. Wo war er, werden sie schreien? War er beim Squash, hat er auch die Rosen für Elke gekauft, und wie war es im Kino? Und wo liegt sein Saxophon begraben?

Dicke Unicef-Ringbücher mit 52 verschiedenen Abbildungen süßer Negerbabys sind auch keine Lösung.

Mein Nachbar

Mein Nachbar ist Boulevard-Journalist. Manchmal will er ein Bier mit mir trinken, nee Quatsch, ein „Bierchen" natürlich, aber da mache ich schon lange nicht mehr mit. Mit dem nicht, und Bierchen schon gar nicht.

Bei den wenigen Bierchen, die ich aus völlig falscher Höflichkeit zuließ, erzählte er viel vom Leben. Leute, die viel vom Leben erzählen, sind damit eigentlich schon durch. Ich habe ihn gar nichts fragen müssen, es kam von selbst. Das war langweilig, aber bequem. Ich mußte nur manchmal Zustimmung brummen oder auch mal leicht zweifelnd najanaja sagen und dabei den Kopf wiegen, was ja heißt: Ich höre genau zu, ganz genau, jedes Wort ist ein Genuß, sprich bitte weiter! Vermeintlich. Er weiß, wo der Hase läuft, und ich weiß seitdem auch allzu gut, wie es bei ihm läuft: super natürlich, super läuft es.

Steffen ist sehr häßlich, damit geht es schon mal los. Damit ging es auch los vor knapp 40 Jahren, der Start ins Nichts – Steffens Geburt. Von Anfang an wußte er, daß andere Jungs dünner sind und klüger, daß seine Eltern sich zwar um seine Erziehung kümmerten, wenn Zeit war zwischen Fernsehen und, schluchz, Fließband (als es noch lief!) und, gluck, genau: dem Schnaps und dem regelmäßigen ausführlichen Einander-Verhauen. Was ja auch Erziehung ist, „in Maßen sehr wohl, das ist mein Standpunkt", ist heute Steffens Standpunkt.

Steffens Leben fand nicht in der Sonne statt, nie, trotzdem mußte er immer fürchterlich schwitzen. Weil ihm nichts geschenkt wurde, außer schlechten Zähnen, die sich durch allzuviel allzu schlechtes Essen arbeiten mußten, was strafverschärfend wirkte, denn Dicke schwitzen wie die Schweine, wie Sir Westernhagen einmal sehr richtig sang.

Es ging so weiter, die Brille kam, mit Steffen wurde auch sie immer dicker. Heute trägt Steffen ein dickes Horngestell und glaubt, das sei Mode, es sieht aber bei ihm nur aus, als sei ein Fisch vollkaracho gegen die Aquariumswand geschwommen. Matsch.

Mit der Schule war es auch nichts. Steffen konnte sich nicht artikulieren, dabei wollte er soviel sagen. Schreien wollte er. Was er tat. Dann mußte er raus aus dem Klassenzimmer und auf die Pause warten. Spielen wollte aber keiner mit ihm, bloß wenn er mal Schokolade dabei hatte oder einen neuen Fußball. Dann hieß es: Ey Steffen, los, gib den Ball/Darf ich dann mitspielen?/Ja als was denn, als Pfosten?/Meinetwegen.

„Ich habe sie alle gehabt", sagt er manchmal und meint Frauen, die er berufsbedingt mit in sein Zimmer hat nehmen können, um sie dort wahlweise zu demütigen, zu langweilen oder zu enttäuschen.

Steffen fährt ein schnelles Auto. Bevor er losfährt, furzt er kurz ins Sitzleder, und dann geht es los – erst mal in die Redaktion. Heute hat Steffen ein schlechtes Gewissen, weil er gestern nacht betrunken war und jetzt zu spät kommt, sie sitzen schon alle in der Konferenz, und wenn er da jetzt nicht sofort reingeht, dann. Dann wäre das wahrscheinlich besser, denn vorbereitet ist er ja auch nicht. Besser nicht rein? So genau nehmen sie es nicht. Er kann auch nachher einfach sagen: „Ach, das war auch wieder nix, diese Pressevorführung heute morgen", oder irgendwas murmeln von schiefgegangenem Interview und im Sand verlaufener Recherche. Andererseits kennen die Kollegen ihn ja inzwischen gut genug und wissen: mit Recherche meint er ins Auto setzen und los und erst zurück, wenn die Geschichte steht. Meist steht die Geschichte sogar schon vorher, und Steffen fährt ihr hinterher, sammelt Belege für Behauptungen. Die finden sich eigentlich immer. Dann an der Tankstelle noch einen 0,5-Liter-„Kakaotrunk", von dem man pelzige Zunge und H-Milchatem kriegt, aber eben auch gute Laune. Ein Snickers noch, das schon im Laufschritt, Infrarotschlüssel rot aufleuchten lassen, tschock macht die Zentralverriegelung und wrom, zack, wieder da, hallo, Riesensache Leute, Text jetzt, hackhack, fertig, Fotos auch da, infame Unterzeile, aufblasen das Ding! GRÖSSER! & schnell drucken. Sehr schnell merkte er, daß Schreiben in einem großen Drecksblatt natürlich auch Macht bedeutet. Hey, Macht, das ist ja geil, dachte er, denn die kannte er bislang doch nur von der anderen Seite.

Im Moment sitzt die Macht in der Konferenz, er hier draußen, will da rein. Da, ein Fax. Aha, sehr schön, gut genug als Eintrittskarte, als Vorwand, Fernsehstar läßt sich scheiden, Frau heult, Kinder sind verzweifelt, er will aber guter Vater bleiben, klar will er das, von wegen, die Neue 20 Jahre jünger, ist ja irre. Triumphierender Blick, Hände abwischen, naß sind die wieder, meine Güte, und rein in die Konferenz. Ein überschwengliches „Morjjjen Kollegens!" und rumwedeln mit dem Fax. „Ist was?" fragt der Ressortleiter pikiert. Die Frage schwebt ja über Steffen seit kurz vor der Geburt. Ist eigentlich irgendwas? Aus seinem

Jubel wird die Luft gelassen, er sieht auf dem Tisch schon einen Stapel mit Bildern des Fernsehstars, der sich ja. Der sich was? Was haben Sie denn da? Ach, das ist, das ist eigentlich ist das gar nichts. Ich dachte nur wegen dem. Es hört schon keiner mehr zu.

Die nächste Geschichte muß sitzen, das ist ganz klar. Steffen fährt los, noch schneller als sonst. Ein alter Schauspieler muß sein Buch verkaufen. Steffen ist ihm auf den Fersen. Der alte Mann wirkt geschwächt. Das ist eine Geschichte! Jetzt drauf da, nicht abschütteln lassen. Unterstellen, suchen, erfinden, die Fakten hinbiegen. Das hat er ja gelernt, das nun wirklich. Sonst ja nichts. Es passiert leider nichts. Aber die Geschichte hat er jetzt so lauthals versprochen, da wird drauf gewartet. Steffen gibt allen potentiellen Informanten rutschig die Hand. Wie schlimm ist es? Und was kriegt denn der dafür, lohnt denn das, jetzt auch für Sie als Verlag? Überschrift, egal wie die Lage ist, das steht schon mal: So schlimm ist es!

Morgen kommt er ganz früh in die Konferenz, er wird den Chef fragen, ob der auch gerne einen Kaffee will. Dann geht es weiter. So schlimm ist es.

Mein anderer Nachbar ist Steuerberater.

Frau Engler

Reporter wühlen im Dreck. Reporter kennen nix – nur eines: den Druck, daß am nächsten Tag eine Zeitung erscheinen muß. Dafür ackern sie, setzen sich zum Beispiel in Cafés. Denn das wirkliche Leben und Sie wissen schon. Mitten „im Tourneestreß" setzte sich mitten im Caféstreß unverhofft die Frau von PUR-Sänger Hartmut Engler an meinen Frühstückstisch. Sie ist schwanger. Und nicht Alice Schwarzer. Und sie hat ein Pferd. Und hat einen davon erzählt. Und Hotelfrühstücke sind so gut wie Brusthaare von Bofrost. Ein Ausriß-Protokoll:

Der Hartmut war ja schon mal verheiratet, aber da hat er kein Kind draus hervorgebracht, sonst hätte ich da auch arge Probleme mit. Ich habe ja zu Hause ein Pferd, klar, da reite ich jeden Tag, und meine Freundin, die Kindergärtnerin, also die ist nicht neidisch, aber der erzähle ich auch nicht, wie ich in der Weltgeschichte rumkomme, die kann sich halt alle 2 Jahre mal 8 Tage Teneriffa leisten, und da ist das echt blöd, wenn ich dann so erzähle, wie's bei mir ist. Ich liebe ja Hotel-Frühstück-Büffets, wo du so 20mal hingehen und nachfüllen kannst, jetzt habe ich mir aber auch ordentlich den Bauch vollgeschlagen, da geht nix mehr, außer jetzt den Milchkaffee und eine Apfelschorle. Ja und mit dem Kind war das so: Gegen Kinder haben wir seit meinem Geburtstag im Oktober nix mehr gemacht, und dann hat's im Januar gleich gefunkt. Dann war das mit dem Heiratsantrag hinfällig, denn das war klar, daß es kein uneheliches Kind geben wird.

Nee, aber verwöhnte Kinder kann ich nicht ausstehen, das gibt es bei mir nicht. Wenn das dann an der Supermarktkasse Süßigkeiten haben will, dann sag ich nein, da kann es den ganzen Laden zusammenschreien, das ist mir dann so was von Wurscht. Bei meinem Papa habe ich früher auch immer ganz viel in den Wagen geworfen, aber wenn er Schluß gesagt hat, dann war auch Schluß – da gibt's nichts.

Wir wollen beide ein Mädchen, ja, der Hartmut will 'ne kleine Prinzessin, süß, gell, aber beim Jungen, das wär auch ok, also zurückgeben kann ich ihn dann ja nimmer (lacht). Wenn's 'n Junge wird, würde ich ihn gerne Marc nennen, aber der Hartmut sagt, das könnten die im Schwäbischen nicht aussprechen, so „Moork" würden die sagen, der sucht das echt danach aus. Max gefällt uns als Name auch gut, aber das gibt es in der Bekanntschaft schon, und das ist ja dann nicht so gut. Also Maximilian ginge, aber das wird ja dann im Alltag auch wieder zu Max verkürzt. Und Nico finde ich bei Jungen auch schön. Aber was willste machen – beim Ultraschall kann es sich ja auch umdrehen, und dann sieht man nix. Frag mich nicht wie, aber es spricht sich rum. Da rufen Leute von Zeitungen an und wollen wissen, ob das stimmt und ob es ein Wunschkind ist. Und dann habe ich gesagt, das ist dem Hartmut seine Entscheidung, ob man es denen jetzt sagt, letztendlich laufe ich ja bald mit 'nem dicken Bauch rum, dann sehen es sowieso alle.

Ja, mit dem Heiratsantrag, das hat er mir jetzt im nachhinein erzählt, da wollte er eigentlich übers Wochenende schön mit mir wegfahren. Aber der Antrag selbst war alles andere als romantisch. Es hat ihn gar nicht gereizt, da groß was zu machen, weil er ja wußte, daß ich bestimmt ja sage. Der ist ja gar nicht so, wie sich das die Fans so vorstellen. Der sitzt am Schreibtisch und schreibt, und dann kommt er runter und ist genau so ein Arschloch wie alle anderen auch. Ich bearbeite ja seine Fanpost, und die denken echt alle, der ist wer weiß wie, auch im Bett und so. Da gibt es Frauen, die sind so 40, haben Kinder und alles und verlassen ihren Mann wegen dem Hartmut. Ich meine, die haben einen Knall, das ist doch der Irrsinn. Da kriege ich echt die Krise, wenn die dann schreiben, daß sie im Fernsehen seine Brusthaare gesehen haben. Oder wenn die von Hamburg bis zu uns kommen und Pilgerfahrten machen und dann vor der Tür stehen und mit'm Hartmut Kaffee trinken wollen. Das sind kranke Weiber, und es ist nicht dem Hartmut seine Aufgabe, der Seelentröster der Nation zu sein. Die verlieben sich in diesen jungen Schnösel, der ein paarmal im Fernsehen war – aber der liegt abends genauso auf der Couch und will sein Essen. Ich meine, der hat jetzt nicht so die Ansprüche, dann kriegt er eben auch mal 'ne Pizza von Bofrost, oder wir bestellen was, oder wenn ich sage, ich will nichts machen, dann gehen wir auch mal essen.

Ach, die Männer in der Band verstehen sich schon alle, aber es hapert halt bei uns Weibern. Mit der Frau vom Trommler stehe ich echt auf Kriegsfuß. Das ist so 'ne dumme Frisöse, der ihr IQ reicht von hier bis gerade mal zu der Lampe da oben, und die hat gesagt, ich wolle die Band auseinanderbringen und mich in den Vordergrund spielen und so, nur weil ich in einem Video mitgespielt habe. Das ist also eine Zwangsbekanntschaft.

Bevor ich mit dem Hartmut zusammenkommen bin,

war ich ja erst ein halbes Jahr allein, ab und zu bin ich direkt nach der Arbeit mit ins Café am Markt gegangen und dann heim, wenn die anderen noch in die Altstadt sind. Ich habe mich so wohl gefühlt: Einfach nur rumhängen, auf der Couch, wenn du kochen willst, dann kochste halt, und wenn du putzen willst, dann putzte halt. Herrlich.

Der Hartmut war in einer Talkshow so zum Thema Machos, und da hat er gesagt, was ihr da erzählt, meine Freundin würde sagen, das ist alles Bullshit, und die ist ja auch 'ne Frau. Und da hat er auch recht, ich bin jetzt ja nicht so die Alice Schwarzer.

Jackentaschen

Es gibt Jacken, die man nur saisonal einsetzt: Wintermäntel und Smokings zum Beispiel. Denn der Mantel ist an den meisten Tagen des Jahres zu warm, der Smoking zu chic. Wenn man sie dann mal wieder anzieht, weil es kalt oder feierlich wird, bemerkt man endlich zuverlässig, ob man größer oder dicker geworden ist; interessanter und überraschender aber ist der Inhalt der Taschen: Aha, da ist der andere Handschuh, wann habe ich denn bitte Mentholzigaretten geraucht, so also mutieren Kaugummis im Wandel der Gezeiten, ach ja, der Brief von soundso, die Wunderkerze von dann und dann und all die Flyer und Eintrittskarten. Sehr häufig auch klimpern einem unverhoffte Münzgeldrücklagen entgegen.

Viele Menschen behaupten, in ihrem Leben passiere gar nichts. Gerade im Herbst hört man das oft. All diese Menschen setzen sich bitte an den Küchentisch, stülpen sämtliche Jackentaschen aus, und dann sollen sie angesichts des bunten Haufens aus Strandgut des Lebens ihren trüben Satz noch mal wiederholen, ganz laut. Stille wird sich breitmachen – und dann Erleichterung. Denn es passiert ja dauernd was. Und Jackentaschen sind – Achtung, nun folgt einer der abgetrampeltsten Vergleichspfade der Neuzeit – wie Tagebücher. Den Reim auf die losen Eintragungen allerdings muß man sich selbst machen: Alte Wunden können aufbrechen, altes Feuer kann entflammen, und alte Bonbons können schlimme Flecken verursachen.

Vor dem ersten Tragen beginnt mit dem Sichten auch

gleich das Ausmisten. Flyer müssen nun schon sehr schön oder behaftet sein mit persönlicher Erinnerung, um nicht sofort aussortiert zu werden; und wenn sie noch von Bedeutung sind, gehören sie auch vielmehr in Schuhkartons oder ähnliche Biographie-Särge, die Jacke jedenfalls (und mit ihr der Besitzer) sollte nach neuen Eindrücken und Belegen dafür heischen. Also: Tasche ausleeren und langsam wieder füllen. Im besten Fall entsteht ein Fließgleichgewicht. Ständig sind Neuzugänge zu verzeichnen, bestimmte Abfälle und vor allem Lebensmittel fliegen genauso konsequent raus wie Gegenstände, deren stark begrenzte Halbwertszeit eher inhaltlich begründet ist – Zeitungsartikel, Liebesbriefe, Blumen, Tickets, Telefonnummern auf Bierdeckeln.

Trotzdem sind eindeutig solche Gegenstände in der Minderheit, die tatsächlich saisonunabhängig sinnvoll sind. Yo-Yos, Anspitzer, Kämme, Aspirin, Stifte, Kondome, Notizblöcke, Nadel und Faden (das tragen manche Leute spazieren, jawohl!), Feuerzeuge, Labellos, Tesafilm und Sonnenbrillen hat man immer dabei, wenn man sie nicht braucht und umgekehrt, außerdem verliert man sie ständig. Oder sie sind so bedeutsam, daß man sie von einer Jacke in die nächste transferiert. Manches geht verloren. Und findet sich dann ein halbes Jahr später im Innenfutter, wenn das Ding in die Reinigung geht.

Ganz besonders heikel sind Schlüssel. Durch ihre sägeähnliche Benutzeroberfläche sind sie nachgerade dazu konzipiert, Nähte langsam und unbemerkt aufzutrennen. Dann flutschen sie in Regionen, auf die der Besitzer ohne Werkzeug keinen Zugriff hat. Auf magische Weise jedoch trägt die Dynamik des Jackenalltags (die Jacke wird getragen, geworfen, aufgehängt und geschüttelt) den Schlüssel in den meisten Fällen irgendwann wieder in die Tasche zurück. Dann aber hat man meist schon Ersatz besorgt, und in die Wiedersehensfreude mischt sich Ärger.

Viel schöner ist die Freude über größere Geldbeträge, die man manchmal wiederfindet, sprich Scheine. Nicht tadelnd wie den Schlüssel (Wo warst du denn so lange?), sondern freudig (Wo kommst du denn her? Gut siehst du aus!) heißt man sie willkommen.

Leiht man sich mal eine Jacke aus, gibt es vier Möglichkeiten des Tascheninhalts: Gutsortierte und deshalb spannende Füllungen, unspannende, weil viel zu spannende Sammlungen, die in der Absicht zu beeindrucken extra und ganz offensichtlich präpariert wurden, ferner die Real-Müll-dominierten und schließlich die gänzlich leeren, die nur zum Händewärmen benutzt werden.

Ratsamer als der Voyeurismus ist aber wie immer der Putz vor der eigenen Tür, der Griff in die eigene Tasche. Man nimmt die Saisonjacke aus dem Schrank, durchsucht die Taschen, und wie immer, wenn das Gestern „Hallo heute!" ruft, wird man sentimental. Man denkt „Oh Gott" oder „Oh Mann". Oder auch „Oh nein". In der Regel verklärt man flugs den letzten Winter, den letzten Ball, und früher war alles besser. Man denkt bei Kinokarten bloß an die tolle Frau, nicht an die quälenden Gespräche, bei Bonbonpapier nie an die Zahnschmerzen, nur an den guten Geschmack. Sah doch gut aus, brüllen Fotos, und „Das war noch Musik", sagt die Merchandising-Bestellkarte. Solch nachträgliche Realitätsumfärbung (Geschichtsfälschung!) ist normal – und romantisch. Tasche zu, Affe tot.

Waschsalon

Andere gehen jeden Sonntag in die Kirche, ich gehe lieber in den Waschsalon. Auch jeden Sonntag. Für mich ist das auch eine Art rituelle Handlung. Wenn über „das Lebensgefühl in den Achtzigern" nachgegrübelt wird, klingt die Beschreibung der „80er-Jahre-Bars" immer so, wie ich einen Waschsalon beschreiben würde: „Neonlicht, Kacheln, Spiegel, viel Chrom. Und coole Leute." Für viele mag das ungemütlich klingen, ich aber sage: Das ist urgemütlich, man muß nur alles verstehen.

Obwohl der Waschsalon ja eigentlich ein Tempel der Sauberkeit ist, schlägt mir beim sonntäglichen Wasch-Gang erst mal ein leicht muffiger Geruch entgegen: eine Mischung aus Zigarettenqualm, nassen Zeitungen und billiger Seife. Wie immer versuche ich, die Waschmaschine mit der Nummer 16 zu kriegen, weil 16 früher meine Lieblingszahl war. Heute habe ich keine Lieblingszahl mehr, dafür aber eine Lieblingswaschmaschine – Zeiten ändern sich. Ich hole Waschpulver aus dem Automaten, der ein ratterndes Geräusch von sich gibt. Komischerweise steht er genau neben dem Getränkeautomaten, der mit einem „vollmundigen Kakaogetränk" mehr droht als lockt, aber wenigstens nicht rattert, sondern summt. Wer hier ein Getränk zieht, wird spöttisch belächelt und outet sich sofort als Waschsalon-Neuling. Jedesmal betritt in dieser einen Waschstunde – offiziell dauert ein Waschdurchgang „max. 42 Minuten", es dauert aber immer länger – mindestens ein Neu-Wäscher suchenden Blickes den Salon.

Erst wenn ich das Geld eingeworfen und die Start-Taste gedrückt habe, fange ich an, die Anwesenden zu mustern, sie einzuordnen. Die meisten Salon-Wäscher scheinen Überzeugungstäter zu sein. Bekannte Gesichter sind immer da. Von keinem weiß man aber auch nur den Namen (was weiß ich, wo alle meine Freunde waschen?), dafür kennt man die meisten Unterhosen und Socken der Leute.

Sicherheitshalber nehme ich jedesmal mindestens ein Buch mit, doch nie komme ich über ein bißchen Herumblättern hinaus. Die Menschen sind merkwürdig gekleidet, viele haben Trainingsanzüge und Sandalen an. Keine Frage: Dies ist eine perfekte Mischung aus öffentlichem Raum und eigenem Wohnzimmer. Oft, und nicht nur im Sommer, haben die Leute auch keine Socken an. Bei denen war es dann höchste Zeit mit dem Waschen. Ich habe stets noch einige Paar Socken im Schrank, wenn ich in den Waschsalon gehe, denn mit Not hat dieser Gang für mich rein gar nichts zu tun. Es ist sogar so: Bei uns steht seit einigen Wochen eine Waschmaschine im Haus. Aber ich gehe weiterhin in den Waschsalon, es gefällt mir dort einfach gut. Allein schon, weil man sich mit so absurden Fragen beschäftigen muß wie mit der Entscheidung für oder gegen den Trockner. Einerseits steht bevorzugt in Lieblingskleidungsstücken unmißverständlich „Don't tumble", andererseits ist es auch nicht gerade eines meiner Hobbys, die Wohnung mit Wäscheständeranordnungen vollzustellen.

Und wer kennt nicht das Problem Weichspüler? Der Umwelt und langfristig auch der Wäsche soll der schaden, und man empfindet die Wäsche nach dem Weichspülen überhaupt nie als weicher – aber die Vorstellung allein ist doch wunderschön.

Wenn ich auf der ungemütlichen Holzbank sitze und den Augenkontakt mit den Mitwäschern meide, stechen mir immer wieder die Martini-Glas-förmigen, mit Sand gefüllten Aschenbecher ins Auge, die es sonst nur an Imbißbuden und natürlich auf Minigolfplätzen gibt. In ihrer unübersehbaren Häßlichkeit sind sie so unbescheiden wie kleine Pop-Stars. Sehr hübsch ist auch die unterdrückte Schlagermusik, die einem wie im Supermarkt zunächst gar nicht auffällt. Einmal hörte ich jedoch genau hin, und da sang ein froher Mann: „Du bist so weich, dafür gibt es kein' Vergleich."

Im Blickkontakt mit meiner Nummer 16 sitze ich da und beobachte, wie das Wasser in die Maschine läuft, wie zischend neues Wasser das Waschpulver in den Abgrund zieht und wie dann immer wieder bekannte Kleidungsstücke vorbeitrudeln, wie die blauen Socken mit den roten Unterhosen um einen Fensterplatz kämpfen. Dann kann die Welt da draußen sich noch so sehr anstrengen; sie muß warten.

Manchmal mischt sich aber auch Trauer in die legere Stimmung: wenn ein enttäuschter Neu-Wäscher verfärbte Kleidungsstücke aus der Trommel zieht. Das passiert immer wieder und wird vom Mitleid der Waschprofis begleitet. „Hätten Sie doch gefragt", schallt es unisono durch den Raum. Oder genau hingeguckt, denken alle – sagt aber keiner, denn da würde Besserwisserei herausklingen, und das hat an einem solchen Ort des Friedens und der Einhelligkeit nichts zu suchen. Dabei ist doch alles ganz einfach: Die Öffnertaste ist mit einem Schlüssel bemalt, und das Woll-Programm ruft man mit einem Knopf ab, auf dem ein Wollknäuel zu sehen ist. Außerdem helfen farbige Comicfiguren: Am Trockner klebt ein schwitzendes Männlein, vor unsortierter Wäsche warnt eine Frau, die traurig ein vor der Wäsche offenbar noch nicht rotes Hemd in der Hand hält, darüber eine Sprechblase mit einem blinkenden Fragezeichen.

Nach einigen Besuchen habe ich mich so gut ausgekannt, daß ich jetzt beim Warten anstelle der Bedienungsanleitung immer das um Skurrilitäten nie verlegene Schwarze Brett bestaune. Dort werden Aquarienfilter angeboten, Kinderwagen gesucht und Gitarristen für eine Rentnerband, bei der „Notenkenntnisse nicht erforderlich" sind, „Bedingung jedoch: motorisiert". Was für eine Band!

Plötzlich ein Klicken: das Entsichern der Tür. Die Wäsche ist fertig. So, als klingele mitten in einem schönen Traum der Wecker – gemein, aber die Wirklichkeit.

Talk im Hbf

Die *Wandelhalle* im Hamburger Hauptbahnhof lädt den Flaneur nicht nur zum geselligen Essen und Gegessenwerden, nein, wüstbunt bedruckten Plastikfolien ist zu entnehmen, daß obendrein „genießen und abfahren" möglich sei. Die Bahn kommt – jetzt auch noch mit Wortwitz. Und als des Alltags Lasten mal wieder überwogen, nahm ich Platz in der *Wandelhalle*. Genießen ok, abfahren, hihi, mal sehen. Plötzlich wurde ein alter Mann mit Hornbrille direkt vor dem von mir okkupierten „Tisch 18" im „Bistro" mit Puder luftdicht verpackt, Frauen mit Drahtgehängen am Kopf wurschtelten mit Karten und Lichtern, und es war alles sehr durcheinander. So auch ich. Die Menschen um mich herum bestellten noch einen internationalen Qualitätswein und wußten längst, was nun auch mir erklärt wurde: Das beliebte N3-Vorabendmagazin *DAS – Live aus dem Hauptbahnhof* stand kurz bevor.

Ich schrieb in mein Tagebuch, das vielleicht im nächsten Herbst bei Suhrkamp erscheint, „3. Tag, will wieder mehr schreiben, um mich rum hektische Betriebsamkeit. Beneide die Menschen, die noch wissen, wohin mit sich und woher die Energie zu beziehen ist; ein Sexkino verwaltet die Ruinen der Lust; Kopfsteinpflaster, denke ich, immer wieder." Das war das, doch was ist *DAS*? *DAS* ist irgendeine drittprogrammübliche langweilige Abkürzung. Selbiges gilt auch für die Sendung selbst.

Super aber war, daß der Puder-Opa immer quer durch den Hauptbahnhof lief und dann mal am Geländer und dann wieder am Wurststand seine hölzernen Überleitungen verlas. Die Themen habe ich nicht alle behalten, genau erinnern kann ich mich noch an die griffige Metapher vom „Konjunkturrad", das „noch nicht recht in Schwung" sei oder nicht mehr oder nie mehr oder so. Und an den dialektischen Fallrückzieher, daß „immer weniger Arbeit immer mehr Arbeit bedeutet – und zwar für die Bundesanstalt für Arbeit". Ein Herr „Bruno Banani" stellte daraufhin „progressive Underwear" zur Schau. Progressive Underwear heißt, daß alles quillt und man mitten im Frühfrühling ohne Hosen, in Neonplastik allein gezwängt, vor Menschen tritt und das toll findet. Früher hieß das anders. Und weil sich all das in Hamburg abspielte, durfte natürlich auch Domenica nicht fehlen, und die erzählte wieder von „Titten" und „Behandlung wie auf dem Schlachthof". Prostituierte seien „gefühlloses Fleisch" in den Augen der Männer. Das war natürlich ein heißes Eisen.

Eine als „Sex-Revolutionärin" angekündigte mittlere Dame erzählte dann Herrn Hornbrille von 5000 Männern, „einer häßlicher als der andere". „Von der Prostitution über die Uni zur Promotion" habe sie es aber trotzdem geschafft – und hier ihr neues Buch. Von der Promotion zur Prostitution hat es kurz danach auch mal wieder Klaus Lage geschafft, und hier ist seine neue Platte. Der nachgepuderte Hornbrillenmann stand dann hinter einer Säule und lamentierte über „Computermusik". Wenn die dann mal echt singen müssen und so weiter, ist ja klar. Und 5000 Phrasen später (eine häßlicher als die andere) kam gefühlvolles Fleisch in Form von Klaus Lage und sang mit seinem Männerfreund (der sich wirklich „Beau Heart" nannte!): „Du hast einen Freund in mir." Hey Junge, ruft Klaus, der alte Soulkönig, der hier genau hingehört, zwischen Ketchup und Feudel, der aber ab morgen schon „live und zu zweit“ unterwegs sein wird. Das war nicht zum Lachen.

Auflachen erst ließ mich folgende schillernde Rauschvorstellung (begünstigt durch wahllose Auswahl internationaler Weine während einer peinigendst langwierigen Reportage über den Orient-Expreß): 5000 impotente cordbebrillte ältere Herren (häßlicher noch als der andere!) in Bruno-Banani-Unterhosen fahren auf dem Konjunkturrad zu gar nicht arbeitslosen Prostituierten in den Schlachthof, die ihnen während der „Zerstörung auf Raten“ (Domenica) ins gepuderte Ohr singen „Du hast einen Freund in mir“. Klaus Lage und die GEMA würden das sehr genießen und darauf abfahren.

Den Rohentwurf meines Tagebuchs schenkte ich hernach dem Personal des Wurststandes, der der Welt offenkundiges Motto zum Firmennamen erkor: „Alles Wurscht“.

Udo Lindenberg

Für Menschen, die sich keinen Urlaub auf Sylt leisten können, oder aber auch für Menschen, die gerade und kurz von Sylt herübergejettet sind, um ein wenig an der Börse zu spekulieren oder in der Anwalts-Kanzlei nach all den Rechten zu schauen, gibt es im Hamburger Hauptbahnhof eine Filiale des Sylter Meeresbewohnerverarbeiters Gosch. Gosch ist Bestandteil der *Schlemmermeile* und also in direkter Nachbarschaft zu einem weit bodenständigeren Gastronomiebetrieb verortet, dessen kulinarisches Angebot sich vornehmlich aus Kartoffeln rekrutiert. Dort also schwankte ich unlängst zwischen Kartoffeln und Krabben und beriet mich mit einer Mitesserin, da schwankte auch Udo Lindenberg herbei. Gemeinsam mit der Sängerin Katja O'Kay (25) drehte er (49) sich im Kreis, grüßte willenlos in die Menge, als er froh meine Begleitung (20) samt mir (21) focussierte, waren wir doch die einzigen im Chor der schmatzenden Meute, die ihn beachteten, obschon er mehrmals „n' Abeeend" in den Raum gesummt hatte. Und dann tänzelte Udo auf uns zu und wiederkäute: „Kombiniere, kombiniere …", woraufhin ich, stets der Höflichkeit verpflichtet, aushelfen mußte: „Ja, als du im letzten Jahr wieder einmal eine Platte vollgesungen hattest, da haben wir ein bißchen darüber gesprochen." – „Richtig, kombiniere, kombiniere; und sonst, immer fleißig und alles roger?" Zum Glück erwartete Udo Lindenberg – wie immer – keine Antwort. Kommunikation heißt für ihn nur, daß das Gegenüber aushält, wenn er draufhält; sonst nämlich hätte ich sanft errötend wie eine Krabbe drei Tische weiter eingestehen müssen, daß ich bestimmt nicht so fleißig bin wie er, was auch gar nicht möglich ist, obwohl ich (21) zwar sein (49) Sohn, nicht aber der seiner Freundin (25) sein könnte: Hast du gerade eine Lindenberg-Platte verkraftet, kommt schon die nächste und obendrein Compilations ohne Unterlaß.

Aber er wollte sich eben nur selbst ein bißchen sprechen hören, und so fragte ich abschließend: „Wir überlegen gerade, ob wir Fisch oder Kartoffeln essen sollen, was meinst du denn?" „Waswaswas? Ja, Fisch, fliegender Fisch, Kartoffeln machen müde, und Fische machen schnell, okayokay, alle Jahre wieder ..." Und dann zog er fort, schnell wie eine Bratkartoffel, aber gelenkig wie eine Krabbe – jeder Schritt eine Verbeugung vor sich selbst und eine Hommage an die „Schleuderknie".

Einige Wochen später traf ich ihn schon wieder und schrieb in mein Notizbuch: „Die Welt ist wirklich klein." Da war er schon fast 50, aber immer noch 49. Im Erotic-Art-Museum wurde die Vernissage zu seiner großen Ausstellung „Arschgesichter und andere Gezeichnete" begangen. Es gab Frei-Getränke.

Den Titel der Ausstellung fand ich so doof, daß ich ihn nicht in mein Notizbuch schrieb, aber gemerkt habe ich ihn mir trotzdem, und das ärgert mich beinahe. Ganz viele Bilder hat Udo Lindenberg gemalt, bunte Strichzeichnungen von den Lümmeln aus der letzten Bank, so scheint's, doch seine Altmänner-Pornophantasien hat Lindenberg selber gemalt, klarer Fall, ein Phall für Udo. Und zur Eröffnung gab es eine „Performance, ganz klar": Ein von wem auch sonst erdachter Apparat namens „Ejakulator“ (wahr!) spritzte, durch Schlagzeuggedresche animiert, ja erregt, einiges an Farbe auf eine Leinwand, so daß diese danach aussah wie die Deutsche Bank nach einer Farbbeutelschneiderei. Also ganz große Klasse. Professor Markus Lüpertz sprach einige einleitende Worte und bezeichnete darin Lindenbergs Zeichnungen eher ungewollt treffend als „Begleitumstände“, die wegen dem Rock und aber auch Roll als mildernd bewertet werden dürfen, meinetwegen.

Vor allem, da nun das „Udo-Lindenberg-Jahr“ über uns hinwegsaust, wie das eher zu künstlerbetreuender Übertreibung neigende denn im Ruf einer kritischen Instanz stehende Branchenblatt *Musikwoche* brav vermeldete. Schließlich werde Lindenberg in diesem Jahr 50 Jahre alt, und Altrocker, Vordenker und Sie wissen schon, und außerdem die Platte, die Ausstellung und zwei Bücher und wieder eine Tournee und hier die Daten.

Lindenbergs zumindest jährlich erscheinenden neuen Platten gerieten in den letzten Jahren mehr und mehr zum Ärgernis, zu dessen Vermarktung es großer Worte bedurfte – oder eben Jubiläen, Jubeljahren, Jubelarien. Langsam jährt sich das Eichhörnchen, irgendwas jährt sich immer, und so wurde vor anderthalb Jahren Lindenbergs „25jähriges Bühnenjubiläum“ begangen, mit Tribut-Album und großer Feier. Und dem Gesetz folgend, daß man im Zusammenhang mit Udo Lindenberg stets das schlechteste Wortspiel zu präferieren habe, hieß die Sause „Hut ab“. Unglaublich penetrant, das ewigunddreihundert Jahre lange Hochhalten vom geistesschlanken, allein der Alliteration und dem Schnellreim verpflichteten Vokabular, das immer wieder Seemannsjargon beleiht: Der „lindische

Ozean" wehte laut Plattenfirma auch diesmal wieder im Studio, und es galt, durch ihn zu „navigieren".

Das Jahr also des „oft kopierten, nie erreichten, unvergleichlichen Udo L. aus H." – so L. über L. Und da ihm kurz vor 50 neben den Haaren langsam auch die in den letzten Jahren ohnehin raren Ideen ausgingen, hat Lindenberg das Werk des von einem kleinen Kreis Eingeweihter schwer verehrten Berliner Liedermachers Funny van Dannen – hier muß man Härte walten lassen – kastriert. So oft wurde Lindenberg kopiert, von sich selbst in erster Linie, daß er nun seinerseits kopiert; kapiert: „Ich verstehe mich als Jahrhundertmaßnahme, nicht als Mann fürs Tagesgeschäft", raunt Lindenberg gerne – und da ja nun dieses Jahrhundert bald vorbei ist, wollen wir gerne noch mal jedem Deutschrocker sein Jahr widmen, dann ist es ja bald vorbei, und das Tagesgeschäft kann endlich das tun, was es ohnehin schon tut: ehrlich sein. Auch mal vergessen, daß da mal was war.

Lindenbergs Pionierrolle in der deutschen Popmusik ist unstrittig. Seine frühen Platten stehen noch heute für lässigen Umgang mit Wort und Musik, schöne Geschichten und einfache, einfach gute Lieder. Und daß sich Lindenberg nunmehr aufs trostlose Nachgejaule seiner selbst beschränkt, störte bisher kaum. Wenn er sich nicht an gleich zwei Songs von Funny van Dannen vergriffen hätte; das hätte er nicht tun dürfen.

Van Dannen beteuert tapfer, daß das doch „nicht so wild" sei, selbst als Lindenberg jüngst mit seiner abgeschmackten, jeden Witz plattwalzenden Version von van Dannens Hit „Nana-Mouskouri-Konzert" ausgerechnet bei „Verstehen Sie Spaß" vorblödeln ging und seine Musiker, das Grauen komplettierend, schwarze Perücken und Brillen für eine gelungene metaphorische Umsetzung des Themas hielten. Van Dannen weint durch einen Strauß Sonnenblumen hindurch: „Meine Frau sagt immer, ich bin viel zu diplomatisch." Ob denn seine Frau ihn nicht dazu drängen würde, zu sagen, wie schrecklich er den Auftritt Lindenbergs fand? „Meine Frau würde sagen: Das kannst du ruhig zugeben."

In einem (selbstgeschriebenen) neuen Stück schwiemelt Lindenberg: „Ich schwöre, wenn's drauf ankommt, bin ich am Start." Und das ist gewiß, am Start ist er immer – schade nur, daß es am Ziel so leer ist.

Beifahrer

Bevor ich 18 wurde, war mein Leben ziemlich feudal. In meinem Jahrgang wohnten die meisten Mitschüler „auswärts“, und ich wohnte eben mitten in der Stadt, zwei Minuten zur Schule, drei Minuten „zur Disco“, vier Minuten zum Schwimmbad, drei Minuten in den Stadtpark – kein innerstädtischer Lieblingsort war mehr als fünf Minuten von der Haustür entfernt. Zu Fuß, wohlgemerkt.

Und während die Auswärtigen (das klang immer so wie „die Aussätzigen“) ihre Woche ganz genau auf Busfahrpläne, Eltern, Mitfahrgelegenheiten und andere Spaßblocker abstimmen mußten, konnte ich flexibel und ohne Skizzen auf Millimeterpapier meine Zeit vertändeln. Das eigentlich Feudale daran war die enorme Attraktivität, die mir dies bei den Auswärtigen verlieh: Dauernd wollte jemand bei mir übernachten (sogar Damen) oder wenigstens Mittag essen und angeblich „Hausaufgaben machen“, so eine beliebte Ausrede für die Eltern. Ich kann mich an keine einzige Hausaufgabe erinnern, die ich je gemeinsam gemacht hätte. Na ja. Dann wurden im Laufe eines Jahres alle 18, bis auf die paar lustlosen Kapuzenpulliträger, die schon seit zwei Jahren 18 waren und immer nur kifften. Und die Auswärtigen hatten natürlich nichts eiliger, als SOFORT am Tage ihres 18. Geburtstags den Führerschein bei der Behörde abzuholen und stolz damit rumzuwedeln, denn die Fahrstunden hatten sie natürlich schon mit 17einhalb begonnen, und so bekamen sie von ihren Eltern immer öfter „die Schlüssel“ bzw. die Schüssel, und das war für sie nun das allergrößte.

Nur ungefähr sechs von neunzig Abiturienten nun hatten keinen Führerschein. Das waren die Kiffer und ich. Sogar die Ökotanten mit ihren Rucksäcken, einseitigem Ohrgehänge und Hennafrisuren machten den Führerschein, „bloß für den Notfall", wie sie kleinlaut zu Protokoll gaben. Die Kiffer waren indessen wohl zu müde zum Autofahren, und ich sah einfach keine Notwendigkeit, ich wohnte ja um die Ecke. Und wenn es dann mal in den Urlaub oder zu einem Konzert ging, fuhr ich am liebsten mit der Bahn oder eben auch mal MIT – mit im Auto. Start meiner immer noch andauernden Nebentätigkeit: professioneller Beifahrer. Da ich nie ideologischen Quatsch um meinen freiwilligen Führerscheinentzug getürmt hatte, mußte ich mir auch nicht – wie die Ökotanten – dummes Gerede gefallen lassen beim Mitfahren. Das ist wie bei orthodoxen Vegetariern, die zwar ziemlich gerne Fleisch essen, aber unheimlich gerne alles mögliche reglementieren und verbieten und deshalb immerzu über arme Tiere und Trinkwasserverschwendung durch Viehhaltung reden, sobald mal jemand Schinken irgendwo drin oder drauf hat. Und die haben die Häme dann verdient, wenn sie mal mit Putenbruststreifen in ihren natürlich heimlich gegessenen „Fitneßsalaten" erwischt werden. Und indem ich beim Tanken immer ungefragt mitbezahlte, ersparte ich mir auch ungeduldige Blicke, die Zigarettenschnorrer gut kennen (gegen die sie aber meist immun sind). Jedenfalls fand ich Mitfahren immer sehr angenehm. Natürlich ist man ein bißchen ausgeliefert, aber das ist man ja ohnehin sein Leben lang.

Beifahren ist auch eine durchaus verantwortungsvolle Sache: Man muß sich um die Musik kümmern, um die

Verpflegung des Fahrers und gegebenenfalls der Rückbank (wenn da noch weitere Mitfahrer sitzen, und je jünger man ist, desto mehr Leute sind es pro Auto), man muß im Atlas rumblättern und nach Straßenschildern Ausschau halten und immerimmer den Schwamm suchen, mit dem man die beschlagenen Scheiben wieder blank quietscht. Man trägt als Beifahrer die Verantwortung für Stimmung, Fahrtrichtung und Verpflegung, was eine Menge, jedoch insofern gerecht ist, als daß ja der Fahrer auch eine Menge Verantwortung trägt bzw. fährt – das Leben der Mitfahrer! Beifahren ist nichts für Menschen mit schwachen Nerven. Sitzen schwachnervige (also stark nervende) Menschen dort, wird es schnell stressig, und man verfährt sich, der Fahrer hat Hunger, die „Stauschau" im Radio (die der perfekte Beifahrer bei Ertönen der Erkennungsmelodie SOFORT lauter dreht) wird überhört, und schon steht man im Stau, die Rückbank meutert – unerträglich. Deshalb ist es wichtig, diese Kommandozentrale kompetent zu besetzen. Ein guter Beifahrer muß nämlich, auch wenn Situation und Reisegruppe komplett verfahren sind, mit oft merkwürdigen Einheimischen Kontakt aufnehmen, die Scheibe runterkurbeln und sich den Weg beschreiben lassen, weil er ja auf der Bürgersteigseite sitzt, dabei cool bleiben UND die Ausführungen kapieren, während sich der Rest der Besatzung schon bösartig über Dialekt, Hund oder Aussehen des Gefragten kaputtlacht. Und wenn man bei McDrive vorfährt, übernimmt der geschulte Beifahrer, der vom Fahrer hektisch die braunen Tüten durchgereicht kriegt, später ganz entspannt die Verteilung.

Ich glaube, ich bin ein ganz guter Beifahrer, denn ich belasse es dabei, den Fahrer zu unterhalten und zu füttern und gegebenenfalls nach dem rechten Weg Ausschau zu halten; ich gebe keinerlei gute Tips zum Einparken und weise nie indigniert auf mißachtete Regeln hin oder auf Übertretungen der vorgeschriebenen Geschwindigkeit. Und zwar nicht zuletzt ganz einfach deshalb, weil ich keine einzige dieser Regeln kenne. Ich habe zwar schon oft Redewendungen wie „rechts vor links" gehört oder „jemanden schneiden" oder „Einordnen nach dem Reißverschluß-Prinzip", aber ich habe nicht die geringste Ahnung, was das praktisch bedeuten könnte. Und so halte ich einfach den Mund, und wenn mir langweilig wird, wechsle ich die Kassette oder inspiziere das Handschuhfach und sage verständnisvoll einen Satz, den ich in all den Jahren immer wieder gehört habe, von den verschiedensten Leuten, und der also stimmen muß: „Rückwärts am Hang einparken ist die Hölle."

Ich glaube, Autofahrer haben überhaupt keine Ahnung, wie die Hölle WIRKLICH aussieht. Um das zu erfahren, müssen sie wohl den von hechelnden Boulevard-Zeitungen so genannten „Disco-Tod" auf der Autobahn sterben. Und das ist mal sicher, da bin ich dann dabei: Wenn ich schon sterben muß, dann soll in dem Formular unter „Todesursache" bitte schön stehen: Disco-Tod. Und unter „Todeszeitpunkt": Saturday Night. Cool erkalten, das ist es.